W0021960

Christoph Poschenrieder

Ein Leben lang

ROMAN

Diogenes

Covermotiv: Gemälde von Samantha French
›Rockaway‹, Gouache
Copyright © Samantha French
Zitatnachweis am Schluss des Bandes

Der Diogenes Verlag wird vom Bundesamt für Kultur
für die Jahre 2021–2024 unterstützt

www.diogenes.ch
100/22/44/1
ISBN 978 3 257 07195 5

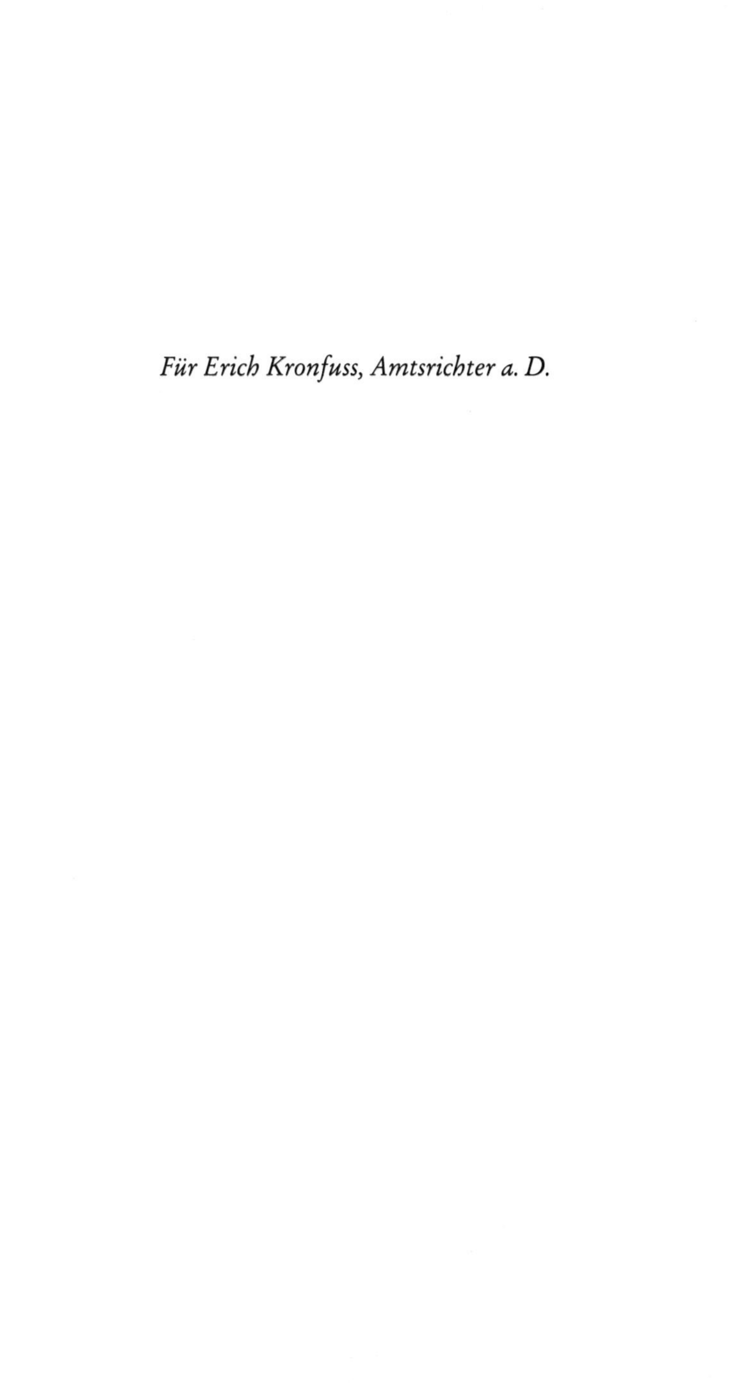

Für Erich Kronfuss, Amtsrichter a. D.

Das, was von einem Menschen gesagt wird, ist nichts; es kommt darauf an, wer es sagt. Der höchste Augenblick eines Menschen – daran hege ich nicht den mindesten Zweifel – ist der, wenn er im Staube niederkniet, sich an die Brust schlägt und alle Sünden seines Lebens bekennt.

Oscar Wilde, *De Profundis*

Inhalt

1.
Aufwärts

Kontakt

1/MEMO:

Am besten: alle Gespräche, mitgeschrieben und Transkripte von Aufnahmen, die Mails, die Memos, das alles ausdrucken, die bekritzelten Zettel, Servietten, Zeitungsausrisse dazu und in Reihenfolge bringen.
Alles auf dem Teppich ausbreiten, Stapel machen, gelbe Klebezettel drauf.
Struktur, Struktur, Struktur.
Lass sie miteinander reden, lass sie übereinander reden.
Ordnen und sortieren.
Anfang, Mitte, Ende.
So wird eine Geschichte daraus.

SABINE

Woher haben Sie meine Nummer?

Wer? –

Okay, das hätte ich mir denken können.

Das ist alles schon so lange her. Schlafende Hunde soll man nicht wecken.

Natürlich haben wir für ihn gekämpft, und wie. Er ist doch unser Freund. Oder war es. Das ist jetzt alles nicht mehr so sicher. Haben Sie denn keine Freunde?

Dann müssten Sie das kennen.

Warum sollte ich mit Ihnen reden? Sie drehen mir doch nur das Wort im Mund herum. Das war damals so, beim Prozess, das wird heute auch nicht anders sein. Ihr habt so einen Unsinn geschrieben. Und am Ende kommt heraus, dass ich nie an seine Unschuld geglaubt habe.

Nein, nein. Wissen Sie was: Rufen Sie mich nicht mehr an. Ich habe mit der Sache abgeschlossen. Soll er doch in seiner Zelle – fast hätte ich gesagt: verrotten.

EMILIA

Liebe _,
sehr gerne können wir uns einmal auf einen Kaffee treffen. Ich hätte diese Woche am Mittwoch und Donnerstagnachmittag Zeit.

Ich deutete es bereits in unserem Telefonat an, und seitdem ist es mir erst richtig bewusst geworden: Ich habe über die Sache viel nachgedacht, besonders in den letzten Jahren, aber auch viel verdrängt. Vielleicht ist es gut, einmal darüber zu sprechen. Manchmal glaube ich, wir alle zusammen waren ... in einer Art Gefangenschaft. »In unsichtbaren Ketten.« Und es ist Zeit, sich davon zu befreien. Das klingt ein bisschen melodramatisch! Das kann ich Ihnen dann bei unserem Treffen erklären. Bis dahin behalten Sie bitte alles für sich. Es wäre mir sehr unangenehm, wenn die anderen wüssten, dass ich mit Ihnen rede. Über die Jahre ist das Misstrauen unter uns doch größer geworden.

Mein Gesprächsangebot ist allerdings (noch) keine Zusage, bei Ihrem Projekt mitzumachen.

Mit den besten Grüßen,

...

PS: Ich bin froh, dass Sie eine Frau sind, und auch wenn das ein Vorurteil ist, glaube ich, Sie werden sich besser in uns, unsere Gruppe, und was uns so bewegte, einfühlen können.

BENJAMIN

Sehr geehrte Frau _,
erlauben Sie mir, dass ich Ihnen schriftlich auf Ihre kürzliche telefonische Anfrage antworte. So habe ich mehr Zeit nachzudenken, die richtige Formulierung zu wählen, und Sie erhalten eine solide Grundlage, falls Sie mich zitieren wollen.

Was Sie vorhaben, finde ich sehr interessant, und ich werde versuchen, Sie dabei zu unterstützen – solange Sie mich nicht fragen, ob er diesen Mord begangen hat, denn darauf habe ich keine Antwort zu geben. Selbst wenn inzwischen an die 15 Jahre vergangen sind.

Als die Sache damals passierte, war ich Berufsanfänger in einer Rechtsanwaltskanzlei, weswegen ich immer auch einen professionellen Blick darauf hatte. Anders als meine Freundinnen und Freunde habe ich stets versucht, mich in die Rolle des Staatsanwalts und des Richters, des Anwalts sowieso, hineinzuversetzen. Ein wenig jedenfalls, denn wir waren ja alle so felsenfest überzeugt, Zeugen eines grandiosen und schändlichen Justizirrtums zu sein. Präziser: manche mehr, manche weniger.

Wie Sie aus unserem Vorgespräch wissen, arbeite ich jetzt in einer Wirtschaftskanzlei. Früher, während meiner Zeit als Staatsanwalt in einer mittelgroßen Stadt in Niederbayern, hatte ich ein Babyfoto auf meinem Schreibtisch stehen. Es stammte offenkundig aus einer früheren Zeit und alle möglichen Besucher meines Büros – Kollegen, Polizeibeamte und andere – fragten, ob das ein Bild meiner Oma sei, oder so ähnlich.

Ich sagte dann: Das ist Adolf Hitler als Baby.

Die meisten hielten das für einen Scherz, aber es stimmte.

Und ich glaube, die meisten verstanden auch meine Erklärung dafür: Jeder ist alles, und aus jedem kann alles werden. Machen wir uns doch nichts vor. Ein treuherziger Blick, die perfekte Kleidung, der sorgfältige Haarschnitt und die manikürten Fingernägel, ein fein komponierter Gesichtsausdruck: alles Fassade. Genauso, wie eine raue Erscheinung natürlich, die keineswegs auf verwerflichen Lebenswandel verweist. So wenig, wie zusammengewachsene Augenbrauen den Werwolf verraten.

Mir diente dieses Foto als Ermahnung, dass man sich von Äußerlichkeiten niemals leiten lassen darf. Niemals. Das gilt nach wie vor und erst recht in meiner Wirtschaftssozietät; das Hitlerfoto allerdings brauche ich dazu nicht mehr. Meine Mandanten finden so etwas nicht lustig.

Zum Freundeskreis halte ich lockeren Kontakt; es gab zwar noch eine Weile nach dem Urteil diese jährlichen Treffen in der Hütte am See, aber inzwischen ist es mir lieber, mal den einen oder die andere in der Stadt zu treffen als das ganze Rudel. Denn da trinken wir zu viel, da werden wir sentimental, wir singen und lamentieren, und es wird viel Unsinn erzählt, es werden großartige Pläne gemacht, um unseren Freund aus dem Gefängnis zu bekommen, aber eine Woche später kann sich niemand mehr daran erinnern, der Elan ist verpufft, wir tun, was wir alle Tage tun, und unser Freund sitzt weiter da ein, wo er eben einsitzt, seit dieser Sache.

Ohne diese ganze Sache – Mord, Prozess, spätere Verfahren – würden wir alle heute getrennte Wege gehen. Ich frage mich, ob unsere Freundschaft noch existieren würde.

Dabei ist die Frage ohnehin: Gibt es sie noch? Und: Was hält eine Freundschaft aus? Und wozu ist sie überhaupt gut? Falls Sie solchen Fragen überhaupt nachgehen möchten.

Da mein Arbeitstag eng getaktet ist, verlasse ich zwischendrin ungern das Büro, aber wir könnten uns im Konferenzraum unserer Kanzlei zusammensetzen und das Weitere besprechen.

TILL

Interviewen wollen Sie mich?

Und was soll dann daraus werden? Ein Buch, ein Artikel, ein Hörspiel? Oder was fürs Fernsehen?

Wissen Sie, damit kriegen wir ihn auch nicht raus aus dem Gefängnis. Und das wäre der einzige Grund, aus dem ich mit Ihnen sprechen würde. Und ich würde nur über die sogenannten Indizien und dieses Schandurteil dieser sogenannten Justiz reden. Aber nicht über uns, also uns Freunde, das bringt doch nichts.

Natürlich stehe ich nach wie vor zu ihm, was glauben Sie denn? Wir alle. Na, die meisten. Was sollte sich daran geändert haben? Und warum? Solange der wahre Täter – oder meinetwegen auch die wahre Täterin – noch frei herumläuft, ist der Fall nicht erledigt, jedenfalls nicht für mich.

Also: eher nein. Eher gar nicht.

Aber lassen Sie mich zumindest ein paar Nächte drüber schlafen.

SEBASTIAN

Ganz bestimmt nicht.

Nein wirklich nicht. Da können Sie machen, was Sie wollen. Entschuldigung, aber das ist ein Fall von »entweder du bist für uns, oder du bist gegen uns«. Was glauben Sie, wie viele Anfragen ich da schon bekommen habe. Das ist eine Riesenstory. Ganz klar.

Aber probieren Sie es mal bei Sabine. Wenn die mitspielt, dann überleg ich mir's noch mal. Kann ich mir aber nicht vorstellen.

Das wird zäher als gedacht. Drei von den wenigstens fünf, die dabei sein sollten, haben zugesagt. Jedenfalls nicht abgesagt. Die verhandeln, warten ab. Kann man ja verstehen. Aber reden wollen sie doch alle, sonst hätten sie ja sagen können: Danke, aber nein danke und Tschüss.

Der Einzige, der sich überhaupt nicht ziert, ist der Anwalt. Dreht man an dem Wasserhahn, kommt's herausgesprudelt. Mal sehen.

SEBASTIAN

Okay.

Ich habe mit Benjamin gesprochen. Sieht wohl so aus, als wäre er dabei – aber machen Sie sich da auf einige Korrekturen und Richtigstellungen gefasst. Der ist ein Pingeliger, immer ganz genau. Wenn er meint, dass es was bringt – bitte. Und wegen Sabine: Sie sagen mir schon, was die so erzählt, oder?

Da müssen Sie nämlich aufpassen. Die hat eine ganz eigene Auffassung von der Angelegenheit. – Ich will Sie nur warnen.

EMILIA

Wenn Benjamin mitmacht, wie Sie sagen, dann … Dann ist es wohl in Ordnung. Der ist immer schon sehr bedacht gewesen. Nicht wie Till oder Sebastian.

Na ja, die zwei sind, die sind impulsiv. Die kennen Schwarz oder Weiß, aber kein Grau.

3 / MEMO

Beim ersten Treffen im Café trinkt Emilia heiße Schokolade und besteht danach darauf, selbst zu bezahlen, obwohl sie natürlich eingeladen ist. So viel gibt der Verlagsvorschuss gerade noch her, aber schön. Spricht leise, damit man sie am Nachbartisch nicht verstehen kann. Wie bei guten Lehrern üblich, die werden dann richtig gefährlich, wenn sie flüstern. Kann aber auch laut – als der Kellner sie wiederholt ignoriert; das geht offenbar gar nicht. War zu früh da und hatte begonnen, Aufsatzhefte zu korrigieren. Wodurch sie leicht zu erkennen ist, obwohl eher unauffällig. Sie stellt viele Fragen: »Damit ich nachher keine mehr stellen muss.«

SABINE

Ich will das alles von A bis Z durchlesen, bevor Sie es veröffentlichen, in welcher Form auch immer, okay? Und wenn es mir nicht passt, dann kann ich jedes einzelne Wort von mir wieder löschen, ja? Als hätten Sie niemals mit mir gesprochen, ja? Ich will Ihre Garantie, und zwar schriftlich.

TILL

Was Sie schreiben, ist mir letztlich egal. Da sind, ich sag mal, eine Milliarde Wörter aus einer durchgedrehten Popcornmaschine, ich sag mal, gequollen, und am Ende hat doch bloß eines gezählt: »schuldig«. Und ich sage: unschuldig. Und das gilt heute genauso wie damals.

SEBASTIAN

Gesetzt den Fall, dass überhaupt – wo wollen Sie denn anfangen? – Am Anfang? Wo soll das denn sein? Auf eigene Gefahr:

Willkommen im Irrgarten. Eines kann ich Ihnen versprechen: Hinein kommen Sie ganz einfach. Aber wie und ob Sie herauskommen … Ist aber auch nicht mein Problem.

Vorort

4 / MEMO

Mit der großen Gesprächsrunde, wie geplant, wird das wohl nichts. Haben die alle abgelehnt. Also jeder und jede für sich, aber umso besser: Fünf Blickwinkel, fünf Mal Vergessen, fünf Mal Erinnern, fünf Mal das Gleiche und am Ende doch nicht dasselbe. Das dürfte interessante Wirkungen ergeben, wenn der eine mit den Aussagen des anderen konfrontiert wird.

TILL

Wie das bei uns war? So war das bei uns. Alles nicht so schlimm, wie die ach so tollen Stadtleute glauben. Vorstadt eben und frische Luft, flaches Land, Umgehungsstraßen und Hochspannungsleitungen und S-Bahn-Bereich und Regiobus. Nicht »drinnen«, aber auch nicht total am Arsch. Ein Haufen Kinder in unserem Alter. Wir konnten auf der Straße Völkerball spielen, und die Autos warteten mal eine Minute, bis wir den Weg frei gemacht hatten. Aber auch nicht länger, weil Autos, die hatten eben Vorfahrt, ganz klar. Es gab Regeln, da hast du dich dran gehalten.

EMILIA

Wie soll ich das erklären ...

Das muss man sich vielleicht so vorstellen: Ihr seid ein knappes Dutzend Freunde. Ihr kennt euch seit dem Kindergarten, seit der Grundschule. Ein paar gehen verloren, weil sie wegziehen, oder weil sie es nicht aufs Gymnasium schaffen. Leider Pech gehabt, das ist die soziale Auslese, so war das eben. Es blieben ja genug übrig.

Ihr habt auf der Straße Ball gespielt, in der Freinacht Wäscheklammern von den Wäscheleinen geklaut, Mülltonnen umgekippt und Briefkästen mit Rasierschaum aufgefüllt. Ihr habt füreinander gelogen und füreinander geschworen. Die Jungs sind Blutsbrüder, wofür die rostige Klinge eines Taschenmessers gebraucht wurde und es zwei Wochen Angst vor einer Blutvergiftung gab, die aber nicht kam. Wir Mädchen haben dabei nicht mitgemacht, nicht mitmachen dürfen, weil die Buben sagten, es gebe keine »Blutsschwesternschaft«. Aber unsere Freundschaft ist deswegen nicht weniger wert, und ehrlich gesagt, das war eh bloß ein doofes und abstoßendes Ritual.

Wir waren eine richtige Clique. Ich weiß nicht, ob man das heute noch sagt: Clique. *Klicke*. Heute heißt das vielleicht »gang«. Damals aber nicht virtuell, sondern wir waren eine echte Gruppe mit einem echten Platz, an dem wir uns trafen, nachmittags, nach den Hausaufgaben. Das war anfangs ein Spielplatz in der Siedlung, bevor uns die kleinen Kinder dort auf die Nerven gingen. Dann ein paar Sitzbänke in der Mini-Pseudo-Fußgängerzone des Ortes, beim

Eiscafé, vor dem Schleckermarkt, wo man uns als öffentliches Ärgernis ab und zu verscheuchte. Was uns natürlich gefallen hat. Deswegen fing ich ja an zu rauchen: Damit irgendeine alte Oma aus der Nachbarschaft das sah, vor sich hin meckernd vorbeitrottete und mich bei passender Gelegenheit über den Gartenzaun bei meiner Mutter anschwärzte. Ich bin dann auch wieder vernünftig geworden und habe damit aufgehört.

Wir hatten viel Zeit für uns, denn unsere Eltern mussten viel arbeiten, um die Häuser und die Autos abzuzahlen.

Ich wurde eine Zeit lang zum Gitarrenunterricht gezwungen, aber da konnte ich zu Fuß hingehen. Eine von uns fing das Reiten an, und zu dem Pferdestall musste sie eine halbe Stunde über die Feldwege radeln. Bei jedem Wetter, zu jeder Jahreszeit. Keine Chauffeurdienste, das war nicht üblich und mangels Zweitwagen oft auch nicht möglich. Der Einzige, der einen Fahrer (und viele Autos) hatte, das war eben dieser sagenhafte, steinreiche Onkel von unserem Freund, der in der großen Stadt wohnte, in märchenhaftem Luxus …

Wir praktizierten so eine Art seriellen Partnertausch in der Clique. Über die Jahre. Das war okay – aber jemand anderem in der Gruppe schöne Augen machen, wenn du noch mit Soundso zusammen warst, das war tabu. Du warst in A verliebt, sie aber in C. Und B war in dich verliebt, und D deswegen verzweifelt. *Bäumchen wechsle dich.*

Wir sind immer unter uns geblieben. Andere hatten kaum eine Chance, wenn sie nicht von Anfang an dabei waren. Ich bin da wohl eine Ausnahme.

So erinnere ich mich an das alles, früher.

TILL

Wenn ich ihn charakterisieren sollte ... echt, da habe ich nicht so die Worte dafür. Das ist eher was für Sabine oder Sebastian oder Emilia. Ich kann nur sagen, wie er ist. Und was er tut und nicht. Anekdoten. Oder bilden Sie einfach den Durchschnitt aus uns fünf, dann kommt schon das Richtige raus. Na ja, nicht so ein Zupacker wie Sebastian, umgänglicher als Sabine, aber nicht so ausgeglichen wie Emilia und bestimmt kein sportlicher Typ, aber mit einer künstlerischen Ader, so wie ich, aber ich bin Musiker, und etwas von Benjamin, was auch immer ... könnte ich jetzt gar nicht sagen. Ist schwierig.

Jetzt fällt mir etwas ein, das könnte interessant sein:

Ich habe ihn eigentlich über die Musikschule kennengelernt. Rund um den Spielplatz konnte ich wenig mit ihm anfangen, der war schüchtern und nicht so ... robust wie ich. Okay, wir sind uns bei dem ziemlich entwürdigenden Blockflöten-Unterricht begegnet. Unsere Eltern hatten uns da angemeldet, weiß Gott, warum.

Doch, ich weiß schon, warum: Das Instrument war billig und den Platz für einen Flügel hätten wir zu Hause sowieso nicht gehabt. Auch nicht die Kohle.

Wir beide fanden Blockflöte dermaßen peinlich, dass wir uns geschworen haben, die Sache geheim zu halten. Ich hätte lieber Trommeln oder Elektrogitarre gelernt und er – lieber gar nichts. Musikalisch ist er wirklich nicht; das hätte nicht einmal für eine Blockflöte mit halber Lochzahl gereicht.

Ein gutes Jahr haben wir uns gegenseitig für jeden Mittwochnachmittag, 14.30 Uhr, sozusagen ein Alibi gegeben. Mal war ich bei ihm zum »Hausaufgabenmachen«, mal er bei mir, und mal erzählten wir den anderen, wir hätten ein Fahrrad zu reparieren oder den Rasen zu mähen oder sonst irgendetwas, während wir in Wirklichkeit ziemlich erbärmlich auf den Holzröhren herumpfiffen. So lange bis die Lehrerin eines lang ersehnten Tages meine Eltern anrief und ihnen erklärte, dass das keinen Sinn hätte. Und ähnlich bei ihm. Er hat es dann gelassen, und ich habe zur Gitarre gewechselt. Die mochte ich.

Aber das war *unser* Jahr. Das Jahr der geteilten Geheimnisse. Von damals stammt meine Anhänglichkeit zu ihm. Fragen Sie die anderen: Dass wir Blockflöte lernen sollten, das weiß keiner von denen, darauf wette ich. Oder fragen Sie besser nicht, ist mir immer noch peinlich.

Da gibt es nichts weiter zu erklären, ich bin ja kein Psychologe. Und denen würde dazu wohl auch wenig einfallen. Es ist eben Vertrauen, und das besteht, solange nicht das Gegenteil bewiesen ist. –

SABINE

Also, dazu eine kleine Geschichte, wenn Sie darauf bestehen. Fast schon eine Fabel, und Achtung: mit Moral.

Irgendwann ist das bei uns in Mode gekommen. Ich glaube, nach dem Türkeiurlaub von Emilia. Wenn wir abhingen, draußen oder meinetwegen im Partykeller von Tills Eltern, brachte jemand eine Tüte Pistazien vom türkischen

Gemüseladen am S-Bahnhof mit. Diese gerösteten und gesalzenen in der Schale. Den Test mache ich noch heute. Ich setze den Leuten eine Schüssel Pistazien vor und schaue zu, unauffällig, aber genau. Da gibt es welche, die nur nach den weit geöffneten Schalen greifen, da, wo man leicht an die Pistazie kommt. Oder herausfingern, was sowieso schon aus der Schale gefallen ist. Und die anderen, die sich die Fingernägel an den schwierigen Fällen abbrechen. Die kriegen auch nur die Hälfte von dem ab, was die anderen so fix und mühelos ernten. Kavaliere, die wissen, was das für die manikürten Nägel der Mädchen bedeutet. Oder Helden, die die geschlossenen Schalen beiseitelegen und dann mit einem Werkzeug bearbeiten.

Soll ich Ihnen was sagen, so leid mir das auch tut? Die, die meinen Pistazientest bestanden haben, die sind noch heute meine Freunde. Oder fort, zerstreut in alle Winde, aber in guter Erinnerung. Die anderen sind – wo auch immer. Oder im Knast.

SEBASTIAN

Reihenhaus, Reihenmittelhaus, Reihenendhaus, Doppelhaushälfte, so sieht das bei uns in der Siedlung aus, in der Buchenstraße, der Lindenstraße, im Erlenweg. Einfachgarage, Doppelgarage. Vorgarten, Mülltonnenhäuschen. Mit Gartenzwerg, ohne Gartenzwerg. Sichtschutzhecken, wo es nichts zu verbergen gibt. Der Geruch von gemähtem Gras am Samstag. Sonntags nie, wer sonntags mäht, begeht sozialen Selbstmord.

Halbhohe Gardinen, damit Mutti durchs Küchenfenster sieht, ob der Postbote kommt, die Müllabfuhr, die Avon-Beraterin, der Scherenschleifer oder die Kinder von der Schule zurück sind und sie die Fischstäbchen in die Pfanne schmeißen muss.

Und eine Reihe Bungalows, da wohnen die besseren Leute, die unter Doppelgarage gar nicht erst anfangen. Das ist die Eichenstraße, aber Eichen gibt es da genauso wenig wie Buchen in der Buchenstraße.

Baumsiedlung heißt unsere Siedlung. Im Ort gibt es auch eine Dichtersiedlung – Schiller, Goethe und so weiter – und die Typen aus dem Chemie- und Physikunterricht, die Bosch, Benz und Bunsen, was weiß ich.

Eigentlich müssten sie eine Straße nach ihm benennen, denn er ist das Größte, was das elende Kaff je hervorgebracht hat. Was die Bekanntheit betrifft jedenfalls. Oder wer fällt Ihnen ein, wenn ich Braunau sage? Sehen Sie.

BENJAMIN

Das dürfte eine ganz gut zutreffende Beschreibung sein, die Sie da von Sebastian bekommen haben. Ob das mit dem Straßennamen klappt, bezweifle ich denn doch, auch wenn er im Ort noch viele Sympathisanten hat.

War eh nur ein Scherz, natürlich, klar.

Was soll man sagen. Ich wohne nicht mehr dort. Ich habe Eigentum in der Stadt erworben, auch als Wertanlage. Ich glaube, Sabine müsste man schon chloroformieren, aber ich, ich habe kein Problem mit dem Ort, ich fahre da immer noch ganz gern raus, wenn ich muss. Da bin ich aufgewachsen. Mir hat es da an nichts gefehlt, und ich hatte auch keine Wahl. Wir können nicht alle in Hawaii auf die Welt kommen und nach der Schule zum Surfen gehen. Kein Problem. Es hätte schlimmer kommen können.

Herkunft, Herkunft. Das wird überschätzt, im Guten wie im Schlechten.

5 / MEMO

Benjamin, der Anwalt: Sieht mechanisch jede Minute auf die Uhr. Wird wohl hoffentlich keine minutengenaue Honorarnote geben – das gibt der Verlagsvorschuss nicht her. Vor jedem Statement, vor jeder Antwort: Blick an die Decke und lange Pause. Kommt nicht rüber wie der schnieke Anwalt, mehr als ein guter besorgter Berater. Wenn Benjamin wirklich der beste Freund des Verurteilten war, wie muss der dann sein? »Gleich und gleich gesellt sich gern.« Vorsicht, sagt Benjamin, der logische Schluss ist nur so gut wie seine Prämissen. Das Gespräch dauert genau 90 Minuten – so lang wie vereinbart. Austausch der Visitenkarten mit handschriftlich ergänzten Privatnummern, freundliche Verabschiedung. Das muss wohl als Erfolg verbucht werden.

SABINE

Ich bin froh, dass ich das alles hinter mir gelassen habe.

Nein, *so* schlecht war es nicht. Aber halt zum Vergessen. Das versuch ich seit Jahren, und jetzt rühren Sie alles wieder auf.

Scheiße! Aber vielleicht ist es Zeit. –

Zeit, dass wir auch das andere hinter uns lassen. Höchste Zeit, wenn ich es genau bedenke.

6 / MEMO

Diese Sabine hat wohl noch eine Rechnung offen. Distanziert und dann wieder ganz direkt. Kann sich vielleicht nicht entscheiden. Die macht beruflich irgendwas mit »Sonne, Mond und Sternen«, laut Emilia. Und Sebastian, eher abschätzig: »Nicht von dieser Erde.« Astronomie? Raumfahrt? Horoskope wohl kaum. Die ist komplett *no nonsense, no bullshit.*

EMILIA

Ich war elf, als wir in den Ort gezogen sind. Da kannten sich die anderen schon seit Jahren. Wenn sie mich in der Schule nicht neben Sabine gesetzt hätten, wäre ich nie in die Gruppe gekommen. Jeder wollte bei denen dabei sein, ich auch, »die Neue«. Noch dazu eine aus dem Osten. Ich kam zwar aus einer großen, alten Stadt, und das da, das war ein besseres Dorf, in dem wir uns niederließen.

Sabine hat mich einige Zeit ignoriert, bis sie gemerkt hat, dass man bei mir ganz gut abschreiben kann und das besser geht, wenn ich mein Federmäppchen nicht hochkant zwischen uns aufstelle. Dann ging's, dann hat sie mich angeschaut und mitgenommen, von da an war ich ihre gute Freundin, und die anderen haben gar nicht nachgefragt, warum ich in Sabines Schlepptau an ihren Treffpunkten aufkreuzte.

Eher toleriert als integriert, würde ich sagen. Dass ich die Zugereiste bin, lassen sie mich heute noch manchmal spüren. Die meisten von denen sprechen Dialekt, jedenfalls können sie es.

Gut, ich auch, aber halt den falschen. Es hat eine Weile gedauert, bis ich mir die eine Aussprache ab- und die andere antrainiert hatte. Wenn ich aufgeregt bin, fall ich sowieso wieder zurück ins … in den alten Slang. Haben Sie es nicht durchgehört?

Ich hab mich also reingekauft, und im Rückblick betrachtet war es billig. Sabine hab ich abschreiben lassen. Ihr brachte das vielleicht einen Dreier statt einem Vierer, meiner gewohnten Zwei oder Eins hat es nicht geschadet. Meine Mutter hat immer Unmengen an Kuchen und süßem Zeugs gebacken: Das hab ich am Spielplatz verteilt. Und mein Taschengeld habe ich in Zehnerl-Eis investiert, dieses grell gefärbte Wassereis im Plastikschlauch.

So ist das halt. Wenn du in eine fremde Kultur kommst und Freunde brauchst, dann bringst du Glasperlen und anderen Tand mit. Irgendwann haben sie sich an dich gewöhnt, du bekommst deinen Platz in der Gruppe zugewiesen.

Der Platz, der war … eher unten? Ja schon, aber, Herrgott, ich wollte unbedingt dabei sein. Dafür hätte ich mehr als nur Taschengeld geopfert. Das Lustige, oder Traurige, ist: Eigentlich gerätst du nur von einer Abhängigkeit in die andere. Denn erst bist du besessen von dem Gedanken, da reinzukommen. Wenn du drin bist, nimmst du alles auf dich, um nur ja drin zu bleiben. Die anderen verteidigst du, so wie du hoffst, dass sie auch dich verteidigen werden, wenn es einmal darauf ankommt.

Damals war's das Tollste überhaupt. Ich weiß noch, wie ich heimgekommen bin und, vor Stolz fast platzend, am Esstisch verkündet habe: Ich bin jetzt in einer »Clique«. Als wäre ich in den Adelsstand erhoben worden. Mama und Papa machten bestürzte Gesichter, dachten sich irgendwas Schlimmes, und gerade daran erkannte ich, dass es gut und richtig war.

Und natürlich sind wir immer noch Freunde, trotz allem, was passiert ist, und nach der langen Zeit. Wenn wir uns morgen wieder treffen würden, ich glaube fest, dass nach einer halben Stunde Aufwärmzeit das alte Vertrauen zurück ist, die alten Bindungen wieder binden. So wie du ein zerlegtes Uhrwerk wieder zusammenbaust. Ein Tröpfchen Öl – und …

Jetzt kommt also das Persönliche. Versteh schon, von wegen »Emotionen« und »uns besser kennenlernen«. Fürs Protokoll: Ich mag das überhaupt nicht. Wir sollten doch bei der Sache bleiben. Weil es darum geht.

Die anderen können sich entblößen, wie sie wollen, das ist mir völlig egal.

Ich sage Ihnen so viel: Nach einer kaufmännischen Ausbildung im Brennstoffgroßhandel bin ich schon lange Pressesprecher bei einem großen städtischen Versorger. Als Leiter Unternehmenskommunikation führe ich sechs Mitarbeiter und könnte locker noch viel mehr führen. Pardon: Mitarbeitende. Versorger heißt: Wasser, Gas, Strom. Entsorger ist was anderes, das wäre nichts für mich. Ich verantworte die Texte, in denen »Anpassung« steht, wenn wir »Erhöhung« meinen. Ich oder die Mitarbeitenden schreiben die Artikel für unser buntes Magazin, die einen neuen »Service« anpreisen, aber mehr Eigenarbeit für die Kunden bedeuten, worauf wir ein paar Sachbearbeiter »freisetzen« können, denn auch wir müssen wettbewerbsfähig bleiben, sagt der Vorsitzende der Geschäftsführung. Dessen Reden ich verfasse, klar, das ist nichts für die Mitarbeitenden.

Also, ich wähle, blähe und verdrehe die Wörter, und wenn ich nicht so viel Wert auf geregelte Arbeitszeiten und freie Wochenenden legen würde, dann hätte ich auch Journalist werden können, wie Sie. Und ein ganz guter noch dazu, glaube ich. Wenn Sie in meine Schreibtischschublade schauen könnten, dann sähen Sie da vielleicht sogar einen

Romanentwurf, wer weiß. Mit Leuten wie Ihnen habe ich oft zu tun. Wenn man ihnen die Dinge gut und geduldig erklärt, kommt meistens auch was Brauchbares in die Zeitung.

Sonst: verheiratet, ein Kind, Alter und Geschlecht gehen niemanden etwas an, Kombifahrzeug der oberen Mittelklasse, deutscher Hersteller natürlich, vor dem Monitor brauche ich eine Brille, und wenn ich in die Sonne gehe, muss ich auch oben auf dem Schädel Sonnencreme auftragen. In dem Vorort wohne ich immer noch, zum Job fahre ich mit den Öffentlichen, das Jahresticket bezahlt mein Arbeitgeber, der lässt ja auch die Busse und Bahnen rollen.

Na, stehe ich jetzt quasi leibhaftig vor Ihnen? Bin ich Ihnen sympathisch? Gut, vielleicht treffen wir uns demnächst persönlich. Wenn das hier etwas werden soll, dann könnten auch Sie etwas mehr als eine Stimme am Telefon und eine E-Mail-Adresse werden, finde ich.

Damals, zum Zeitpunkt der Tat, war ich noch im Brennstoffsektor, ein paar Jahre zuvor irgendwie da reingerutscht, das sucht man sich nicht aus.

Tatort

7 / MEMO

Falls der Verurteilte vorzeitig entlassen werden sollte, dann muss das Buch da sein. Denn dann gibt es so viel unbezahlte (= unbezahlbare) Publicity, die müsse man mitnehmen, meint der Verlag.
Vorzeitige Entlassung ist zwar unwahrscheinlich, wenn nicht sogar unmöglich. – Aber egal.

EMILIA

Es muss unheimlich gewesen sein, dort oben zu wohnen. Nach Geschäftsschluss war da kein Mensch mehr, nur ab und an einer aus dem Viertel, der dort einen Parkplatz gemietet hatte. Man musste über das Parkdeck gehen, wenn man vom Aufzug kam. Im Treppenhaus, da roch es oft nach, na ja, Urin. Nachts wäre ich niemals, niemals über diese Treppe gegangen, am Tag lieber auch nicht. Manchmal haben sich dort die Penner schlafen gelegt. Tut mir leid, das sind arme Leute, aber das ging für mich gar nicht.

Benzin- und Ölgeruch, massive Betonsäulen, hinter denen sich ganze Räuberbanden hätten verstecken können.

Und so ein fahles, grünliches Neonlicht. Die flüchtenden Männlein auf den beleuchteten Notausgangsschildern machten einen – mich auf jeden Fall – nervös. Die Tür zu dem Apartment unterschied sich kaum von denen der Notausgänge: dasselbe abgestoßene grau lackierte Metall, daneben nur ein kleiner Klingelknopf mit Sprechstelle und ein schon ewig nicht mehr poliertes Messingschild; zwei Initialen eingraviert.

Vermutlich haben schon viele Besucher des Einkaufszentrums an dem Türknauf gezerrt, in der Hoffnung, nach unten, zu den Geschäften zu gelangen. Und keine Ahnung gehabt, dass dahinter ein 300-Quadratmeter-Penthouse mit Marmorböden und vergoldeten Wasserhähnen liegt.

8 / MEMO

Till sagt, dass er »eigentlich« ein Künstler ist, Musiker, aber weil auch er »Geld zum Leben« braucht, arbeitet er in einem Musikgeschäft. Beim ersten Treffen in der Innenstadt schleppt er wie zum Beweis einen mit tausend Aufklebern verzierten Gitarrenkoffer an, der aber ziemlich neu aussieht. Rechts lange Fingernägel, Haare zum Pferdeschwanz zusammengebunden. Etwas mehr Bizeps, als man zum Saitenzupfen braucht: Krafttraining, sagt er, und dass er sich dieser Tage auf seinen ersten Triathlon vorbereitet.

Nope, in dem Einkaufszentrum war ich nie. Nicht vorher, nicht nachher. Warum auch? Da gab es keine Geschäfte, die für uns interessant gewesen wären, und außerdem war es für uns Vorstadtkinder weit weg von daheim.

Ich wusste natürlich, dass es diesen Onkel gab, alle wussten wir das. Er redete oft von ihm. Hat mit ihm angegeben, ehrlich gesagt. Dass der Onkel so unendlich reich wäre und für seine vielen Autos ein Teil der Parkgarage reserviert wäre. Meistens nannte er ihn »Erbonkel«.

Die Schwester von unserem Freund arbeitete auch eine Zeit in der Immobilienverwaltung des Onkels, ein bisschen als »Mädchen für alles«, von den anderen Angestellten nur deswegen geduldet, weil sie eben die Nichte des Chefs war. Eine passende Ausbildung hatte sie nicht.

Genau wie unser Freund, der auch da jobbte, aber sie war eben eine Frau und deswegen in der Erbfolge wohl die Nummer zwei, denk ich. Aber auch ein zurückhaltender Typ, ohne Ambitionen.

Sie hatte ihr Studium abgebrochen, aber ihr nahm das der Onkel seltsamerweise nicht übel. Der hätte, glaub ich, selber gerne studiert und hat deshalb genau aufgepasst, was unser Freund an der Uni so machte. Oder was der ihm so auftischte, über »Fortschritte« und bestandene Prüfungen. Uns erzählte er einmal, so halb im Spaß, er wolle sich auf Erbrecht spezialisieren.

Hätte sich mal auf Strafrecht spezialisieren sollen.

Ob er glaubte, dass er – und seine Schwester – einmal

alles erben würden? Oh, ganz bestimmt. Der Alte hat vielleicht gemeckert, aber der hat an das Prinzip »Familie« schon geglaubt, »den Stab weitergeben« und all so was. Da hätte er nur warten müssen, Geduld, Geduld. Deswegen war ich mir ja so sicher damals: Er ist es nicht gewesen. So dumm ist er nicht, dachte ich.

Aber ein bisschen jähzornig, das schon.

SEBASTIAN

Dieser Onkel war stinkreich, verwitwet und suchte sich seine Gesellschaft in den überdekorierten glitzernden und blinkenden Kneipen der Innenstadt, die »Bei Dings« oder »Bei Bums« heißen, wo jeden Abend die verblichenen B- und C-Promis aufkreuzen und wo die reichen Einsamen und die einsamen Reichen ihre Schoßhündchen in Handtäschchen anschleppen und so tun, als hätten sie die anderen Einsamen und Reichen und Ex-Promis überhaupt nicht nötig.

Sie tun großzügig, aber den Geiz, der sie reich gemacht hat, können sie nicht unterdrücken: Jedes Mal, wenn sie eine Flasche spendieren, gibt's ein Memo: Ah, der und die, die haben mitgetrunken, selbst aber seit x Wochen nichts springen lassen. Ihre Köter wuseln herum, kacken dem Wirt auf die Dielen, aber hahaha, so ist sie eben, die liebe süße Shirley, und die Hundekacke und ihre umgehende Entfernung durch den Slavko oder die Aissata sind eingepreist im *89er Dom Sowieso*.

Der Molch vom Boulevardblatt – früher nannte man den

»Gesellschaftsreporter«, aber so was gibt es nicht mehr –, der da zwischen den Popanzen herumtippelt, notiert die Busserl, vermerkt die glatt gespachtelten Wangen, zählt die transplantierten Haare, die aufgeblasenen Lippen und ausgestopften Brüste, überhört keinen ploppenden Korken und übersieht niemals einen in zweiter Reihe parkenden Ferrari, Porsche und Maserati, verschweigt jedoch vornehm die gewöhnlichen SUVS der halbseidenen Prominenz, die aus der Vorstadt kommt und wie die Spießer ihre Münzen in die Parkautomaten wirft, und erwähnt die schon gar nicht, die zu Fuß aus ihren Mansarden daherkommen, die sie »Penthouse« nennen. Ausgenommen den Onkel, denn der wohnt wirklich um die Ecke von diesen Promikneipen, und dass er ein paar schöne Autos im privaten Teil seiner Garage stehen hat, das weiß jeder, der die wirklich wichtigen Rubriken der Blätter liest.

Unseren Freund hat das nie interessiert. Aber ich glaube schon, dass er in diesen Etablissements direkt oder indirekt immer mal wieder im Gespräch war.

TILL

Unser Spätentwickler. Ich hab ihn ein paarmal so genannt, im Scherz. Hat ihm nicht gefallen.

Als die ganze Scheiße passierte, waren wir um die 30, da ist man entweder mit dem Studium fertig oder hat schon längst einen Beruf. Nur er halt nicht. Nicht einmal einen Abschluss. Der hing irgendwie immer ein bisschen in der Luft. Und das hat ihn einerseits gewurmt, andererseits war er ja der »Chef in spe«. Der designierte Erbe. Okay, mit seiner Schwester muss er teilen, trotzdem Erbe, von keiner Kleinigkeit. Da fragt dann keiner mehr nach einem Abschluss und Noten, oder? Ich jedenfalls nicht.

EMILIA

Ich kannte den Onkel deswegen besser als die anderen, weil ich einmal ein paar Wochen bei ihm gearbeitet habe. Bei ihm, in seiner Wohnung, dieser fürchterlich eingerichteten Behausung über dem Einkaufszentrum. Der hatte sogar noch diese Videokassettenhüllen aus Plastik im Regal stehen, die aussahen, als wären sie alte Bücher. Das war ein paar Jahre vor seinem Tod, und ich habe noch studiert – Geschichte und Deutsch auf Lehramt.

Der Onkel wollte seinen Stammbaum erforschen. Er war ein Bussi-Promi, schon ein Arrivierter, mindestens einmal die Woche in den Klatschspalten, aber ich glaube, das hat ihm nicht gereicht. Ich sollte für ihn den adligen Urururopa finden, oder wenigstens einen Großbauern. Ein Wappen, das hätte er gern gehabt, kann man im Internet kaufen, klar, aber wenigstens ein bisschen seriös sollte es schon sein.

Unser Freund vermittelte mich wegen meiner Geschichtskenntnisse. Ich erinnere mich, dass der Onkel das toll fand, der hatte eine Hochachtung für alle »Studierten«. Aber bloß für diejenigen, die ihre Sache schnell und diszipliniert durchzogen. »Bummelstudent«, das war für ihn ein Ausdruck tiefster Verachtung. Mich fragte er gleich: Und, wie weit sind Sie? Unser Freund stand daneben und guckte auf den Boden, denn er wusste genau, wie gering der Onkel seinen Studieneifer schätzte. Er hatte auch gerade wieder einen Examenstermin verschoben. So etwas gab immer Minuspunkte.

Zu der Familie habe ich trotz aller Bemühungen wenig herausgefunden. Das waren irgendwelche Bauern aus der Bukowina. Solche Menschen hinterlassen kaum Spuren. Dafür habe ich ihm ein bisschen Kulisse gemalt, ich habe ihm ein Album gemacht, mit Fotos aus Wikipedia und Landkarten, wo ich die Dörfer seiner – mutmaßlichen – Vorfahren markierte. Es war nicht wirklich korrekt, schon gar nicht wissenschaftlich fundiert, aber ich habe den Familiennamen mit einer adeligen Sippe in Verbindung gebracht – nicht ganz sauber gegoogelt, das alles, aber ich dachte mir: Darüber freut er sich, das merkt er nie.

Und der Mann hat sich total gefreut. Als hätte man einem Waisenkind offenbart, wer seine Eltern sind. Das war … rührend.

SEBASTIAN

Das müssen Sie sich so vorstellen: Man hat damals versucht, die amerikanische »Mall« nachzubauen, mitten in der Stadt. Es muss todschick gewesen sein, als es irgendwann Mitte/Ende der 70er-Jahre eröffnet wurde und hieß dann, glaube ich, »Mega-City-Center« und bestand zur Hälfte aus Parkplätzen. War halt diese Zeit, in der alles »autogerecht« sein musste. Heute haben die Dauermieter Probleme, ihre SUVs in die Stellplätze zu quetschen. Egal, dann nehmen sie eben zwei, Geld ist ja kein Problem.

Drei oder vier Stockwerke und Keller mit Supermarkt, ein paar Büros, darunter die vom Onkel, und Arztpraxen. Kleine Tankstelle, die Tag und Nacht offen hatte. Großer überdachter Innenhof mit Imbissbuden, Kunstpalmen, Cafés und – Knüller! – das erste oder zweite Hamburger-Lokal der Stadt. Ein Ort, wo du einen halben Tag zubringen konntest, alles kaufen konntest, vom Knäckebrot bis zur Waschmaschine, und am Ende fährst du mit einem vollgeladenen Auto nach Hause und hast dir die Parkgebühr gespart – herrlich.

Zum Zeitpunkt des Mordes war der Zenit schon längst überschritten, der eine oder andere Laden stand leer.

Nein, keine Ahnung, wie es jetzt dort aussieht. Falls das Ding überhaupt noch steht. Interessant ist das Grundstück: beste Lage mitten im Trendviertel. Dürfte inzwischen irrsinnig viel wert sein.

Leider hat er nichts mehr davon.

9 / MEMO

Stand aktuell: Der Eingang zur Ladenpassage ist durch ein Rollgitter blockiert, die Läden geräumt, Schaufenster mit Zeitungspapier abgeklebt. Einige der Büros in den oberen Etagen sind wohl noch vermietet. Auch die Parkgarage ist in Betrieb. Das Penthouse ist von der Straße nicht zu erkennen. An einem Seiteneingang ist das oberste Klingelschild abgeschraubt.

SABINE

Ein ziemlich widerlicher Kerl. Wenn Sie mich schon fragen. – Einfach widerlich. Der musste einen immer anfassen.

Ja wo, ja wo?

»Unterer Rücken«, wie das heißt. Po-Tätschler.

Typ »Alte Schule«, hat sich vermutlich gar nichts dabei gedacht und bloß seine angestammten Privilegien genossen.

EMILIA

Ob Sabine den Onkel je getroffen hat? Das denke ich schon. Sie war ja mal mit ihm zusammen. – Nein, nicht mit dem Onkel, mit *ihm*. Warum fragen Sie das?

Also von Anfassen weiß ich nichts. Sicher nicht. Nicht mich jedenfalls. Der hat einem vielleicht mal die Hand auf den Arm gelegt, oder auf die Schulter, so onkelig, das war doch früher üblich. Ansonsten streng, das schon. Aber nicht ungut oder übergriffig. Nach heutigen Kriterien – das wäre eine andere Geschichte.

Einmal hat er mich in eine dieser Promikneipen mitgenommen, in die er oft ging, drei- oder viermal die Woche. Es gab immer irgendwas zu feiern. Aber die Typen in diesen Kneipen brauchen überhaupt keinen Grund zu feiern. Er hat jeden Einzelnen umarmt, ein bisschen mechanisch, fand ich, ein bisschen war er halt immer noch der bukowinische Maurer, der mit dem Chi-Chi und den Regeln dieser Gesellschaft doch nicht so ganz klarkam. Bussibussi, bäh.

Aber das waren halt seine Freunde oder Bekannten. Jemand anderes hatte er eben nicht.

Was ich sagen will: Warum sollte den jemand umbringen? In der Kneipe jedenfalls hat er allen erzählt, dass er zu Hause nichts hat, keine Reichtümer besitzt und gewiss nicht so blöde wäre, falls doch – zwinkerzwinker –, sie zu Hause aufzubewahren. Aber, zwinkerzwinker, vielleicht doch?

Und ob der geizig war. Wenn er einkaufen gegangen ist – und die Geschichte hat er mir ein paarmal erzählt –, dann hat er für den Einkaufswagen, wenn man da die Kette abmacht und eine 50-Cent-Münze oder einen Euro reinstecken kann, immer die 50 Cent genommen. Weil, hat er gesagt, ich werd doch nicht unnötig Kapital binden.

Für die halbe Stunde einkaufen! So war der drauf.

Meine Rechnung zur Familienforschung hat er prompt bezahlt, schwarz und in bar natürlich, aber ich hatte viel mehr gearbeitet als anfangs gedacht. Blöd, war eben als Pauschale ausgemacht, selber schuld, da gibt es keinen Nachschlag, hat er mir erklärt. Und dazu ein Grinsen.

Mir hat er vielleicht mal ein Glas Apfelsaft eingeschenkt, wenn er schon mit dem Bordeaux vorm Gaskamin saß, und mich dann wieder ins Arbeitszimmer geschickt. Und über seinen Neffen hat er dauernd lamentiert. Dass der nur sein Geld wolle. Dass der erst einmal seine Prüfungen machen solle. Mehr büffeln, weniger durch die Kneipen ziehen. Ich meine, ja, na gut, immerhin hat er den auch mitfinanziert, sonst hätte der nicht seine schicke kleine Wohnung in der Stadt gehabt, sondern hätte noch im Reihenhauskinderzimmer unterm Bravo-Starschnitt gehaust.

Wie ich.

SEBASTIAN

Ich dachte es mir immer so:

Kommt ein 20-Jähriger von irgendwo vom »Balkan« – das ist zwar auch im Süden, aber nicht im von allen geliebten und ersehnten Italien –, riecht etwas streng nach Knoblauch und nach Schweiß, nur nicht nach *dolce vita*. Kann aber Ziegel legen, Mörtel mischen, am Lot arbeiten. Im Land fehlen noch immer die Männer. Sind zu viele im Krieg geblieben; die Übrigen sind kaputt im Kopf, am Körper. Angebot schwach, Nachfrage stark. Frauen haben die vater-, brüder-, männerlosen Firmen geerbt, aber keine Ahnung, wie man den Laden schmeißt. Wie auch, niemand hat sie darauf vorbereitet. Suchen »starke Schultern«, einerseits zum Anlehnen, das ist wie bei Rosamunde Pilcher, andererseits die starke Hand, den eisernen Besen. Jemand muss den Betrieb am Laufen halten, also nimmste den vom Balkan, wird schon gut gehen, und wen sonst. Das war die Karriere des Onkels. Und ich hab da allen Respekt davor.

Tat

EMILIA

Es gab eine Telefonstafette unter uns, völlig chaotisch, ich glaube, ich wurde dreimal angerufen, und ich selbst habe Sabine zweimal angerufen, weil ich in der Aufregung vergessen habe, mit wem ich schon telefoniert hatte. Till auf jeden Fall war ahnungslos, der war auf einer Fortbildung, hatte das Handy aus und kam gerade erst wieder in die Stadt, als ich ihn anrief.

TILL

Emilia war am Telefon ... sie heulte fast. Nein, sie heulte wirklich. Der Onkel ist tot, sagte sie, und ich: Welcher Onkel? Und sie: Na, *sein* Onkel, der Onkel vom Einkaufszentrum, der *Erbonkel.* Und ich: Ja, schon traurig, aber was gibt's da zu heulen, wunderbar, dann erbt er endlich und kann aufhören zu studieren oder so zu tun als ob, das wollte er doch immer. Aber Emilia hat gar nicht gelacht, sondern geschrien: Sie haben ihn festgenommen, er ist auf dem Kommissariat.

Wie, *er*? An *die* Möglichkeit hatte ich gar nicht gedacht.

Die nennen ihn nie beim Namen. Sie sind die Gruppe, und er ist er, oder »unser Freund«. Einer von ihnen und doch nicht. Oder nicht mehr.

BENJAMIN

Der Sebastian wie gesagt redet immer von »verhaftet«, und als ich ihn darauf hinweise, dass es »festgenommen« heißen muss, weil es noch keinen richterlichen Haftbefehl gibt, da schreit er mich an: Ist doch scheißegal!

Nein, gar nicht, habe ich gesagt. Vielleicht etwas pikiert. Wenn er nur als Zeuge vernommen wird, ist doch alles halb so wild, dann lassen sie ihn wieder gehen, und alles ist gut.

Zweifelst du etwa?, hat er mich gefragt. Und ich habe gesagt: Nein, natürlich nicht.

Trotzdem hatte ich so ein mieses Gefühl: Was, wenn doch?

Und *cui bono,* wem nützt es? Das Motiv, mit anderen Worten. Wir alle sind träge. Um uns auf Trab zu bringen, dazu braucht es einiges. Ein Motiv.

Sabine hat das auch erwähnt, sagen Sie? Ja, die ist eine Schlaue.

Wir waren total aus dem Häuschen, nachdem sie ihn zur ersten Befragung auf das Kommissariat verschleppt hatten, und ich sage halt »verhaftet«, so wie sie das in den Krimis auch immer sagen, und dann kommt Benjamin, unser studierter Jurist, mit seinen elenden Wortklaubereien daher. Hat mich eben genervt.

Habe ich erwähnt, dass ich zum Tatort gefahren bin, ins Einkaufszentrum?

Wie auch immer, ich bin durch den hinteren Notausgang rein, der war meistens mit einem Holzkeil offen gehalten, weil die Angestellten so bequemer an die Mülltonnen und zurück kamen. Dann hab ich mich über die Treppe zum Parkdeck raufgeschlichen. Wo mich allerdings die Bullen abgefangen haben. Da waren schon überall die rot-weißen Flatterbänder gespannt. Mehrere Polizeiautos, zivil und Streife. Ein Rettungswagen, wo echt nichts mehr zu retten war. Stellplatzmieter kamen die Rampe hochgefahren und wurden abgewiesen. Ich hab auch behauptet, ich will zu meinem Auto, hat aber nichts geholfen, ich musste hinter dem Flatterband bleiben und hab versucht, möglichst viel mitzubekommen.

Er lehnte an der Wand und rauchte, nicht weit von der Tür zum Penthouse, und in der Nähe stand ein Polizist, der wohl aufpassen sollte, dass er nicht abhaute. Ich hab gehofft, er schaut sich um und sieht mich vielleicht, aber er starrte bloß vor sich hin auf den Boden und ab und zu, wenn die Typen von der Spurensicherung in ihren komischen Anzügen vorbeigingen, so etwas ziellos in die Runde. Als ob er nur durch Zufall dorthin geraten wäre.

Und dann kamen zwei Zivilbullen aus der Wohnungstür, gingen zu ihm hinüber, redeten eine Minute auf ihn ein. Dann packte einer ihn am Arm und schob und zog ihn zu einem der Zivilautos mit Magnetblaulicht drauf. Und echt, wie im Film, als sie ihn hinten einsteigen ließen, drückten sie seinen Kopf nach unten. Als wär einer zu blöd, um ohne Kopfverletzungen in ein Auto einzusteigen. Vielleicht ist das eine Machtgeste, habe ich mir gedacht? Einfach zeigen, wer der Chef ist.

Das war am frühen Abend. Nachdem ich da nicht gut weiter rumstehen konnte, bin ich wieder runter und habe auf dem Gehsteig das Handy rausgenommen.

Ich wollte Sabine anrufen, weil Benjamin vorher gemeint hatte, die Sabine hätte noch keiner von uns erreicht, er würde es aber auch probieren. Ausgerechnet Sabine, mit der ich schon seit fünf Jahren oder so nicht mehr gesprochen hatte. Ich glaub, ich hatte die Nummer schon rausgesucht – und mir dann gedacht: Das kannst du auch morgen tun.

EMILIA

Du musst das ja in deinen Kopf reinkriegen, selbst wenn du nicht willst. Vorher war das ja nicht da drin, und alles in dir sträubt sich total dagegen. Wie eine allergische Reaktion.

Weil es einfach nicht zu ihm passt.

Warum? Das kann man in Worten schlecht beschreiben. Na gut. Vielleicht mit einer Geschichte. Einmal haben sie uns, neunte Klasse oder so, ins Schullandheim geschickt. Geregnet hat es die ganze Zeit. Und als alle pädagogisch wertvollen Gesellschaftsspiele schon zum Überdruss abgespielt waren – für heimliches Flaschendrehen waren wir schon zu alt –, haben die verzweifelten Pädagogen uns zum Pilzesuchen in den Wald geschickt, sobald ein bisschen Sonne durchbrach. Es gab eine Menge Pilze, dafür war der Regen gut gewesen, und, logisch, ist aus der Sache für manche ein Wettbewerb geworden. Ich kann das nicht nachvollziehen, manche kriegen da einen Jagdtrieb. Sebastian und Till haben alles ausgerissen, was ihnen zwischen die Finger geriet, und kamen mit vollen Tüten zurück, Fliegenpilz inklusive. Sabine hat bloß diese kleinen Gelben gesammelt, und alle in derselben Größe. Ich habe gar nicht gesucht und nichts gefunden, weil ich es blödsinnig finde, wie ein Trüffelschwein durch den Wald zu schnüffeln, Augen am Boden, Nase in der Erde.

Er war der Einzige, der sich vor dem Sturm auf den Wald den Pilzführer angeschaut hat, den die Lehrer angeboten haben. Ich fand das so … früher hätte ich gesagt: süß. Charmant und klug eben, so ein bisschen anders als die anderen. Aber wahrscheinlich sagt das letztlich mehr über mich als über ihn aus. Ich kann ihn nur so beschreiben, wie ich ihn sehe.

Gegessen haben wir von all den Pilzen natürlich nichts. Ist ja auch eine Haftungsfrage, was ich als Lehrerin gut verstehe.

SABINE

Wer sonst? War mein zweiter Gedanke: Wer sonst? Sollte den Onkel erschlagen haben.

Dann: Nein, nein.

Ich war beim Einkaufen, und es war Benjamin, der mich anrief und sagte, dass er, unser Freund, festgenommen worden sei. Und dann war Sebastian dran. Oder umgekehrt. Oder tags darauf.

Wir waren wie ein Hühnerhaufen, über dem der Falke kreist. Ich weiß oft nicht: Was ist Erinnerung, was ist zurechtgelegte Geschichte?

Ist ja auch egal. Das mit dem Onkel habe ich dann auch in der Zeitung gelesen. Korrektur: im Vorbeigehen an einem Kiosk flüchtig zur Kenntnis genommen. Und trotzdem noch gedacht, das hätte mit mir, mit uns allen gar nichts zu tun. Den Onkel hab ich ja nie mehr getroffen, seit … Wie lange jetzt? Vielleicht war da ein anderer ermordet worden? So oder so, der war eine Figur in einer alten Geschichte, deren Anfang, Mitte und Ende ich nicht mehr so parat hatte. Na gut, das Ende immerhin war offensichtlich. Sein Onkel war tot, und man konnte sich schon fragen: *Cui bono,* wem nützt es?

SEBASTIAN

Darüber habe ich mich total aufgeregt. Als Sabine am Telefon so daherredete: Wer profitiert denn davon? Wie kannst du bloß, er braucht uns jetzt – wann, wenn nicht jetzt, braucht man Freunde, und zwar Freunde, die keine blöden Fragen stellen, Freunde, die keine pingeligen Unterscheidungen zwischen »verhaftet« und »festgenommen« machen, sondern da sind, wenn man sie braucht. Die was tun, nicht bloß quatschen und abwarten, was passiert. Freunde eben. Steckt doch alles drin im Wort: Freund.

EMILIA

Einer von uns ein Mörder.

Einer von uns ein Mörder?

In einer Dauerschleife ging mir das im Kopf rum. Ich glaube, ich war hysterisch. Aber irgendwie auch total … Na ja, wie soll ich das sagen, aufgeregt. So ein Kitzel, gar nicht mal so unangenehm. Ich schäme mich fast, das zu sagen. Vielleicht, weil unsere Gruppe damals … Wir hingen jedenfalls nicht mehr so eng zusammen, schon lange nicht mehr. Und auf einmal hatten wir wieder etwas, das uns verband. Sebastian hat das bestimmt so gesehen.

TILL

Wie ich das aufgenommen habe?

Sportlich halt, wie alles. Erst kriegst du grob eins übergezogen, und du gerätst ins Taumeln wie ein Boxer, der eins aufs Kinn bekommen hat – weil, ich habe mal geboxt –, und du machst brrrr, schüttelst den Kopf, schlenkerst mit den

Armen und rollst deine Schultern, du haust zwei-, dreimal die Fäuste zusammen und denkst: weiter, weiter, nächste Runde. So bin ich das angegangen. Keine Ahnung, ob wir da siegreich rauskommen würden, aber soweit es mich betraf, wollte ich gerne einen soliden Kampf liefern. Über viele Runden. Dass es dann so viele werden würden, hätte ich allerdings nicht erwartet.

EMILIA

Und dann denkst du, schon etwas gefasster: Das ist ja wie im Fernsehen. Wo waren Sie zwischen 22 und 23.30 Uhr? Können Sie schon was zur Todesursache sagen? Sie glauben doch nicht etwa, ich hätte …?

So begann eine Woche des absoluten Horrors. Der Mann wurde am Montag erschlagen, am Dienstag gefunden. Und am Freitag klebte unser sorgloses Leben, unsere sicheren Existenzen in einem sicheren, freien und gerechten Land, auf dem heißen Asphalt wie ein hundertfach überfahrener Igel, dem seine wehrhaften Stacheln auch nichts mehr nützen.

Ja. Natürlich übertreibe ich. Ich versuche nur, das Gefühl zu beschreiben. Ich wünsche das meinem ärgsten Feind nicht. Auch wenn ein Mörder nur einen einzigen Menschen umbringt, Opfer hat er noch einige mehr. Das zieht eine Schneise der Verwüstung durch alle ihre Beziehungen. Familie, Bekannte und Freunde, da geht ein Tornado durch, und nachher ist nichts mehr wie vorher.

Weil die Freunde das nicht so eindeutig sagen: Die Leiche lag fast 24 Stunden unentdeckt in der Diele, direkt hinter der Stahltür, die das Penthouse vom Parkdeck trennt. Erst am folgenden Nachmittag wurde der Onkel gefunden; von einem Angestellten und dem kurz darauf Festgenommenen. Dann: Polizei, Notarzt, erste Ermittlungen, Befragungen.

BENJAMIN

Heute wäre das ja sehr einfach. Wir hätten eine WhatsApp-Gruppe, und jeder aus dem Kreis wäre im Nu informiert. Damals – ich denke, wir alle hatten schon Mobiltelefone, aber die waren nicht immer angeschaltet, noch nicht »smart«, und man war noch nicht so darauf getrimmt, alle paar Minuten aufs Telefon zu schauen. Ich glaube, ich wurde per SMS benachrichtigt. Von wem, weiß ich gar nicht mehr.

Doch – von seinem Vater. Die Familie wusste es natürlich zuerst.

Dann der Anruf bei Sebastian. Ich glaube, ich habe ihn ziemlich genervt. Wenn ich mich aufrege, dann muss ich mich an irgendwelchen Tatsachen oder Formalitäten festhalten, das beruhigt mich. Sebastian, so ist der eben, der war schon voll auf Angriff.

Ach so, ja, der erste Gedanke war: Der Benjamin!, das hab ich zuerst gedacht, endlich meldet der sich mal wieder. Ich war im Supermarkt, im Gang für Reis, Nudeln und Kartoffelprodukte und mit einer schwierigen Kaufentscheidung beschäftigt – Rundkorn? Parboiled? Basmati? Knödel Halb&Halb? Farfalle? Penne? Fusilli? –, und normalerweise wäre ich gar nicht rangegangen, aber mit einem Auge schielte ich aufs Display, sah »Benji«.

Im Nachhinein ein echter Wo-warst-du-als-die Mauer-fiel-Moment? Am 11. September 2001? Oder als Donald Trump gewählt wurde. Die Brexit-Abstimmung. Ja … ich stand im Gang für Reis, Nudeln und Kartoffelprodukte, und Benjamin sagte mir, dass unser Freund im Kommissariat wegen Mordes verhört, vernommen, was weiß ich, werde. Jedenfalls streng befragt.

Obwohl, »festgenommen« sagte der Benjamin, und mit solchen Sachen ist er als Jurist schon sehr genau. Und zuerst dachte ich enttäuscht, Mensch, der ruft ja gar nicht wegen mir an, sondern wegen dem, der seinen Onkel erschlagen hat – Entschuldigung, »haben soll«. Ob er Grund dafür hatte oder nicht, der Onkel war ja auch ein ziemlicher Kotzbrocken gewesen.

Ich hab mir angehört, was Benjamin mir erzählte, irgendwie benommen. Was machen wir denn jetzt?, habe ich ihn gefragt, und müssen wir überhaupt was machen, denn eigentlich kann das alles doch bloß ein Irrtum sein, der tut doch keiner Fliege was zuleide.

Ich mein, ich hab das Bild noch vor mir, als wäre es ganz frisch, ein Regal voller Nudeln in blauen Kartons, und ich denk mir, was soll das denn, warum so viele Nudelsorten, wer braucht das denn alles, diese ganzen Sorten? Und Benjamin macht eine Pause, eine lange Pause, und sagt: Ich denke, der braucht jetzt einen Anwalt. Wozu?, schreie ich, und er sagt: einen guten Anwalt. Was jetzt, was jetzt?, habe ich gesagt. Benjamin sagte: Wir müssen zusammenhalten, ich melde mich.

Zusammenhalten, das ist doch, was Freunde tun, selbst wenn sie gar nichts tun.

Als ich schon zu Hause war, ohne Nudeln, Reis oder Kartoffelprodukt, rief Emilia mich an, einmal, zweimal, und erzählte mir nichts Neues, und dann habe ich, nach einigem Nachdenken, Till angerufen, dem wiederum ich nichts Neues erzählte, aber es war trotzdem gut zu reden. Ein bisschen wie früher, als das alle paar Tage geschah.

TILL

Ich stand in meinem Fitnessraum, links und rechts eine Dreikilohantel in der Hand und die Arme lang und eng am Körper, und rollte die Schultern. Vor dem Spiegel, ich trainiere immer vor dem Spiegel, damit ich kontrollieren kann, ob ich angestrengt aussehe, was ich nicht will.

Nachdem ich mit Emilia gesprochen hatte, stand ich da, mit meinen Hanteln, und spreizte die Arme ab, als würde ich die Flügel ausbreiten, schön horizontal. Nur keine Miene verziehen. Nicht blödsinnig grinsen wie die Bodybuilder und Turniertänzer, sondern dreinschauen wie ein Pokerspieler: Wer, ich? Niemanden hereinlassen. Was in dir passiert, geht keinen was an, auch wenn es dich zerreißt.

Passen Sie auf, ich sag jetzt mal was, das genauso altmodisch ist, wie es sich anhört: Pflicht. Freund. Freundespflicht. Hätten wir allesamt zum Polizeipräsidium marschieren sollen, um ihn rauszuholen? Da dachte ich kurz mal dran, aber das wär wohl … Das hätte wohl zu angestrengt ausgesehen, verstehen Sie? Ich mein, das ist ein Rechtsstaat.

Das war natürlich vor dem Prozess, danach sah ich alles etwas anders.

Sabine rief später am Abend an, und wenn ich sie recht verstanden habe, dann hat sie gesagt, er hat den Onkel ermordet. Die war total aufgekratzt und aufsässig. Und ich so: Nicht erwiesen, und das alles ergibt doch keinen Sinn. Und sie: Wer sonst? Und ich, ziemlich stur und ärgerlich, denn schließlich ist er unser Freund: Jemand anderes. Und sie sagt: Na wer denn bitte? Und ich sage: Nicht er. Und sie bohrt weiter, sodass ich fast auflegen möchte. Und ich sage – ach, ich weiß nicht mehr, was ich gesagt habe. Ist auch egal. Es geht um die *Haltung*. Und, ehrlich gesagt, ohne Sabines Bohren hätte ich mich nicht so schnell für die … richtige Haltung entschieden.

SEBASTIAN

Es war halt sofort eine öffentliche Sache. Superfood für die Boulevardblätter, wir haben drei davon in der Stadt, plus zwei eher seriöse. Wurde der Mord nicht schon in den Abendausgaben vermeldet?

Dann bilde ich mir das ein. Sie haben ja auch einmal für eins dieser Blättchen geschrieben. – Nein, das werfe ich Ihnen jetzt nicht vor, aber ich behalte es mal im Hinterkopf.

TILL

Und das Seltsame ist ja, wenn einer auf so furchtbare Weise zu Tode kommt, fragt man sich da nicht, ob das nicht … Ob das nicht irgendeinem Plan folgt, von mir aus einem göttlichen Plan, so als gebe es ein Schicksal. Nur so eine Idee. Das Opfer … Hat das Opfer nicht auch immer irgendeine Schuld? Weswegen passiert, was passiert.

Nur so eine Idee, wie gesagt.

SABINE

Okay, also noch mal zusammengefasst: Schon zu dem Zeitpunkt sagten alle anderen: Er nicht. Er war's nicht. Na schön, dachte ich damals, wenn er nicht, wer dann? Warum? Wie? Ich hätte schon viel früher sagen sollen: Denkt doch mal nach, Leute! Dann wäre uns und ihm viel erspart geblieben.

BENJAMIN

Exakt, das ist eben die Sache. Wir haben uns – quasi ein Reflex – darauf verständigt, dass er es nicht war. Eigentlich nicht mal verständigt. Es ging ohne Worte. Es war klar, und keiner musste das sagen. Geht die Sonne im Osten auf? Ist der Papst katholisch? Ich will nur, dass Sie verstehen: Wir haben uns angesehen, und jeder Einzelne von uns wusste: *er nicht*. Das genügt auch. Mehr braucht es nicht. Für den Anfang. Und, klar, Sebastian hat Überzeugungskraft.

SEBASTIAN

Ich habe sie alle zusammengerufen. Diese Telefonschleifen gingen mir auf die Nerven, wir mussten uns treffen. Wir haben später in der Kneipe ein paar Tische auf die Seite geschoben und einen Kreis gebildet, wie die Eishockeyspieler, so Arme um die Schultern und »Einer für alle – alle für einen« gemurmelt. Für mich war es ein erhebender Moment, und ein bisschen fühlte ich mich wie d'Artagnan unter seinen Musketieren. In jeder Gruppe braucht es einen, der sie zusammenhält. Besonders in so einem Fall. Und als bester Freund, da war es für mich nicht nur eine Pflicht, sondern eine Ehre. Und, na gut, ein Liebesdienst, auch wenn das ein bisschen schwülstig klingt.

TILL

Der Sebastian ist der geborene Anführer. War er schon immer, schon auf dem Spielplatz. Der hat dir gesagt, wann du auf die Wippe durftest und mit wem. Und er hat die Spiele organisiert und die Mannschaften gebildet, auf der einen oder anderen Seite mitgespielt und auch noch den Schiedsrichter gemacht. Ob neue Kinder bei uns mitmachen durften, da hat er Daumen rauf oder runter gemacht, erste und letzte Instanz. Emilia dürfte sich dran erinnern. Und deswegen war das für uns ganz normal, als er auch später den Ton angegeben hat, und ich hab das immer akzeptiert. Voll in Ordnung, wenn einer Verantwortung übernimmt, sonst drücken sich immer alle. Ohne ihn wären unsere Aktionen und die ganze Agitation nicht auf Touren gekommen und nach ein paar Monaten sanft eingeschlafen.

12 / MEMO [KRIMINALISTIK]

Ergoogelt und als hilfreich festgestellt: Hinrich de Vries, *Einführung in die Kriminalistik für die Strafrechtspraxis, § 2 Ermittlungsansätze, 1. Die Systematik der Ermittlungsansätze:*
»Wer war zur Tatzeit am Tatort?
Wer besaß die Mittel und die Werkzeuge, die zur Tat benutzt wurden? Wer besaß die Fertigkeiten, Eigenschaften und Kenntnisse, die der Täter besessen hat?
Wer hatte ein Motiv für die Tat?«

(Sog. Weingart'sches Gerippe, zusammengestellt 1904 von einem Amtsrichter namens Weingart)

DER GEFANGENE

Was wissen die denn über meinen Onkel?

Wenn überhaupt etwas, dann das, was ich ihnen erzählt habe. Außer Emilia und Sabine, die beiden wissen ein bisschen mehr. Nichts Nettes. Gab ja auch nichts Nettes. Er war ein unausstehlicher Klugscheißer und wusste immer, was am besten für andere Leute war. Für mich vor allem. Er hat mir schon als Kind vorschreiben wollen, was mir zu gefallen hat. Mäkelte an meinen Haaren herum (zu lang) oder wenn ich Jeans und Turnschuhe trug oder wenn das Hemd aus der Hose hing. Aber für die 20-Mark-Scheine, die es für Zeugnisse gab – manchmal auch nur fünf oder null, wenn's nicht nach seinem Gusto ausfiel –, habe ich mich brav dressieren lassen. Ja, Onkel. Natürlich hast du recht, Onkel. Hahaha, sehr lustig, Onkel.

Alle haben wir uns dressieren lassen, wir haben alles runtergeschluckt, immer nur geschluckt. Immer brav Kaffee und Kuchen aufgetischt, wenn er am Sonntagnachmittag mit seinem S-Klasse Benz in den Vorort kam, seine verbliebene Familie besuchen – mein Vater machte pflichtschuldig den Platz vor der Garage frei –, und seinen Vorträgen zugehört. Wie man es schafft im Leben: mit Fleiß, Disziplin, Mut und Intelligenz, die er allerdings »Bauernschläue« nannte. Doch diese vier erstrebenswerten Eigenschaften waren in unserem Familienzweig nur mäßig ausgeprägt.

Immerhin waren wir schlau genug, ihn nicht merken zu lassen, dass wir ihn nicht ausstehen konnten. Wir spielten Knechte und Mägde, damit er sich wie ein Herr fühlen konnte. Das sieht auf den ersten Blick nach klaren Machtverhältnissen aus, aber im Grunde war er mindestens genauso abhängig von uns wie wir von ihm; nur eben auf eine andere Weise. Ein berühmter Schauspieler, dem man zu seiner glänzenden Darstellung Richard III. oder Heinrich V. oder sonst was gratulierte, soll gesagt haben: Danke sehr, aber ich hatte wenig zu tun. Es sind die anderen, die mich spielen.

Sehr bescheiden, und sehr richtig. Was für ein Herr bist du denn, wenn keiner den Hut vor dir zieht, was für eine Dame, wenn niemand dir die Tür aufhält? Wir spielen die anderen und werden von den anderen gespielt. Glaubst du nicht? Warte, bis die Teenies im Bus dir einen Sitzplatz anbieten.

Wie auch immer: Er war der Onkel. »Der Onkel« hatte keinen Vornamen mehr. Der Nachname war der unsere. Nach dieser schrecklichen Tat soll er auch kein Gesicht mehr gehabt haben. So hat sich das jedenfalls im Prozess angehört, als die Ermittler vom Tatort berichteten. Ich habe sein Gesicht so oder so vergessen, schon lange. Obwohl er mir das hier eingebrockt hat. Oder weil.

Spuren

SEBASTIAN

Dann war es einen Tag lang geradezu gespenstisch ruhig. Mittwoch, glaub ich. Montag der Mord, Dienstag entdeckte man den Toten. Da haben wir alle aufgeatmet, an diesem Mittwoch. Jetzt ist es vorbei, dachte ich. Selbst wenn der Rest der Welt erst an diesem Tag von dem Verbrechen in den Zeitungen las. Unser Freund hatte sich, glaube ich, zu Hause und draußen bei seiner Familie verkrochen. Jedenfalls nicht bei der Polizei, die ihn noch am Abend zuvor kurz befragt hatte. Ich wollte ihn anrufen, aber er ging nicht ran. Recht so, dachte ich, ruh dich aus. Da schien es noch, als sei der Albtraum vorüber.

Die Zeitungen schrieben puren Mist. So was wie: »Um wen es sich bei dem Toten handelt, wusste gestern Abend selbst die Polizei nicht.« Als könnten die nicht aufs Klingelschild gucken oder einen Personalausweis lesen. Vielleicht stimmt's ja auch.

»Nachbarn« sollen irgendwas über einen »relativ jungen Mann von unter 40« als Opfer erzählt haben. Der Onkel war über 70! Ein Polizeisprecher soll was von einer Treppe gefaselt haben, die der Mann heruntergefallen sein könnte. Welche Treppe, in einem 300-Quadratmeter-Penthouse auf einer Ebene? Sagen Sie, ihr von der Presse, erfindet ihr solche Sachen, oder woher kommt das? Oder sind das Nebelkerzen der Polizei, um Täter und Mitwisser zu verwirren? Einfach Inkompetenz oder »ermittlungstaktische Gründe«, wie es immer so schön heißt? Die Stadt staunte jedenfalls und wartete begierig auf weitere Einzelheiten.

Aber egal: Wenn das, wie es eine Schlagzeile behauptete, ein »mysteriöser Todesfall« gewesen sein sollte, und wenn da von einem »Unbekannten« die Rede war, umso besser. Jedes noch so wilde Geheimnis war mir – uns allen – lieber als die schockierende Eindeutigkeit des Namens unseres Freundes. Mit dem »großen Unbekannten« konnte ich gut leben: Bleib von mir aus ruhig unbekannt, dachte ich, dann sind die noch eine Weile beschäftigt, vielleicht sogar für immer. Das hat sich aber bald geändert.

EMILIA

Wie ein Kater am Morgen danach. Ich bin früh aufgestanden wie immer, weil ich in die Schule musste. Mein Kopf brummte und summte, und ich konnte mich kaum konzentrieren. Einen Schüler, der gestört hat, habe ich scharf zurechtgewiesen, wie es sonst gar nicht meine Art ist, das tat mir im Nachhinein leid. Die letzten Nachrichten kurz nach Mitternacht waren noch gut gewesen. Er schien wieder auf freiem Fuß, die Polizei mit ihm zumindest auf dem Holzweg. Ich hatte trotzdem schlecht geschlafen und von ihm geträumt.

Weil ich nicht das Gefühl hatte, es sei schon vorbei.

TILL

Und am Tag, nach dem die Leiche gefunden wurde, hat es in den Zeitungen geheißen, es würde wohl langwierige Ermittlungen geben, weil das Opfer so weit verzweigte Gesellschafts-, Geschäfts- und Finanzbeziehungen gehabt hat. Aber dann ging es doch ganz anders und ganz schnell.

Die Revolverblätter lese ich nicht. Sogar die seriösen Zeitungen haben einen Haufen Mist geschrieben. Zum Beispiel, dass unser Freund der einzige lebende Verwandte des Onkels war. Und sie verwendeten einen unmöglichen Spitznamen für ihn, den keiner von uns je gebraucht hat. Sie bezeichneten ihn als »Juristen«, so, als hätte er alle seine Examen bestanden. Und sie erzählten von einem elektronischen Sicherheitssystem, Kameras und so weiter. Dann wäre es ja einfach gewesen. Ich hab nur mal was von einer Alarmanlage gehört. Hilft bloß nichts, wenn der Mann seinem Mörder die Tür öffnet.

SABINE

Der Mittwoch war zum Durchatmen. Ein paar Stunden, um die Sache zu kapieren. Erst am Donnerstag haben sie ihn wieder zum Verhör oder zur Vernehmung gebeten. Oder eingeladen, vorgeladen. Ich weiß nicht, wie man da sagt. Und irgendwie, glaube ich, haben die ihn ganz schön eingeseift. –

Na, das soll heißen, so richtig nach der Methode »guter

Cop und böser Cop«. Der eine schreit rum, schüchtert ein, droht mit allen möglichen Dingen, haut auf den Tisch, kommt einem ganz nahe, sodass man seinen Atem spürt und die Spucketröpfchen auf der Backe, und der andere tut verständnisvoll, fragt, ob man eine Pause braucht, einen Kaffee möchte, und schaut den anderen, den bösen Polizisten, manchmal vorwurfsvoll an, wenn er zu laut wird. Das ist natürlich ein abgekartetes Spiel. Ich würde wahrscheinlich auch drauf reinfallen, wenn ich in der Situation wäre.

Ich kann nur für mich sprechen: Nach der ersten Aufregung haben sich eigentlich meine alten Reflexe wieder eingestellt. Wird schon nicht so schlimm werden. Warum sollte ausgerechnet uns langweiligen Vorstadtkindern so was passieren? Und warum soll ausgerechnet ihm, einem ganz besonders langweiligen, unauffälligen Vorstadtkind so was passieren? Woher der plötzliche Ehrgeiz, nachdem er über die Jahre alles hat schleifen lassen? Nee, nee, dachte ich: Ich mach mir einen gemütlichen Abend, heute kein Stress.

Zur Sicherheit habe ich eine ganze Flasche Rotwein getrunken. Und trotz Vollmond konnte ich gut schlafen.

EMILIA

An dem ruhigen Mittwoch ist bei der Polizei wohl viel im Hintergrund gelaufen, und danach hatten sie viele Fragen. Er ist ganz arglos ins Kommissariat gegangen. Ohne Anwalt. Das spricht doch Bände, nicht wahr? Wenn er gewusst hätte, dass es für ihn brenzlig werden könnte, dann hätte er sich doch vorbereitet. Er ist doch nicht dumm.

Vernehmungen

13 / MEMO [KRIMINALISTIK]

Hinrich de Vries, *Einführung in die Kriminalistik für die Strafrechtspraxis,*
§ 2 Ermittlungsansätze, 8. Ermittlungsansätze aus dem Opferumfeld:
»Besteht die Möglichkeit, dass Opfer und Täter sich schon vor der Tat kannten, dann ist das gesamte berufliche und private Umfeld zu durchleuchten. Beziehungsdelikte sind bei Tötungen besonders häufig. Ziel muss es sein, alle Kontaktpersonen in den letzten Tagen vor der Tat zu ermitteln.
Aus der Lebensweise des Opfers können sich auch Anhaltspunkte für ein Tatmotiv ergeben. Bei Beziehungstaten ist mit widerstreitenden Gefühlen zu rechnen. Auch die Täter sind sich über ihre Beweggründe nicht immer im Klaren.«
§ 5 Vernehmung, 3. Die Kontaktaufnahme und Belehrung:
»Zeugen und Beschuldigte sind zerbrechliche Beweismittel. Die wichtigsten Regeln für die Vernehmung ergeben sich aus den Regeln der Höflichkeit. Wer die Vernehmung dazu benutzt, seine Abscheu über die

Tat zum Ausdruck zu bringen, muss sich nicht wundern, wenn der Beschuldigte sich den Fragen verweigert. Jede Beamtenmentalität ist zu vermeiden.«

BENJAMIN

Der Ablauf ist der folgende: Einer oder eine liegt da tot in seinem oder ihrem Blut. Wenn natürliche Ursache oder Unfall ausgeschlossen oder zweifelhaft ist: Auftritt Kriminalkommissare, Spurensicherung, Pathologe. Und wenn Selbstmord ausgeschlossen oder zweifelhaft ist, guckt die Polizei erst einmal nach den nächsten Verwandten – weil die es meistens gewesen sind. Oder nahe Bekannte. Das belegt die Kriminalstatistik ganz klar.

Mordermittlungen, habe ich im Studium gelernt, sind meistens Pillepalle. Jeder Fahrraddiebstahl ist eine größere Herausforderung für den Kriminalisten. Bei Mord liegt laut Kriminalstatistik die Aufklärungsquote über die letzten paar Jahre zwischen 91 und 97 Prozent, und wenn Ihr Fahrrad geklaut wird, haben Sie eine Chance von vielleicht zehn Prozent, es wiederzusehen. Ich habe keine Ahnung, warum alle Welt Krimis liest und guckt. Vielleicht weil man glaubt, die Kommissare seien allesamt Genies? So ein Unsinn, die Täter drängen sich ja geradezu auf.

Wenn du eins und eins zusammenzählen kannst, bist du in der Branche schnell bei 100. Und der, der unseren Freund in die Zange nahm, hielt sich für besonders schlau. Er kam auf zwei und nicht viel weiter. Obwohl, eigentlich nur auf eins. Auf einen.

SABINE

Ah! Dieser Kommissar. Ein selbstverliebter Popanz in Schuhen von Deichmann und einem Anzug von C&A.

Ja, ich bin arrogant, aber ich habe auch recht. Bei der Kraftfahrzeugzulassungsstelle wäre der besser aufgehoben gewesen. Ganz bestimmt kein Sherlock Holmes.

TILL

Eingebildet, total eingebildet! Schnappte sich den Erstbesten, und dann hat er es sich bequem gemacht. Von wegen »ermitteln«. Hat sich gleich festgelegt und dann keinen Millimeter mehr bewegt. Für den konnte das kein Raubmord gewesen sein, weil angeblich nichts gefehlt hat. Ja, natürlich hat der Täter nicht die ganze Wohnung leer geräumt, solche Typen fahren ja nicht mit dem Laster vor.

SEBASTIAN

Erinnern Sie mich nicht an den.

Damals ist ja irgendwie die Fiktion in unsere ganz reale, banale, langweilige Welt eingebrochen. Ich dachte plötzlich, ich bin im Märchenwald, wo die Tiere sprechen und man sich in Riesenpilzen Wohnungen baut. Oder aufgefressene Omas und Kinder fröhlich aus Wolfsbäuchen herausspazieren. Und der stakst wie der Gestiefelte Kater durch die Szenerie und verkündet nach zwei Tagen: »Der Verdächtige hat sich in Widersprüche verstrickt.« Ein dooferes Klischee, eine blödere Phrase gibt es wohl nicht.

Wenn Sie mich heute fragen, was ich vorgestern gemacht habe, »verstricke ich mich in Widersprüche«, ganz einfach, weil jeder … weil eben keiner seinen Alltag mit all den Kleinigkeiten im Kopf hat. Nein, ich hab keine Milch gekauft – Aber hier, auf der Quittung, die wir im Papierkorb gefunden haben, die wollten Sie wohl verschwinden lassen, ein Liter Vollmilch 3,8 % Fettgehalt! – Ah, ja, hab ich vergessen … – Von wegen: Sie verstricken sich hier in Widersprüche!

Das ganze Leben ist ein Widerspruch. So sieht's aus. Ein anderer Kommissar, einer mit mehr Grips, und die ganze Sache wäre anders gelaufen. Einer, der keinen Rekord in der Lösung eines Falls aufstellen wollte, sondern einer, der langsam und gewissenhaft ermittelt hätte, so einen hätte es gebraucht.

BENJAMIN

An dem Tag – dem Donnerstag, als er im Präsidium zur Einvernahme war – hat die Polizei seine Wohnung durchsucht und ein paar Dinge gefunden, die sie dann allein zu seinem Nachteil ausgelegt haben.

Das waren Zeitungen und Zeitschriften. Welche Rolle das spielen sollte, hat sich erst später gezeigt.

TILL

Fangeisen ist das, was mir da einfällt. Schnappt zu und geht nicht mehr auf. So einer war das, der Kommissar.

Und ansonsten, muss ich sagen, verschwimmt mir für diese Tage die Reihenfolge von allem. Wann kam was, Verhaftung und Festnahme und Vernehmung, diese Meldung oder diese, Durchsuchungen und Befragungen und Anrufe und Texte von den Freunden, Zeugenaufrufe an die Bevölkerung im Radio, Gerüchte und das Geschwätz von den Schickimicki-Freunden und -Freundinnen des Onkels, wann er zum letzten Mal bei seinem Lieblingsitaliener war und seine Lieblingsspaghetti gegessen und seinen Lieblingsrotwein getrunken hat. Der gemütliche, nette Onkel hier und dort unser Freund, das habgierige Monstrum, der mysteriöse letzte Besucher oder die Besucherin, oder was der Mörder oder die Mörderin so Geheimnisvolles in der Wohnung gesucht haben soll. Zu wenig Schlaf, zu viel Brummschädel. Da war ich echt froh um meine Gitarre.

SABINE

Klar haben wir uns auf den eingeschossen. Ohne Feindbild geht es nicht, so viel versteh ich auch von Gruppendynamik. Erst war's der Kommissar, dann der Staatsanwalt, dann der Richter. Die haben es alle sozusagen stellvertretend für den großen Unbekannten abbekommen. Irgendwie musst du ja Dampf ablassen.

Abgesehen davon gab es nicht bloß diesen einen Großkommissar, sondern noch ein Dutzend Kleinkommissare, die Klein-Klein-Arbeit gemacht haben. Das hat man später beim Prozess gesehen, als die aussagen mussten. Eine hat die Telefonlisten ausgewertet, einer ist zwischen dem Tatort und der Wohnung unseres Freundes hin und her, um die Fahrzeiten zu stoppen, einer hat die Nachbarn abgeklappert, mindestens zwei haben die Vernehmungen vorgenommen, Spuren ausgewertet. Und so weiter. Mir kamen die nicht alle wie Flaschen vor, ein bisschen simpel vielleicht. Der Großkommissar hat nur sein Pfauenrad vor den Medien aufgefächert, bis zum Freitag gab es tägliche Pressekonferenzen der Polizei, am Wochenende wollte der wohl seine Ruhe haben. Fall gelöst, noch eine Trophäe an die Wand genagelt, fertig.

BENJAMIN

Ich hatte dann schon ein schlechtes Gewissen. Donnerstag, Freitag und über das ganze Wochenende.

Nun, dass ich's vermasselt hätte. Ihn reingeritten hätte.

Dazu sollte man wissen: Ich war damals sein bester Freund. Nicht Sebastian, da kann der sagen, was er will. Wir haben uns mindestens einmal die Woche gesehen. Und ich war schon in einer Kanzlei beschäftigt, zwar bloß eine kleine Nummer, sie gaben mir höchstens Verkehrssachen mit mittlerem Blechschaden. Am Tag seiner ersten langen Vernehmung – noch als Zeuge –, die dauerte den ganzen Tag, bin ich aber irgendwie in den Turbomodus gegangen.

In einer Pause kurz nach Mittag rief er mich nämlich aus dem Präsidium an. Mich. Das habe ich als Verpflichtung aufgefasst. Ich habe mich sofort als sein Rechtsberater gefühlt. Ich bin immer der Rechtsberater von allen gewesen, meistens für irgendeinen Kokolores, Ärger mit dem Vermieter, solche Angelegenheiten, aber hier ging es um Kopf und Kragen.

Ich frage ihn, ja Mensch, was ist denn da los, wie läuft es, was wollen die von dir? Er macht so eine wegwerfende Geste – das habe ich natürlich nicht gesehen, das waren die Worte und wie es klang –, so angestrengt unbekümmert. Nein, nein, er brauche keinen Anwalt, wozu denn, er habe ja nichts getan, und außerdem habe er ein Alibi.

Da klang er fast ein bisschen stolz.

Aber ich hatte so ein Mir-dreht-es-den-Magen-um-Gefühl. Ihn beschworen. Wie einem kranken Pferd zugeredet:

Nimm dir einen Anwalt, ist sicherer, die kennen die Tricks.

– Nein, nein.

Dann halt wenigstens die Klappe. Kein Wort mehr zu den Vernehmern. Sie können dich nicht zwingen.

– Ach nein, nein, ich will ja auch zur Aufklärung beitragen.

Du musst dir einen Anwalt nehmen, die fahren sonst mit dir Schlitten. Ich kenne einen, einen guten, ein echter Fuchs, der kann ganz schnell bei dir sein.

– Nein, nein. Wozu, wozu?

Eine Minute hin und her. Dann konnte ich ihn doch breitschlagen. Ich rief den Anwalt an, einen erfahrenen Strafrechtler. Ich kannte den über zwei Ecken, unter Kollegen. Der wusste natürlich, um wen und was es hier ging, sagte: Um Gottes willen, der soll bloß den Mund halten, und machte sich auf den Weg zur Mordkommission.

Ich atmete auf und versuchte weiterzuarbeiten. Aber nach einer Stunde oder so ist der Anwalt wieder an meinem Kanzleitelefon und sagt: Ihr Freund hat mich nach zehn Minuten weggeschickt, er glaubt, er brauche keinen anwaltlichen Beistand. Ja, da kann ich auch nichts machen, ist nur ein Angebot. Außerdem wird er – noch – nicht als Beschuldigter vernommen, nur als Zeuge.

Okay, rufe ich ihn eben noch einmal auf dem Handy an, komme aber nicht durch, probiere die Nummer des Polizeipräsidiums, hier Rechtsanwalt Soundso, Kanzlei Soundso, kein Erfolg, ist keiner zu sprechen, aber in der nächsten Vernehmungspause ruft er zurück und klingt fast etwas genervt. So in der Art: Was meinst denn du, was das hier für einen Eindruck macht, wenn dauernd die Anwälte am Telefon hängen und sogar hier auftauchen?

Nein, danach ging es mir nicht mehr so gut. Ich wollte ihm doch wirklich nicht schaden. Vielleicht war ich auch ein bisschen beleidigt. Nur, damit war es noch nicht zu Ende.

Deswegen, weil ich nochmals den Strafrechtsanwalt anrief. Der sagte, er hätte jetzt was anderes zu tun, aber mein Freund solle doch endlich Vernunft annehmen und die Vernehmung abbrechen, die dauere schon an die acht Stunden.

Darauf meldete ich mich nach einigem Zögern nochmals telefonisch bei ihm, und er sprach so halb mit mir und halb zu den Vernehmungsbeamten, da war gerade ein Wortgefecht im Gang. Ich war auch kurz angebunden, glaubte zu verstehen, er wolle jetzt in der Tat abbrechen und nach Hause gehen. Worauf ich erst einmal beruhigt war. Und was mich noch mehr beruhigte: Unser Freund war offenbar bombenfest von seiner Unschuld überzeugt; wer sollte das auch besser wissen als er, und wer wäre ich, mit meinen kleinlichen und heimlichen Zweifeln, wer wäre ich da, ihm Anwälte mit Aktentaschen und guten Ratschlägen zu schicken, von meinen eigenen Ratschlägen ganz abgesehen? Jedenfalls tröstete ich mich mit dem Gedanken, er wäre in Kürze unterwegs in seine Wohnung, wo die Kripo bei der Durchsuchung hoffentlich kein allzu großes Chaos angerichtet hatte. Später könnte ich ihn dann noch einmal anrufen und vielleicht auf ein Bier in unserer Lieblingsbar überreden.

Im Rückblick war das alles Pfeifen im Walde. Ich hätte viel härter mit ihm umspringen müssen.

14 / MEMO [KRIMINALISTIK]

H. de Vries, *Kriminalistik für die Strafrechtspraxis, § 5 Vernehmung, 5. Die Notwendigkeit eines Vorgesprächs:*

»Ein nicht protokolliertes Vorgespräch weckt naturgemäß das Misstrauen der Strafjuristen, weil unklar bleibt, was in dieser Zeit beredet wurde. Dennoch ist eine solche Vorgehensweise sachgerecht. Das Vorgespräch dient dazu, den Kontakt mit der Aussageperson herzustellen. Vor der Protokollierung muss geklärt werden, was sie zu dem Beweisthema sagen will.

Nur so sind authentische Aussagen zu erzielen. Während dieser Erzählphase muss der Vernehmende sich strikt als Zuhörer verhalten.«

15 / MEMO

Mit dem Anwalt könnte man ein eigenes Buch füllen. Kaum zu stoppen, sobald er einmal angefangen hat. Die Sache war sein spektakulärster Fall. Dass der Mann noch immer einsitzt, scheint so eine Art Trauma für den Anwalt zu sein. Alle seine Geschichten, eine einzige Rechtfertigung.

ANWALT

Als ich im Präsidium ankomme, hat mich der Chefermittler abgepasst. Zufall oder nicht. Eher nicht, so wie ich den Laden kenne. Auf dem Gang, zwischen Toiletten und Kaffeeautomat, rückt er mir auf die Pelle. »Mal unter uns, Herr Rechtsanwalt, Sie kommen uns hier nicht mehr in die Quere«, sagt er, und, ich denk, ich hör nicht recht: »Die Sache ist doch klar wie Kloßbrühe.«

Verstehen Sie, da sind wir gerade mal zwei Tage nach der Auffindung der Leiche, drei Tage nach der Tat. Normalerweise fangen die Ermittlungen in so einem Fall erst richtig an. Für die aber war schon alles klar – »klar wie Kloßbrühe«. Die müssen Druck gehabt haben, woher auch immer. Und klar war rein gar nichts.

Mein zukünftiger Mandant verhielt sich zu diesem Zeitpunkt noch etwas widerspenstig. Aber wissen Sie: Dass der Oberermittler schon gleich am Anfang reingrätscht – ich hatte ja kaum meinen Namen gesagt –, das fand ich sehr, sehr interessant.

EMILIA

Gewohnt hat er damals westlich der Innenstadt, in einem kleinen, aber schicken Apartment. Maisonette, glaube ich, so auf zwei Etagen. Das konnte er sich nur leisten, weil er für den Onkel gearbeitet hat. Kleine Jobs rund um das Einkaufscenter. – Das weiß ich vom Onkel, nicht von ihm. Der Alte ist ja ständig darauf herumgeritten.

SABINE

Maisonette? Sieht man, dass die nie da drin war. Ich schon. Wir waren ja mal zusammen. Hatte ich doch gesagt, oder?

EMILIA

Die Wohnung war nicht weit vom Einkaufszentrum entfernt. Um die Altstadt herum mit dem Auto vielleicht eine Viertelstunde, 20 Minuten, je nach Verkehr. Einen Parkplatz musste er nicht suchen, er konnte mit dem Chip in die Parketagen. Und auf dem Fahrrad, quer durch die Innenstadt, dauert es keine fünfzehn Minuten. Das hat die Polizei alles nachgeprüft, als es um sein Alibi ging.

Ich habe mich mal gefragt, ob die dabei brav an jeder roten Ampel angehalten und auch keine Abkürzung durch die Fußgängerzone genommen haben. Sie wollten ihm ja nachweisen, dass er mehr als genug Zeit gehabt hätte … für das alles.

TILL

Er hatte ein schickes Rennrad, richtig retro, und lang bevor das der letzte Schrei wurde und jeder Hipster mit so was rumkurvte. Damit ist man schon flink unterwegs. Aber er hatte es nicht für den Sport, sondern um es vorm Café abzustellen und um an der Ampel eine gute Figur zu machen.

Und noch was: Die sind sehr empfindlich, diese fingerdicken Schlauchreifen. Einmal über den Bordstein, eine Glasscherbe oder Nagel und – *pfffff!* Ich hätte mir so was nicht als Fluchtfahrzeug ausgesucht. Und ich glaube nicht, dass er das getan hätte. Ein platter Reifen, und dein Zeitplan ist im Eimer. Und das Alibi, falls du eines brauchst. Hat er aber nicht gebraucht. Drum ist die Sache mit dem Fahrrad und warum er es tags darauf dann gewaschen hat, letztlich total belanglos. Also am Tag nach dem Mord.

Verhaftung

ANWALT

Spätestens an diesem Punkt wird es ernst, ganz ernst. Wer dann ohne Anwalt ist: viel Glück. Erst kommt die Belehrung als Beschuldigter, dann die Verlesung des Haftbefehls, und ab in die U-Haft.

Das muss man sich mal vorstellen: An einem milden Frühlingstag vor über 15 Jahren hat sich der Mann das letzte Mal frei bewegen können. Er ging – als Zeuge in einem Mordfall – von seiner Wohnung aufs Kommissariat und dachte, er ginge danach wieder nach Hause. Stattdessen nahm sein Lebensweg eine Abzweigung, mit der niemand gerechnet hatte.

Vernommen kann jeder werden, am Anfang ist jeder bloß ein Zeuge. Er und ein Angestellter hatten die Leiche gefunden und die Polizei gerufen. Und den Notarzt, obwohl er nach dem Puls gefühlt und festgestellt hatte, dass der Onkel so kalt war wie … wie meinetwegen der Schirmständer in der Diele. Aber in so einer Situation, was ist da richtig, was ist falsch? Alles.

Die Polizei reitet ein wie eine Schwadron Kavallerie, sperrt ab, kommandiert herum, orientiert sich, sortiert die Spuren und die Verdächtigen, falls sie welche haben. Bei der ersten Befragung hat sich schon mancher um Kopf und Kragen geredet, in der vermeintlichen Sicherheit, bloß »Zeuge« zu sein. Nach dem Gesetz soll die Staatsanwaltschaft die Ermittlungen führen. Vom Fernsehen kennt man das so: Der Staatsanwalt führt gar nichts, der peitscht die armen Kriminaler nur zu Ergebnissen, damit er der verdammten Presse etwas zum Fraß vorwerfen kann. Vielleicht lässt er sich mal dazu herab, beim Richter einen Durchsuchungsbefehl zu besorgen. Egal, denn der TV-Staatsanwalt ist sowieso doof oder eitel oder korrupt oder alles zusammen. Die echten, das darf ich aus eigener Erfahrung sagen, sind viel smarter, trotzdem lassen sie gerne die Polizei machen und nehmen am Ende die Ergebnisse zwischen zwei Aktendeckeln plus einen dringend Tatverdächtigen in Handschellen entgegen. Ist halt so. Personalmangel. Bequemer auch. Also muss es flott gehen. Schnell ermittelt ist gut ermittelt, und gut ermittelt ist schnell ermittelt. Woran Sie als Medienkonsument und aufgeklärter Bürger mit schuld sind, Sie haben ja auch keine Geduld, »wenn da draußen ein Mörder frei herumläuft«. Wie soll Mann/Frau/Divers sich da noch sicher fühlen?

Ich kann nur inständig raten: Nehmen Sie sich früh einen Anwalt, sonst machen die Sie platt. Aber die Leute denken: Da mach ich mich verdächtig, mit Anwalt aufzukreuzen, als hätte *ich* das nötig, als hätte *ich* etwas zu verbergen. – Ich sag Ihnen was: Jeder, aber wirklich jeder hat etwas zu verbergen.

Und das ist völlig in Ordnung. Weil es aus Prinzip niemanden etwas angeht, was Sie denken. Wen Sie lieben, hassen oder verachten. Was Sie träumen, fantasieren, planen oder spinnen. Tun und lassen dürfen Sie halt nicht alles. Morden Sie ruhig, das tut gut. Aber nur in Gedanken! Und wenn es wirklich passiert: Rufen Sie mich an. Notfalls einen Kollegen. Tag und Nacht. Bedenken Sie: Ich verurteile Sie nicht, ich verteidige Sie, so gut es geht. Damit Sie kriegen, was Sie verdienen: nicht mehr, nicht weniger. Das ist mein Job.

BENJAMIN

So wie das die Zeitungen beschrieben, war das kein, ich sag mal, normaler Raubmord. Dafür hat der Onkel zu viel abbekommen. Wenn einer auf Geld, Schmuck und solche Dinge aus ist – die meisten hauen sowieso ab, wenn sie jemandem in der Wohnung begegnen, schlagen sich im Notfall vielleicht den Fluchtweg frei. Das Opfer fällt unglücklich und ist tot. Es heißt auch nicht »Raubmord« bei den Juristen, sondern »Raub mit Todesfolge« und wird milder bestraft, hier nur einmal fürs Protokoll.

Ich weiß nicht mehr, wie viele Schläge. Aber so viele, dass die Polizei glaubte: Das ist jetzt keine geschäftliche Auseinandersetzung, so nach dem Motto: »Entschuldige vielmals, aber du stehst mir im Weg, ich will zu deinem Safe«, sondern: »Ich hau dich weg, ich hasse dich, ich zahl dir alles heim, ich muss dich vernichten.« Das ist der Unterschied. Die Polizei ging von Anfang an nicht von einem Raubmord aus. Dazu waren wohl zu viele wertvolle Sachen in der Wohnung geblieben.

Jedenfalls kam dann ganz schnell, schneller, als ich befürchtet hatte, der Haftbefehl, und sie brachten ihn ins Untersuchungsgefängnis.

SEBASTIAN

Vielleicht war das wirklich so, wie man es immer im Fernsehen sieht. Der Staatsanwalt kommt ins Kommissariat und drängelt: Schauen Sie sich die Schlagzeilen an, ich brauche Ergebnisse, liefern Sie mir einen Verdächtigen oder, besser noch, einen Schuldigen, und zwar schnell. Dann haben die, allen voran der Chefermittler, ihre Zweifel runtergeschluckt und schnell präsentiert, was sie gerade hatten.

ANWALT

Wenn so ein Fall hereinkommt, dann schreien Sie als Anwalt natürlich – nicht vor Publikum, aber mit Inbrunst – Halleluja! Als Anwalt darf ich ja keine Werbung machen. Aber so eine Sache in der Bussi-Bussi-Gesellschaft der Stadt, wie gesagt: Halleluja! Mord und Prominenz und unklare Beweislage. Dazu Familienbande. Da drängelt sich die Presse, da halten sie dir die Mikros vor, und du gewöhnst dir an, möglichst unauffällig den Sitz der Krawatte zu kontrollieren, wenn die Kameras auf dich gerichtet sind, wegen der Haare muss ich mir da weniger Sorgen machen. *Bella figura*, wie die Italiener sagen.

Haltung, wie ich sage. Ich muss Sicherheit und Kompetenz ausstrahlen, was meinen Mandanten angeht, aber maximalen Zweifel aufbieten für das, was die Kripo tut, die Staatsanwaltschaft. Da muss ich auf Angriff gehen. Kämpfer für die Gerechtigkeit, Kämpfer für meinen Mandanten, Kämpfer für das Recht.

Jeder Prozess geht irgendwann zu Ende. Für den Angeklagten mag das *game over* heißen, lebenslänglich, aber bis dahin – ich vergleiche es immer mit einem Flipperautomaten: Sie müssen die Kugel im Spiel halten, das muss rattern, da muss Speed drauf sein. Klar, manchmal kommt die Kugel gefährlich nahe an den Ausgang. Aber ich passe auf und schnalze sie wieder nach oben. Das ist moderne Medienarbeit. Pressemitteilungen, Interviews und wenn es sein muss, eine Homestory. Selten, ab und zu nur, muss ich eine neue Kugel ins Spiel schießen. Aber ich habe viele Kugeln, kein Problem.

Das ist natürlich alles *off the record*. Das dürfen Sie nicht verwenden. Um Gottes willen. Weiß zwar jeder, sagt man aber nicht. Ich erzähle Ihnen das nur, weil ich Sie ganz sympathisch finde und Sie auch wissen sollen, wie das hinter den Kulissen läuft.

Das ist eine gute Sache, die Sie da vorhaben.

16 / MEMO: RECHERCHE

Die Polizei- und Gerichtsreporter von damals auftreiben. Die müssten doch noch ihre Notizen haben. Auch von Hintergrundgesprächen mit Polizei und Justiz. Zeitungsarchive und Rundfunkarchiv auswerten. Zugang kostet aber Geld.

SABINE

Schon beim ersten Treffen wurde mir klar, dass Sebastian und Till was Größeres vorhatten. Da haben wir uns in einer Kneipe nicht weit entfernt vom Einkaufszentrum versammelt, wir, der harte Kern – ich, Emilia, Till, Benjamin, Sebastian –, und noch drei oder vier weitere, die später aber nicht mehr oder nur noch ganz selten auftauchten. Eine merkwürdige Atmosphäre, wie bei einem Begräbnis. Keiner lacht oder lächelt. So lange hatten wir uns nicht gesehen, man hätte einander alle möglichen Fragen stellen können – Was machst du denn so? Wo wohnst du jetzt? Hast du noch den alten Käfer? –, aber in den Gesichtern der anderen stand bloß: Und, was denkst du? Oder eher: *Was denkst du wirklich*? Aber vielleicht habe ich mir das nur eingebildet. Es war dann ohnehin bald klar, was wir alle dachten.

Da saßen wir irgendwie beklommen an einem runden Tisch, hielten uns an Bierglas, Apfelschorle oder Cola fest und schimpften auf die Polizei und mutmaßten, wer es gewesen sein könnte.

Und Benjamin hielt juristische Vorträge, aber ich freute mich trotzdem, ihn zu sehen. Abgesehen davon führte Sebastian das Wort, und Till, der neben ihm saß, der führte zumindest im zustimmenden Nicken. Nicht, dass wir irgendeinen Plan gehabt hätten, noch nicht.

Das war entweder an dem Abend, an dem sie ihn in Gewahrsam genommen hatten, oder einen darauf. Jedenfalls kurz vor dem Wochenende. Kann auch nicht länger als eine halbe, Dreiviertelstunde gedauert haben.

SEBASTIAN

Wir brauchten eine Strategie, einen großen Plan. Das konnte man nicht einfach mal so in der Kneipe zwischen neun und Sperrstunde besprechen, wo außerdem jeder mithören kann und womöglich die Presse informiert. Wer weiß, vielleicht hätten sogar Polizeispitzel am Nachbartisch gesessen.

Wir brauchten einen Platz, wo wir unter uns sein könnten, wo diese besondere Atmosphäre wäre. Klar, die alten Zeiten zu beschwören. Logisch hatte ich schon eine Idee, was glauben Sie denn. Ich mache keine halben Sachen.

TILL

Und da kam die Hütte am See wieder ins Spiel. Ich war schon ewig nicht mehr dort gewesen und wusste gar nicht, ob das olle Ding überhaupt noch stand.

Hütte am See (1)

SEBASTIAN

Auch so ein Erbstück. Und als ich es übernahm, eine totale Bruchbude. Einmal bin ich durch die Bretter im Bootssteg gekracht und ins Wasser gefallen. Trotzdem ein Schatz, ein Juwel. Ich hätte es ihm zwar nie so gesagt, aber meine windschiefe Hütte am See hätte ich im Leben nicht gegen sein tolles Einkaufszentrum getauscht.

Geerbt hat sie eigentlich mein Vater. Aber weil meine Eltern damals schon im Scheidungskrieg lebten, hatte er wenig Zeit und keine Lust, sich darum zu kümmern. Noch ein Trümmerhaufen, nein danke. Mit 16 belasteten mich die Eheprobleme meiner Eltern seelisch nicht mehr so sehr – das war eben vorbei, längst vorbei. Ich habe das eher kapiert als sie. Eine Zeit wohnte ich praktisch dort, während daheim andauernd die Fetzen flogen. Die haben nicht einmal gemerkt, dass ich weg war, glaube ich. Oder es war ihnen lieber so. Ich habe den Hund mitgenommen, ein paar Konservendosen für ihn und ein paar für mich, den Gaskocher, den Schlafsack und den Tabak, und damit haben wir zwei es prima ausgehalten. Vom Steg aus konnte man auch gut angeln; habe ich gemacht, wenn es dämmerte und mich keiner sah, weil ich natürlich keinen Angelschein hatte.

Ein langes, schmales Stück Grund war das, ohne direkte Nachbarn. Auf der einen Seite plätscherte ein Bächlein, das in den See mündete, und an die andere Seite grenzte Privatwald irgendeines Grafen. Da sah man höchstens mal ein Reh am Zaun. Als ich das erste Mal dorthin kam, noch mit meinem Vater, war alles verwildert, zugewachsen, verlottert. Im Wasser neben dem Steg dümpelte ein halb abgesoffener Kahn, durchs Dach regnete es rein, das Gras stand hüfthoch. Okay, lernte ich eben mit der Sense mähen, die ich in der Hütte fand, nachdem ich gelernt hatte, die Sense zu schärfen, mit dem Schleifstein, den ich auch in der Hütte fand. Ich lernte überhaupt sehr viel in den folgenden Jahren.

BENJAMIN

So richtig zur verschworenen Truppe wurden wir erst am See. Das Herumlungern vor dem Schlecker-Markt, die Kindervergnügungen auf der Straße und in den Gärten und Hobbykellern – alles bloß Vorspiel. Brave Vorstadtkinder, nie ohne Aufsicht, vielleicht an der langen Leine, aber an der Leine.

Wenn ich das schief in den Angeln hängende Gatter aufgestoßen habe, nachdem ich über den staubigen Feldweg geradelt kam, da habe ich … alle Leinen gekappt, eine Grenze überschritten. Und dahinter war ich in meiner, in unserer eigenen Republik. Der einzige »Erwachsene«, den ich dort je gesehen habe, das war ein verirrter Bofrost-Fahrer, der mit einer Kühlbox über den Pfad vom Gatter zur Hütte herunterkam und eine Kostprobe sowie einen Stapel

Prospekte abgeben wollte, für tiefgefrorenes Zeug wie »Glücksmomente Kirsche«, »Tortelloni Tricolore«, »Süßes Croissant Trio«, »Hack-Wirsing-Auflauf«. Kannten wir von daheim, denn bei unseren Müttern zählte »praktisch« vor allem anderen. Das Bofrost-Männchen und dann das »Bing!« der Mikrowelle: das Alpha und das Omega einer behüteten Kindheit in Suburbia.

Den versprengten Bofrostler befreiten wir zuerst von seinem Probiersortiment Eiscreme und dann von der Hoffnung auf eine große Tiefkühltruhe, denn Strom gab es natürlich nicht, die einzige Kühlung bot der See, und der wurde im Sommer recht warm, weil er klein und flach ist.

EMILIA

Ach Gott. Was bin ich auf die Nase gefallen, als ich ein paar Vorhänge, die bei uns zu Hause überflüssig wurden, in dieser Bretterbude aufhängen wollte. Ich meinte es gut, das macht es doch gemütlicher. Emilia, die Spießerin, hieß es da wieder.

SEBASTIAN

Mein Vater ist nach der Scheidung, als die endlich durch war, in den Norden gezogen, und meine Mutter hasste die Bude im Sommer wegen der Mücken und zu allen anderen Jahreszeiten, weil es dort nur ein Plumpsklo gab. Früher zumindest. Als wir uns nach dem Mord wieder dort versammelten, mieteten wir bald ein Dixi-Klo, das stank nicht so, und im Alter hast du halt andere Ansprüche.

Mit der Zeit habe ich alles repariert und renoviert. Frische Teerpappe aufs Dach, später Dachziegel, Glasscheiben in die Fensterrahmen, die Bohlen vom Steg ausgetauscht. Stabiles Schloss in die Tür, alles gestrichen. Das Betonfundament ausgebessert. Und noch mal gestrichen. Und einen kleinen Kohleofen eingebaut, damit wir es auch im Herbst und Winter gemütlich hatten. Natürlich alles illegal, da gab es kein Baurecht, amtlicherseits existierte die Hütte wohl überhaupt nicht.

Ja, und draußen am See habe ich ihn sehr schätzen gelernt. Der kam immer, wenn ich Hilfe brauchte, und vor allem blieb er, bis die Arbeit erledigt war. Da waren die anderen schon längst beim Bier, beim Baden oder komplett bekifft, wenn wir beide noch hobelten oder schliffen oder sonst was machten. Was er anfing, brachte er auch zu Ende.

Nicht alles, stimmt. Das Studium, ja – aber damals konntest du dich auf ihn verlassen.

TILL

Nicht der große See, an dem die ganzen Protzvillen stehen, einer von den kleinen, südlich der Stadt. Man kam aber gut hin, mit Auto und Moped und Fahrrad, und zur Not auch per Bahn plus Fußmarsch.

SEBASTIAN

Kennen Sie *Herr der Fliegen,* diese Story von William Golding? Mussten wir in der Schule lesen. Ich seh noch den wackelnden Zeigefinger unseres Deutschlehrers. Die auf sich gestellten Kinder auf der einsamen Insel. Da wurde es dann ziemlich schnell ziemlich hässlich, so schlimm trieben wir es nicht. Aber auch wir waren ohne Eltern und sonstige Erziehungsberechtigte. Herrlich.

Ganz klar, das war mein Reich. Ich war der Boss bei der Hütte. Aber, finde ich, ein gütiger Herrscher. Das in Anführungszeichen, bitte. Ich wollte eben unsere Gruppe unbedingt zusammenhalten. Meine Familie ist im Eimer, mein Vater hat sich verzogen, meine Mutter holt sich einen neuen Mann, oder der war vorher schon da, was weiß ich. Also sollte wenigstens der Freundeskreis nicht explodieren.

Inzwischen ist das Grundstück verkauft.

Mein Gott, ich war jung und brauchte das Geld. Nein, das ist ein Scherz. Mein Vater wurde alt und brauchte ein Cabrio, um die neue Freundin zu beeindrucken. Mit dem rede ich nie wieder auch nur ein Wort.

Ob ich das bereut habe? Was denken Sie denn. Jeden Tag bisher und für den Rest meines Lebens. So was kriegst du nie wieder. In Lappland oder bei Irkutsk vielleicht, nicht hier.

Ein verwunschen schönes Plätzchen. Dort habe ich viel Zeit verbracht und viel Jugend verbraucht. Das soll heißen: Am See, so ohne Aufsicht, sind wir alle schneller gealtert – meinetwegen auch gereift –, als es in den Kinderzimmern, Vorgärten und Straßen unserer Siedlung möglich gewesen wäre. Wieso? Weil du schneller in deine Rolle findest. Schauen Sie uns an: Sebastian der Anführer, Till, der perfekte Stellvertreter, ich die schnippische Altkluge, die sich alles aus der Kulisse anschaut, Benjamin, der Beflissene, dem es nicht genau genug sein kann, und Emilia, die Allesumsorgende. Das hat sich alles damals herausgebildet und verfestigt.

Ah ja, und er ... der Lustige, der Spaßmacher, aber irgendwie, finde ich, passt kein Etikett mehr für ihn, und das, das seit seiner Verurteilung an ihm klebt – das mag ich nicht verwenden.

Wie auch immer. Nach langer, langer Zeit wieder am See: Ein bisschen *spooky*. Das war an dem Wochenende direkt danach. Nach dem Mord. Samstagabend? Kühl, erinnere ich mich. Nach der warmen Woche viel zu kühl. Oder war's doch warm? Jedenfalls weiß ich sicher, dass ich die ganze Zeit gefröstelt habe. Ich hatte einen Sack Grillkohle dabei und einen Klappstuhl, denn in der Mail hatte Sebastian geschrieben, dass es nicht genügend Sitzgelegenheiten gäbe, aber viel Fleisch und Marshmallows. Eine Flasche Wodka hatte ich auch noch eingepackt, sicher ist sicher. Zehn Jahre früher wär's ein Batida de Coco oder so ein Gesöff gewesen, aber man entwickelt sich ja weiter.

Als ich ankam, brannte schon ein ziemlich großes Feuer, und es roch nach Grillwurst. Hinter den lodernden Flammen und dem Rauch konnte ich zuerst nicht sehen, wer, doch jemand spielte Gitarre und sang *We shall overcome*. Oh nein, dachte ich, ist das jetzt die Marschrichtung? Können wir es nicht ein bisschen tiefer hängen?

Ich rette mich immer in den Sarkasmus, wenn die Gefühle überschwappen. Das haben Sie schon gemerkt. Es war feierlich, das Ganze, verdammt ja. Später haben wir dann noch die Fackeln angezündet, und das flackerte und schimmerte dann so über den See. Die Gänsehaut war nicht nur wegen der Kälte.

EMILIA

Was mir am seltsamsten vorkam: Wir da draußen, in der lauen Luft, im Frühlingsgrün, am See. Du guckst dich um, alles steht auf Anfang, Bäume blühen, die Vögel zwitschern und bauen Nester, die Fische springen. Wir da draußen, und er da drin. Ich weiß nicht, warum, aber ich stelle mir eine Gefängniszelle immer kalt und klamm vor. Vielleicht wegen der dicken Mauern.

SEBASTIAN

Sonntag, späterer Nachmittag. Wir hatten ja keine Zeit zu verlieren, spätestens für Dienstag wollte ich einen Schlachtplan parat haben. Ich bin echt nicht sentimental. Als ich mit meiner Ansprache begann, ein paar Notizen auf dem Zettel, habe ich die Worte kaum rausgebracht. –

SABINE

Sebastian stotternd und emotional. Hätte nicht gedacht, dass ich das noch einmal erleben würde. Aber dann hatte er sich im Griff und hat uns mitgerissen. Till hat jedes Mal die Bierflasche in die Luft gereckt und *yeah, yeah* gerufen, wenn ihm etwas besonders gefiel.

Hat ihm, wenn ich's recht erinnere, alles gut gefallen, was Sebastian so ansagte.

SEBASTIAN

Ich gebe also einen kurzen Abriss der letzten paar Tage und klinge furchtbar ernst und entschlossen, wie ein General, dabei habe ich nach dem Abitur einige Anstrengungen unternommen, um nicht zum Militär zu müssen. Ich sage Wörter wie *Ernstfall,* der eingetreten ist, oder die *Schlacht,* in die wir ziehen müssen, ich benenne die *Feinde,* ich rede über *Treue* – die zu einem Freund –, darüber, dass wir zusammenhalten müssen. Das *bittere Ende* habe ich mir gerade noch verkniffen. Dass wir jetzt die Augen, die Ohren und der Mund unseres Freundes sind. Dass wir für ihn sprechen müssen, weil man ihn in der Zelle stummgeschaltet hat, dass wir statt seiner der Polizei und der Justiz auf die Finger sehen und uns da umhören müssen, wo die Bullen in ihrer Voreingenommenheit nicht hinschauen und hinhören wollen.

Und, ja klar, er hat einen Anwalt. Der macht seinen Job – den Papierkram und die juristischen Details –, worin wir ihn unterstützen, wo es nötig sein wird und wo es geht, aber, sage ich, es gibt immer ein zweites Gericht. Vor dem wird zwar nicht verhandelt, aber Urteile werden trotzdem gefällt, und zwar eine Menge davon – das ist das Gericht der öffentlichen Meinung, das sind die Medien, das ist der Tratsch, das sind die Lügen, die über ihn erzählt werden, die Pressemitteilungen der Kripo und der Justiz und das, was die angeblichen Freundinnen und Freunde des Onkels aus der Hach!-was-bin-ich-doch-so-toll-Gesellschaft in die Mikrofone schwatzen und in die Notizblöcke diktieren … aber jetzt, jetzt sind wir auch da. Und wir werden die Dinge richtigstellen.

BENJAMIN

Als Sebastian von der öffentlichen Meinung redete, rief ich dazwischen: Genau, das ist der Gerichtshof, vor dem wir ihn verteidigen können!

Trotzdem, dachte ich, gibt es da einen Unterschied. Die einen können ihn schlimmstenfalls mit Dreck bewerfen, außerdem sind die vergesslich und wenden sich schnell dem nächsten Opfer zu. Das andere, ordentliche Gericht kann ihn für den Rest seines Lebens wegsperren. Wenn das fertig mit ihm ist, darf ein jeder ihn rechtmäßig einen Mörder nennen, ob er es war oder nicht: im Namen des Volkes.

Zu besonders filigranen Gedanken war ich damals am Lagerfeuer nicht fähig, zu viel Bier, und dann kreiste auch noch Sabines Wodka, ich wünschte, ich hätte gesagt, was ich heute denke: Unsere Aufgabe war es, Zweifel zu säen und so viele Mitstreiter wie möglich zu gewinnen.

SABINE

Nur fürs Protokoll, sage ich, als gäbe es eins, als säßen wir nicht um ein Feuer unter einem leicht diesigen Frühlingshimmel, als ginge da nicht im Westen über dem See gerade das Sternbild der Zwillinge unter, mit den weiß strahlenden Castor und Pollux, heller noch als der mürrisch vergilbende Mars, den sie mit hinunterziehen, aber, da lass mal kein Missverständnis entstehen, wir stehen an diesem Abend im Zeichen des Mars, im Zeichen des Krieges.

Ich also frage in die Runde, damit es gefragt ist, damit keiner sich drum herum drücken kann, einfach nur: Warum?

SEBASTIAN

Und warum, sagte ich, warum tun wir das? Weil wir ihn kennen. Wir stehen für ihn ein, denn wir wissen etwas, was alle anderen nicht wissen: Wer er ist, wie er ist, woher er kommt. Wir haben seit 1000 Jahren einen Spitznamen für ihn, und die Dämlackel von der Presse kriegen nicht einmal den richtig auf ihre Seiten – eh besser so. Ich kenne ihn, seit ich fünf bin. Du, Benjamin, genauso. Sabine, Till? Vielleicht ein Jahr weniger. Emilia noch am wenigsten, aber du warst doch jahrelang total verknallt in ihn.

EMILIA

Stimmt.

Stimmt. Das hat er gesagt, ich hatte das ein bisschen verdrängt. Ich habe das wohl wie eine Auszeichnung genommen. Wenn sich ein einfaches, reines Gemüt wie Emilia in so einen Typen verliebt, kann der wohl kein schlechter Kerl sein. Errettung durch die Liebe. Als wäre ich für ihn, was das Gretchen für den Faust war oder hätte sein können.

Wenn ich heute darüber nachdenke: Sehr, sehr herablassend von Sebastian. Damals hat es dennoch funktioniert.

Oh nein, Sie dürfen nicht annehmen, dass das alles rational lief, gar nicht. Sabine leistete ein bisschen Widerstand, auf ihre Art, wo du nie weißt, ist das Sarkasmus, ist das echt, ist das bloß ins Schaufenster gestellt oder wirkliche Überzeugung? Mit und neben ihr Benjamin, wie immer als Stimme der Vernunft. Und Sebastian und Till als Antreiber. Ich, das sprichwörtliche fünfte Rad am Wagen.

TILL

Jedenfalls war klar: Das ist eine Sache von *Wir gegen die.* Die anderen. *Alle* anderen. Es gibt keine Gruppe ohne »die anderen«. Und es gibt keine Gruppe ohne Anführer. Das ist ganz bestimmt Küchenpsychologie, ja, aber viel mehr ist da sowieso nicht. Das Einzige, was an unserer Gruppe speziell war, war, dass einer fehlte. Eine Gruppe um einen herum, der fehlte. Und in der Mitte ein Loch. Oder als würdest du auf deine Hände schauen und, sagen wir, der Ringfinger der linken wäre weg. Trotzdem hast du noch zwei Hände, oder? Ich kapier's heute noch nicht: Mit wie vielen Fingern ist eine Hand eine Hand?

BENJAMIN

Als juristisch Gebildeter sollte ich Verbindung zu seinem Anwalt aufnehmen und die Schriftsätze ins Deutsche übersetzen. Also das, was vom Anwalt kommen würde, von der Polizei, der Staatsanwaltschaft und später vom Gericht, falls dieser Fall eintreten sollte, was wir damals nicht glaubten. Damit jeder es verstehen konnte.

SABINE

Meine Aufgabe sollte sein, die Lokalpresse zu bearbeiten. Obwohl Sebastian und Till da kämpferischer eingestellt waren. Aber sie sagten, sie seien zu emotional, sie würden sich da sicher zu viele Feinde machen. Für diesen Job sei eine kühle Frau wie ich besser geeignet. Verkehrte Welt, was?

Ich sah die Presse nicht unbedingt als unseren Gegner, sondern, wenn man es halbwegs geschickt anstellte und sie nur recht anfütterte, als willigen Gehilfen. Für eine gute Geschichte tun die wohl einiges.

EMILIA

Vor lauter großen Plänen hätten wir beinahe das Wichtigste vergessen, nämlich, dass er nicht allein sein sollte. Andere hätten ihn fallenlassen wie eine heiße Kartoffel. Wer will schon etwas mit einem Mörder zu tun haben? Damals »mutmaßlichen Mörder«, meine ich. Neben diesem ganzen Aktivismus musste es ja wohl noch eine symbolische Ebene geben.

Eine besondere Aufgabe wie Sabine oder Benjamin habe ich nicht bekommen. Ich war, bin und bleibe die Spezialistin für das Allgemeine, das Gemüt und das Versöhnliche. An ihn im Gefängnis kam man ja nicht ran, nur der Anwalt, also habe ich mir vorgenommen, der Gruppe Gutes zu tun. Wie eine Marketenderin.

Und was immer nötig wäre.

SEBASTIAN

Als Erstes wollten wir ihn aus der U-Haft freibekommen.

Indem wir aufzeigten, wie schwach die Indizien waren, und indem wir das angebliche Motiv hinterfragten. Der Anwalt schien optimistisch, das bei einem Haftprüfungstermin in der kommenden oder darauffolgenden Wochen durchzubringen.

Er auf freiem Fuß? Das macht einen großen Unterschied. Zuerst mal für ihn. Wir hätten uns am See getroffen, alle gemeinsam, und eine Strategie entworfen. Und die erste

Bresche wäre geschlagen in die Bastion, die Polizei und Staatsanwaltschaft da aufgebaut haben. Das also musste klappen, und, so gut wir an diesem Abend noch dazu in der Lage waren – eher mittelgut –, verteilten wir die Aufgaben und machten Termine fest.

DER GEFANGENE

Die Hütte am See? Da gäbe ich was drum. Das wäre etwas gewesen, auf das ich mich gefreut hätte, wenn ich je wieder hier herausgekommen wäre. Viel wenn, wäre, hätte?

Ich lebe mit dem Wenn, seit ich eines Abends im Mai nicht mehr nach Hause kam. *Wenn* sie mich festnehmen, *wenn* sie mich verhaften, *wenn* sie Anklage erheben, *wenn* sie die Klage zulassen, *wenn* sie mich verurteilen, *wenn* die eingelegten Rechtsmittel, die Haftbeschwerde, die Revision, versagen, *wenn* die Wiederaufnahme im Sand verläuft, die zweite Wiederaufnahme ebenso, *wenn* der wahre Täter ermittelt wird, *wenn* meine Unschuld erwiesen ist. *Wenn* ich irgendwann rauskomme. *Wenn* Schweine fliegen und *wenn* die Hölle gefriert.

Aber sicher doch. In Deutschland gibt es kein *lebenslänglich, wenn* man es genau nimmt. Niemand stirbt in einem deutschen Knast an Altersschwäche, inkontinent und dement. Suizid, Herzinfarkt und Schlaganfall, so etwas gibt es. Aber ich werde sicher nicht wie der *Birdman von Alcatraz* enden. – Ein rührseliger Film mit Burt Lancaster. *Nach einer wahren Begebenheit,* steht im Abspann. Das heißt auf gut Deutsch: *ganz anders.* Wie das hier. –

So an die 25 Jahre werden es wohl werden, U-Haft angerechnet. Die meisten Lebenslänglichen kommen nach knapp 20 Jahren raus, ich aber trage die Auszeichnung der »besonderen Schwere der Schuld«. Wenn es einmal so weit sein sollte, mal sehen, ob ich dann überhaupt noch gehen will, in die Freiheit, die sogenannte. Denn lustigerweise muss ich meiner Entlassung zustimmen. Von Rechts wegen können die mich gar nicht auf die Straße setzen, falls ich nicht will. Wenn es mir hier drin inzwischen besser gefällt, in diesen vier lang mal zweieinhalb breit mal zweieinhalb Metern hoch. Das sind 25 Kubikmeter oder 25 000 Liter. Man stelle sich das mal in Milchkartons vor.

Das andere Maß wird man später feststellen, wenn dereinst meine Körperspende angenommen und mein Schädelvolumen von fleißigen Medizinstudenten vermessen ist. Einstweilen rechne ich mit den durchschnittlichen 1446 Kubikzentimetern eines durchschnittlichen Mannes der Spezies *Homo sapiens*. Das sind nur eineinhalb Milchkartons, trotzdem passt ein ganzes Universum hinein. Bei den vielen Wenns, die mich umschwirren, ist das das Einzige, was ich sicher weiß. *Wenn* man es sich gut einrichtet, kann man in diesen eineinhalb Milchkartons innerhalb dieser 25 000 Milchkartons gut leben. Das ist ein ganz gemütliches Verhältnis.

Draußen? Was soll ich da draußen? Die Hütte am See – unerreichbar. Die Freunde – zerstreut, unsere Verbindungen brüchig.

Draußen ist – irgendwie gefährlich.

Die Freunde, die wären natürlich enttäuscht. Deswegen habe ich die Nachricht von diesem Rütlischwur bei der

Hütte am See zwiespältig aufgenommen. Damit war ich ja festgelegt, nicht? *Wenn* jemand an dich glaubt, was ist das? Zwang? Sie hätten mich fragen sollen. Hätte ich ihnen eine Antwort gegeben? Damals nein. Aber ein Zeichen.

Natürlich macht einen das rasend. Für alle geht das Leben weiter. Nicht jeder Plan geht auf, und dann hast du vielleicht Plan B. Plan C. Plan D.

Ich nicht. Aber Musik hilft. Es gibt einen Soundtrack meiner Haft. Hören Sie zu, Sie kennen es. An dem Morgen, an dem ich mich das letzte Mal in Freiheit rasierte, spielte das Radio einen Titel der Talking Heads: *Once in a Lifetime:* »Einmal im Leben«. Kannte ich, oft gehört, nichts dabei gedacht, das lief auf unseren Partys. Dann, als hätte man dir ein anderes Paar Ohren aufgeschnallt, klingt es völlig anders.

Vielleicht findest du dich in einer Bretterbude wieder,
Vielleicht findest du dich in einem anderen Teil der Welt,
Vielleicht findest du dich hinter dem Steuer eines großartigen Automobils,
Vielleicht findest du dich in einem wunderbaren Haus, mit einer wunderbaren Frau?
Und vielleicht fragst du dich – Mann, was hat mich hierher verschlagen?
Und vielleicht fragst du dich: Wie geht das? Wie schaff ich das?
Und vielleicht fragst du dich: Wo ist das große Automobil?
Und du sagst dir:
Das ist nicht mein wunderbares Haus.
Und du sagst dir:

Das ist nicht meine wunderbare Frau.
Und du fragst dich:
Hab ich recht, lieg ich falsch?
Und du sagst dir:
Mein Gott … Was habe ich getan?
So wie es immer war …
Same as it ever was … same as it ever was …

Na gut, ich fand mich eben im Knast wieder, keine Bretterbude, ohne Automobil, ohne wunderbare Frau, aber gewissermaßen in einem anderen Teil der Welt. Das auf jeden Fall. Eine andere Welt.

Mein Anwalt kam zu mir ins Untersuchungsgefängnis, sprach von den großen Plänen, die er hätte, und dass meine Freunde sich geschworen hätten, mich rauszuhauen. Da stellte ich mir kurz einen alten Hollywood-Western vor … Ein Gefangener sitzt trübsinnig auf seiner Pritsche, da fliegt ein Stein durchs vergitterte Fenster, daran ein Seil. Ich stürze ans Gitter, draußen meine glorreichen Fünf auf ihren Gäulen, und flugs winde ich das Seil um die Gitterstäbe. Sebastian gibt dem Rappen die Sporen, fest am Sattelknauf das andere Ende des Seils, das Gitter bricht knirschend aus seiner Verankerung. – Ich weiß nicht, ob ich das wollte. Was überhaupt hätte ich wollen sollen?

Wenn ich es war, dann war ich es. Wenn nicht ich, dann nicht. So oder so, ich. Immer geht es um mich. In diesen Schlamassel bin ich ganz allein hineingeraten. Was haben die anderen damit zu tun? Was darf ich ihnen aufbürden? Und sie mir?

17/MEMO: ZEITUNGSFUNDSACHE, AKTUELL

»Er hatte seine Entlassung immer wieder beantragt – nach über 58 Jahren Haft kommt ein wegen Doppelmordes verurteilter 84 Jahre alter Mann nun frei. Das Oberlandesgericht K. ordnete nach Angaben vom Dienstag seine Entlassung aus der Strafhaft an. Er war am 30. Mai 1963 vom Landgericht B. wegen zweifachen Mordes verurteilt worden, nachdem er ein Paar in dessen Auto überfallen und später erschossen hatte.
Er ist zumindest in N. der am längsten einsitzende Häftling, wie eine Sprecherin des Justizministeriums in D. sagte.«

Justiz

ANWALT

Montag, Schlag zwölf Uhr, als die Haftanstalt für Besucher geöffnet wurde, war ich da. Als Anwalt darf ich meinen Mandanten jederzeit sprechen, solange es zu den regulären Besuchszeiten ist, wir sind schließlich in Deutschland. Alle anderen brauchen sowieso eine besondere richterliche Erlaubnis.

Um ihn aufzubauen, sagte ich zuallererst: Sie können stolz auf Ihre Freunde sein. Ich war selbst ganz schön angefasst von dem, was mir Sebastian morgens am Telefon erzählt hatte. Darauf hat er ein bisschen verlegen dreingeschaut, wie mir schien. Ich habe ihm versichert, dass es nur zu seinem Vorteil sein könne.

Er hat mich nicht mehr weggeschickt. Seit ihm am Freitag der Haftbefehl verlesen worden war, wussten er und ich, dass ich sein Rechtsvertreter sein würde. Meine Kanzlei und ich, wir haben schon zu diesem Zeitpunkt die Haftprüfung beantragt. Weil wir das alles für ein sehr dünnes Süppchen hielten, was die Kripo und die Staatsanwaltschaft angerührt hatten. Jedenfalls nicht genug, um ihn in U-Haft zu nehmen und auf unbestimmt dortzubehalten. Punkt Nummer eins also: Er muss freikommen, bis zu einer – eventuellen – Verhandlung. Besser bis zur Einstellung der Ermittlungen, natürlich.

BENJAMIN

In der Woche begann ein Krieg der Pressekonferenzen und Pressemitteilungen. Sofort, nachdem er aus dem Gefängnis kam, legte der Anwalt unsere Sicht der Dinge vor einer großen Zahl von Medienvertretern dar, die beileibe nicht nur fürs Lokale berichteten. Sabine war am Morgen durch die Redaktionen in der Innenstadt getingelt und hatte eine Vorabmeldung samt handgeschriebener Einladung verteilt, um den Damen und Herren schon mal den Mund wässrig zu machen. Es war wichtig, dass sie persönlich dort erschien. Dadurch wurde sie für die Journalisten … oder, besser: der Verhaftete, der Mordverdächtige wurde zu einem Menschen unter Menschen. Das gelang – gewissermaßen. Denn eines der Revolverblätter wusste natürlich zu titeln: Freundin des Millionärs-Mörders beteuert seine Unschuld!

Die Staatsanwaltschaft plus Polizei kamen uns mit ihrer Pressekonferenz um etwa eine Stunde zuvor. Aber wir hatten den ganzen Sonntag liebevoll Kuchen gebacken, oder gekauft, was weiß ich, es war Emilias Idee, und bei den anderen gab es ein Unkrautvernichtungsmittel namens »Kaffee«, dazu den säuerlich dreinblickenden Großkommissar, der es gar nicht mochte, wenn ihm jemand die Schau stehlen wollte.

Und genau das wollten wir: Die Verhältnisse umdrehen.

Ihr sagt, unser Freund ist ein Mörder? Niemals, sagen wir.

Ihr sagt, ihr habt Indizien? Wir sagen: Ist das alles? Das bisschen? Wir kennen ihn.

Ihr sagt: Der Fall ist aufgeklärt. Wir sagen: Eure Arbeit geht verdammt noch mal erst richtig los.

EMILIA

Wir stellten uns hinter und seitlich von dem Anwalt auf. Außer Benjamin, der im Anzug neben ihm saß, waren wir ganz normal angezogen, wie immer, keine Krawatten, Bügelfalten oder Businesskostüme. Ganz gewöhnliche junge Leute, keine Freaks, sondern Töchter und Söhne, junge Eltern, Radfahrer, Golf-Fahrer, S-Bahn-Fahrer, Übungsleiter im Sportverein, Eigenheimer, Mieter. Wenn der Anwalt über unseren Freund sprach, wie übel man ihm mitgespielt hatte und zur Minute noch mitspielte, dann sahen die Presseleute uns an; von einem zur anderen, auf die Pappteller, auf denen wir ihnen den Kuchen serviert hatten, und wieder zu uns, und ihnen musste all das, was die Staatsanwaltschaft von unserem Freund behauptete, doch bizarr und abstrus vorkommen – mindestens aber zweifelhaft. Oder? Das sind doch auch nur Menschen. So wie's aussah, brauchten wir genau die für unsere Sache.

SABINE

Fragt sich: Wen willst du mit so was beeindrucken? Eine Haftrichterin, einen Richter? Das frag ich mich *jetzt*. Damals gar nicht. Da war es, Entschuldigung, einfach nur geil. Ein Akt des Widerstands gegen übermächtige Staatsgewalten; weil bei uns eben keine Typen in schwarzen Uniformen aus Autos mit dunklen Scheiben springen und du zwei Tage später in einem feuchten Loch an Klavierdraht aufgehängt wirst.

SEBASTIAN

Ich habe das leider verpasst, ich hatte mich selbst zur Feindbeobachtung auf die Pressekonferenz des Oberstaatsanwalts abkommandiert. Wir wollten möglichst wenig durch den Filter der Medien mitbekommen, sondern nach Möglichkeit immer direkt.

Die PK war in einem mittelgroßen Saal des Justizpalastes, und ich wusste nicht, ob man mich ohne Presseausweis hineinlassen würde. Also hab ich mir eine Kamera umgehängt, beim Einlass *Lilalu vom Südwestostanzeigerkurierblatt* oder so gemurmelt. Durchgewunken, null Problem. Die wollten auch ihr Publikum.

Der Oberstaatsanwalt ließ dem Großkommissar den Vortritt, der gleich verkündete: »Die Schlinge zieht sich zu.« – Ich meine, wer ist, was ist der Mann? Fallensteller? Das kann doch nicht sein, dass ein Angehöriger der demokratischen Exekutive, der an Recht und Gesetz gebunden ist, daherredet wie der Gehilfe des Großinquisitors. Ein Skandal, aber die Presse freute sich über ein markiges Zitat, das es dann auch in die Überschriften schaffte.

Und weiter: Zwischen dem Onkel und ihm, dem Täter,

hat's Stress gegeben, obwohl er das Gegenteil behauptet habe. Das hätten aber viele, viele Zeugen bestätigt. Er habe sich nach der Tat »auffällig« verhalten. Ja toll, verhalte dich mal unauffällig, nachdem dein Erbonkel mit zwei Dutzend Schlägen ermordet worden ist und du die blutgetränkte Leiche findest und die Polizei dich verschleppt. Er habe »Dinge gemacht, die nur der Täter machen kann«. Ah ja, welche denn? »Können wir nicht sagen, Ermittlungstaktik.« Er habe sich widersprochen und irgendwelche Schlüssel besessen, die er angeblich nicht hätte besitzen dürfen. Der Quasi-Geschäftsführer eines Einkaufszentrums, der da als Faktotum seines Onkels arbeitete, der soll nicht alle Schlüssel besitzen?

Und was gibt es zu Tatwaffe, Motiv, Alibi?

Oh, nichts, *nada*, null. Dann sagt der Kommissar noch: »Bis jetzt haben wir kein einziges entlastendes Indiz gefunden.« Ja, habt ihr denn gesucht? Ihr wisst schon: Paragraf 160 der Strafprozessordnung verlangt: Die Ermittlungsbehörden haben auch den Beschuldigten entlastende Umstände zu ermitteln. Gut, da muss man sich vielleicht auch ein bisschen Mühe geben.

Aber der Oberstaatsanwalt hält die Arme verschränkt und nickt alle Ausführungen des Kommissars gütig ab. Kein Zweifel, dass unser Freund den Onkel heimtückisch erschlagen hat. Erst kurz geklingelt, verbindlich durch den Türspion gelächelt, die Tatwaffe einsatzbereit hinter dem Rücken verborgen. Irgendetwas mit scharfen Kanten. Dann das grausige Werk begonnen und vollendet, die ganze Wut abgearbeitet. Heimtücke, versteht sich, man hat es ja mit dem Opfer nicht vorher besprochen, oder?

Zwei auf die linke Schläfe, drei auf die rechte, dann vier im Bereich der Nasenwurzel, passt das?

Ich würde gerne dazwischen noch zwei auf die Kinnspitze platzieren.

Von mir aus.

Weißt du, das Resultat bleibt das gleiche, aber du müsstest halt noch so lange aufrecht bleiben.

Das kann ich allerdings nicht garantieren. Für mich ist das auch neu.

EMILIA

Das hat er Ihnen so erzählt? Manchmal geht es mit ihm durch, er steigert sich so rein und erzählt wilde Storys, und er wird hart, zynisch und unerbittlich. Mich schaudert's da jedes Mal.

TILL

Streichen Sie das einfach. Tut ja nichts zur Sache. Der Onkel hat es gewiss nicht kommen sehen, und der war ein massiger, zäher Typ, ein alter Maurer, der hat sein Leben lang malocht, und so einer fällt nicht beim ersten Schlag und nicht beim zehnten, da musste der Täter wohl nachlegen, so einer taumelt beim fünfzehnten Schlag, je nachdem, wie sie kommen und was das Schlagwerkzeug ist, der geht beim zwanzigsten Wirkungstreffer in die Knie, und wenn die Hiebe schwächer werden, dann kann er sich vielleicht noch halten, an der Kommode oder am Garderobenständer, und am Ende ist er da noch lange nicht, denn dem anderen geht ja auch irgendwann die Puste aus.

Sie wissen doch, dass ich geboxt habe? Was ich sagen will: Die Bullen behaupten immer, wenn einer zwanzig, dreißig Mal zuhaut, dann ist es eine »Beziehungstat«, pure Wut, Emotion und so, alles muss raus. Und die pflücken sich halt bequem den nächsten passenden Verwandten, dem sie so eine tollwütige Tat zutrauen.

Es ist *Arbeit*. Nimm Muhammad Ali gegen George Foreman, 1974, Kinshasa, Kongo. Sieben Runden hat Ali gebraucht, und dann erst war Foreman reif. Achte Runde, noch ein paar – eins, zwei, drei, vier, fünf, sechs, sieben, acht, neun – Treffer, und basta, k. o.

Ich hab beim Boxen gelernt: Um jemanden fertigzumachen, musst du, darfst du dich nicht aufregen. Besser ist cool bleiben. Dran bleiben.

Das heißt? – Dass da ein Profi am Werk war oder dass jeder mit ein bisschen Durchhaltevermögen den Onkel hätte ... Gott, was ist der richtige Ausdruck ... und es überhaupt keinen Grund gab, sich auf unseren Freund einzuschießen. Der ist kein Boxer. Und eher schmächtig. Nicht aggressiv. Wer immer hineinwollte in die Wohnung, hat genau so lange zugeschlagen, bis der Weg frei war. Um ohne Widerstand über die Leiche zu steigen. So viel zum »Motiv«, aus meiner Sicht.

SABINE

Oh, die zwei. Sie machen einen auf Macho, weil sie gar nicht anders können. Sie kamen *so* aufgeheizt aus den Pressekonferenzen. Andererseits gut, wenn du so deinen Schwung mitnimmst. Später gab es auch Zeiten der totalen Depression, wo alles, was wir taten und hofften, so komplett sinnlos schien.

BENJAMIN

Jeder motiviert sich eben auf seine Weise. Ich kann da nichts Schlechtes daran finden, auch wenn ich lieber mit Aktentasche und fein säuberlich sortierten Papieren bei so einer Veranstaltung auftrete. *You never have a second chance to make a first impression,* nicht wahr? Jedenfalls war es ein großer Erfolg für uns; die gesamte lokale Presse und ein paar überregionale waren da, gute Fragen, der Anwalt in großer Form. Hielt sich mit Vorwürfen zurück, aber listete alle offenen Fragen auf, die man stellen konnte, machte auf die bestehenden Zweifel aufmerksam und forderte die Entlassung unseres Freundes aus der U-Haft. Von Fluchtgefahr könne keine Rede sein, sagte der Anwalt und deutete mit großer Geste auf uns alle: Wir würden den schon auffangen, während die Ermittlungen weitergehen könnten und die Polizei es, mit Zeit und Ruhe, wohl schaffen würde, den oder die wahren Täter ausfindig zu machen. Und ich durfte zum Schluss für uns, für ihn, eine Erklärung abgeben:

Wir kennen den, den die Polizei und die Staatsanwaltschaft für einen Mörder halten, seit unserer Kindheit. Wir sind mit ihm durch dick und dünn gegangen und er mit uns. Wir waren für ihn da und er für uns. Er hat uns nie belogen, nie betrogen. Streit geht er aus dem Weg, und wo er ihm nicht ausweichen kann, versucht er zu vermitteln und zu deeskalieren. Er ist einer, der die Worte benutzt und nicht die Fäuste. Einer, der nicht angreift, aber der sich zu verteidigen weiß, wenn er nicht anders kann. So wie wir ihn verteidigen, weil wir nicht anders können. Ich danke Ihnen.

Dann habe ich meine Papiere zusammengeschoben und in der Aktentasche versenkt. Das Klick-Klick, als die beiden Schnallen eingerastet sind, habe ich noch immer im Ohr. Ich habe vorsichtig hochgeschaut, in die Runde, unsicher, weil ich dachte, die würden vielleicht hämisch grinsen.

18 / MEMO

Polizeireporterin S. W., damals für die …-Zeitung dem Fall zugeteilt, lässt per E-Mail wissen: »Natürlich war der Freundeskreis des zu diesem Zeitpunkt mutmaßlichen Täters sympathisch, sehr sogar. Aber das hat uns natürlich in keinster Weise in unserer objektiven Berichterstattung beeinflusst oder gar darin beeinträchtigt, die uns präsentierten Fakten zu überprüfen und gegebenenfalls weiterzugeben.«

SABINE

Überhaupt nicht! Totale Ergriffenheit. Alles stumm. Nur einer kratzte mit Plastikgabel und viel Akribie die Kuchenkrümel von seinem Pappteller. An dieses Geräusch erinnere ich mich, nicht an die Schnallen von Benjamins Aktentasche. Dass wir danach alle aufgestanden wären und uns an den Händen gefasst hätten, das weiß ich nicht mehr. Erinnerung ist wohl ein Schweizer Käse. Jedenfalls einer mit Löchern.

Nein, ich glaube nicht, dass sie danach alle *für uns* geschrieben haben, aber es war bestimmt nicht mehr so einfach, den Mann im Untersuchungsgefängnis als, sag ich mal, Unperson durch den Schlagzeilenwolf zu drehen. Weil sie dabei an uns denken mussten.

Ja, ich glaube, *das* ist so einfach. Alles *andere* war furchtbar kompliziert.

TILL

Sagt sie das?

Immerhin fingen die Zeitungen nach unserer Pressekonferenz an, Fragen zu stellen, anstatt bloß mit den Sprüchen des Großkommissars und des Staatsanwalts zu titeln. »Wo ist das Testament?«, las ich, und »Wo ist die Tatwaffe?«, und »Was ist mit DNA-Spuren?« Und »Was sagt die Beziehung zwischen Onkel und Neffe aus?« Und »Warum hat der Neffe kein Alibi?«

Er hatte eins, aber egal. Es ging darum – wie sagt man heute so schick? – das *Narrativ* mitzubestimmen. Muss man erklären. Gut, vielleicht waren Sie ja einmal in Marrakesch? Platz der Gaukler? Abends wird's magisch, wenn die Geschichtenerzähler kommen. Die stellen den Klappstuhl hin und die Petroleumlaterne daneben und erzählen los. Falls du Arabisch kannst, treibst du von einem zum anderen, horchst, bleibst oder gehst weiter. Story-Shopping, Narrativ-Hopping. Und *so* läuft das heute auch! Man muss Geschichten erzählen, oder wenigstens Stoff anbieten, damit sie dranbleiben. Wer die beste Geschichte hat, gewinnt. So viel hab sogar ich kapiert.

SABINE

Ich bin promovierte Astronomin. Das werden Ihnen die anderen erzählt haben. Ich weiß, dass sich Sebastian immer darüber lustig macht, aber der findet gerade einmal den großen Wagen in seiner Garage, nicht den Großen Wagen am Himmel. Ich kann Ihnen meinen Lebenslauf auch auf einer DIN-A4-Seite schicken, ist halt etwas berufslastig inzwischen. Finden Sie nicht so gut. So.

Na schön: Ich bin sogar dort geboren, in dem Vorort. Hausgeburt, oder, wie Sebastian mit pseudo-französischem Akzent zu sagen pflegte: Du Ausgeburt. Er hat es wohl einigermaßen nett gemeint, so charmant, wie halbwüchsige Jungs eben sein können. Mama hat es nicht ins Krankenhaus geschafft, auch, weil der Herr Papa sich schon vor längerer Zeit mitsamt dem ollen Polo vertschüsst hatte. Sie hat sich dann selbst geholfen, aber später jedes Mal, wenn sie eine Tüte Backofen-Pommes öffnete, mit der Küchenschere gewedelt und verkündet, dass dies das Instrument gewesen sei, mit dem sie mich abgenabelt hatte.

Das finden Sie als junges Mädchen zwei-, dreimal lustig, dann nicht mehr. Ich esse heute weder Backofen-Pommes, noch besitze ich eine solche Schere. Verpackungen öffne ich mit einem Messer oder den bloßen Zähnen. *Whatever works.*

Wir haben nicht im Reihenhaus wie die anderen gewohnt, sondern am Rand der Siedlung, im vierten Stock eines achtstöckigen Hochhauses. Was ich immer furchtbar bedauert habe. Ab dem fünften Stock hätte man auf die Berge sehen können und, wie ich mir als Sechsjährige fest einbildete, vielleicht sogar darüber hinweg bis ans Meer. Heute bin ich schlauer, oder sagen wir: informierter, aber nicht unbedingt glücklicher.

Und nun erzähle ich Ihnen, wo die Urzelle unseres Freundeskreises gelegen hat. Vergessen Sie Till, genannt Eulenspiegel, und Sebastian, genannt Wastl, was heute aber nicht mehr zulässig ist.

Ich – ich bin die Sonne, um die der erste Trabant gekreist hat; und das war er. Er auf einem taubenblauen Kinderfahrrad, dem eins der Stützräder fehlte. Ich saß auf einem Thron aus Sandsieb und gelbem Eimerchen in der Mitte des kreisrunden Sandkastens und dirigierte ihn an einer unsichtbaren Longe die Umlaufbahn entlang. Er eierte nach links und rechts und stürzte auch schon mal in den Sand, fing an zu flennen, aber ich ihn trieb ohne Gnade wieder in den Sattel. Wenn schon sonst nichts: Ich habe ihm das Radfahren beigebracht. Dafür übernehme ich die Verantwortung, aber nicht dafür, ob er mit einem Fahrrad zu einem Tatort und wieder nach Hause gefahren ist.

All die anderen, die Sie kennen, und die, die Sie nicht kennen, haben wir zwei beide so nach und nach in unseren Orbit gezogen. Wer um wen kreiste, das hat sich über die Jahre immer wieder einmal geändert, es gab zeitweise Nebensonnen und schwarze Löcher, da haben Kometen gekreuzt, Asteroidenschwärme und Meteorschauer. Und natürlich all die Spionage-Satelliten, die unsere Eltern hinaufgeschossen haben, bevorzugt kleinere Geschwister.

Kann ich nun behaupten, dass ich ihn besonders gut kenne? Ja. Aber so ein Kopf ist sein eigenes Universum, mit vielen Sonnen und Monden und all dem anderen galaktischen Inventar. Wie soll ich wissen, wann dort Tag oder Nacht ist? Ist ja gut möglich, dass gleichzeitig Tag und Nacht herrscht, und wir sehen, wie bei unserem Mond, immer nur eine Seite? Die helle, nicht die dunkle. Ich bin einfach etwas vorsichtig geworden.

Ich bin gerade in diesem Sonne-Mond-und-Sterne-Modus. Heute Morgen habe ich einen Job angeboten bekommen, die wollen mich in die Wüste schicken. Diese Organisation hat auf der Südhalbkugel ein paar Teleskope stehen, und bald kommt ein neues dazu, das ich mit einrichten soll, die Steuerung, Software und solche Dinge. Alles sehr aufregend, vor Jahren bin ich schon einmal dort gewesen, das ist der schönste Ort der Welt. Weil er … irgendwie schon außerhalb der Welt liegt, jedenfalls nicht mehr nur auf der Erde. In der Wüste ist es nachts dunkel, und die Luft ist sauber. Man kann klar sehen, nicht nur durch die Teleskope.

Ich kann auch klarer denken. Das ganze Schlamassel hier geht mir auf die Nerven, und, Verzeihung, auch Sie mit Ihren Fragen. Wir rühren doch nur in einer trüben Brühe herum, damals so gut wie heute.

Was mich am meisten stört, ist der Zweifel. Dass wir es nie rauskriegen werden. Bei meinen Himmelskörpern gibt es auch oft Zweifel und Fragen, große schwarze Löcher an Unwissenheit. Bei solchen Problemen kannst du wenigstens auf ein neues Teleskop hoffen oder auf einen Supercomputer, der die Dinge für dich sortiert und abarbeitet. Wenn wir's nicht verstehen, dann sind wir eben einfach noch ein bisschen zu dumm, oder wir haben die falschen Werkzeuge.

Aber unser Problem hier ist unlösbar, und das macht mich rasend.

Gesucht: Unbekannt

SEBASTIAN

Das ist eine belebte Gegend, da ist immer etwas los. Direkt vor dem »Mega-City-Center« hält die Straßenbahn, und an der nächsten Ecke ein Bus. Im Viertel gibt es eine Menge Geschäfte, Restaurants und Imbissbuden. Viele Büros, Architekten, Kreative, Medienleute. Und wenn die von der Polizei ermittelte Tatzeit – irgendwo zwischen 18 und 19 Uhr – stimmt, dann kommen da viele Menschen von der Arbeit nach Hause, einige gehen schnell noch zum Einkaufen ins Center, als es noch geöffnet war, oder zum Libanesen daneben, weil der so gutes Gemüse hat. Ein anderer steht mit der Zigarette vor der Tür des indischen Restaurants, während drinnen die Bestellung *to go* fertig gemacht wird, und guckt sich das Treiben auf der Straße an. Gegenüber zieht einer, etwas verspätet, in der Parkbucht die Sommerreifen auf.

Das ist Großstadt, aber das ist auch ein Viertel voller wachsamer Augen. Wo die Alteingesessenen den alten Zeiten nachtrauern und jedes erneuerte Klingelschild registrieren, jeden Leichenwagen sowieso. Da legt man sich ein Kissen aufs Fensterbrett und zählt die Autos, die in zweiter Reihe parken. Man wundert sich, wenn die Müllabfuhr am Dienstag um elf Uhr und nicht um neun kommt. Man erspäht die Hundebesitzer, die die Scheiße ihrer Vierbeiner nicht ins Tütchen packen. Der Kontaktbeamte der lokalen Polizeiinspektion sieht das nicht, der ist ein gemütlich durchs Viertel kreuzender Dampfer, nach allen Seiten plaudernd, und in seinem Kielwasser geschehen keine Verbrechen, basta.

Wir sehen jeden Tag lauter Dinge, die, für sich, total unbedeutend sind, die wir sofort vergessen. Aber nicht ganz, es braucht bloß den richtigen Trigger. Wann hast du die Reifen gewechselt? – Ach, schon lang her … da fällt mir ein: Erst gestern hat's ein Typ hier am Straßenrand gemacht, dem hat die Tram fast den Hintern abgefahren. Und kam da nicht letzten Montag so ein Kerl die Garagenrampe vom Einkaufszentrum runter, mit einer Plastiktüte in der Hand, schmutzige Klamotten, ziemlich hektisch? – Jetzt wo du es sagst …

Tausende Augenpaare, Tausende verblassende Nichtigkeiten, zuverlässig vergessen … wir hatten keine Zeit zu verlieren. An einem Nachmittag am See verfassten wir den Text, den ich in den Computer tippte und von dem ich am Tag danach 500 Exemplare im Copyshop drucken ließ. Mit roter Titelzeile.

BENJAMIN

Sicher hatte ich Einwände, habe ich doch immer. Zum Beispiel: Der Polizei ins Handwerk pfuschen! Zumindest ihnen ungefragt unter die Arme greifen. So etwas mögen die nicht, da sind die gleich beleidigt, wo sie uns doch ohnehin nicht wohlgesonnen schienen. Aber rechtlich war es okay, solange wir beim Anbringen der Blätter keine Sachbeschädigung begingen oder andere bereits hängende Zettel überklebten oder abrissen.

EMILIA

Wir pflasterten jeden Laternenpfahl, Ampelmast, Stromkasten, jedes Wartehäuschen, schwarze Brett, Haustor, jede mögliche und unmögliche Stelle, wo ein Streifen Klebeband hielt oder die einer Reißzwecke nicht widerstand. Jeder von uns hatte sein Revier im Viertel und in den angrenzenden Straßenzügen zugeteilt bekommen. 500 Zettel sind schnell weg, wenn fünf Leute ohne Hemmungen unterwegs sind. Für die gute Sache, heißt das.

SEBASTIAN

Eine alte Frau mit Trolley quatschte mich in einem Supermarkt an, als ich unseren Aufruf zwischen die Angebote gebrauchter Kinderballettkleider und Polstermöbelgarnituren (gegen Abholung) anpinnte:

Hören Sie mal, den haben sie doch verhaftet. Der Neffe war's. Lesen Sie keine Zeitung?

Nein, der Neffe war es nicht.

Wer dann?

Eine unbekannte Person, die wir suchen.

Aber wozu denn, wenn der Neffe schon verhaftet ist?

Es soll doch nicht die falsche Person ins Gefängnis, oder?

Ach, es erwischt schon immer die Richtigen, glauben Sie mir.

Keineswegs, gnädige Frau, der Neffe, das ist nämlich unser Freund.

Da schaute sie mich dann an, als stünde der Leibhaftige vor ihr, und zerrte ihren Trolley aus dem Laden, so schnell sie konnte.

EMILIA

Gegen Abend liefen wir uns ständig gegenseitig über den Weg und fingen an, die wenigen übrigen Zettel den Passanten in die Hand zu drücken, vor allem in der Nähe des Centers. Ich stellte mich an die Schranke zum Parkdeck für die Dauermieter und klemmte je einen unter das Wischerblatt. Manche zeterten, manche lachten, manche stellten gleich den Scheibenwischer an. Einer kam wieder herunter, das Papier in der Hand, und sagte, ja, er hätte jemanden bemerkt an dem Tag. Und er begann, einen Mann zu beschreiben, der aber weder ein kleiner noch ein großer Unbekannter war, sondern einer, der mich sehr an unseren Freund erinnerte, von den Turnschuhen bis zum Seitenscheitel. Mir wurden die Knie weich, ich musste mich festhalten, während ich mir das anhörte. Ich fragte dann, ob er sich beim Tag und bei der Uhrzeit ganz, ganz sicher sei. Und er sagte, so leichthin: Wissen Sie, wenn man hier jeden Morgen und jeden Abend rein- und rausfährt, die Typen, die da rumlaufen, das gleiche Sweatshirt oder T-Shirt mit dem Mega-

City-Logo an, und die einem zuwinken, ja, kann sein, dass ich mich irre – kann aber auch nicht sein, und schönen Abend noch!

SEBASTIAN

Auf dem Flugblatt waren eine Telefonnummer und eine eigens eingerichtete E-Mail-Adresse angegeben. Am nächsten Tag hatten wir uns an der Hütte verabredet, um die zu erwartende Menge an Hinweisen zu sortieren und zu bewerten.

BENJAMIN

Tja, die tausend Augen, von denen Sebastian gesprochen hat, die waren entweder geschlossen oder haben an jenem frühen Abend im Mai in die Kochtöpfe oder in die TV-Geräte oder sonst wohin geguckt. Aber die Aktion war dennoch kein Fehlschlag gewesen, wie Till und Sebastian in der ersten Enttäuschung geglaubt haben. Klar wäre es schön gewesen, wenn uns Hinweise auf den wahren Täter erreicht hätten. Wenn wir gar ein Phantombild hätten zeichnen lassen können. Aber, und da musste ich lange an die beiden hinreden: Es hat auch niemand unseren nur allzu gut Bekannten gesehen. Hurra!

Außer diesem einem Typen, den Emilia bei der Parkschranke angetroffen hatte. Das mussten wir doch nicht an die große Glocke hängen, zumal der bestimmt bloß mit den

Tagen durcheinandergeraten war. Völlig klar, dass er unseren Freund öfters gesehen haben konnte; der arbeitete schließlich dort. Aber nicht an dem bewussten Montag zwischen 17 und 19 Uhr …

Wie gehen wir damit um?, habe ich bei unserem nächsten Treffen am See in die Runde gefragt. Pfffff, ignorieren, sagte Till nach einem Seitenblick auf Sebastian, das war doch bloß ein Wichtigtuer, kannste total vergessen, und zur Polizei ist der auch nicht gegangen.

Dann erklärte Sebastian: Wir kehren das um. Vorher haben wir nach dem, Entschuldigung, zum letzten Mal, »großen Unbekannten« gefahndet, jetzt erklären wir *unseren Mann* zur allseits bekannten Größe im Viertel, geradewegs zum bunten Hund. Als würde der jeden Tag im Schellengewand klirrend und klingend und auf der Schalmei blasend ins Viertel einziehen, den Menschen an den Fenstern zuwinken, ihnen Scherzworte und die neuesten Nachrichten aus aller Welt zurufen. Als hörte man sein Einstempeln im Center bis in den allerletzten Winkel des Quartiers, genau wie sein Ausstempeln, um dann unbesorgt zu Bett zu gehen.

SABINE

Da musste ich aber doch mal tief durchatmen. Was für eine verquere Logik: *Wenn* er dort *gewesen wäre, hätte* ihn jemand *sehen müssen. Hat* aber nicht, also *war er nicht dort?* Ob jemand zu einem bestimmten Zeitpunkt an einem bestimmten Ort ist, hängt nicht davon ab, ob er oder sie dann und dort gesehen worden ist.

Das lässt sich ja auch beeinflussen. Sonnenbrille, Hintereingang, anderes Auto. Mütze, Klamottenwechsel, Tageszeit, Glück und Wagnis. Ich meine, gut, aber irgendwie doch ein schwaches Indiz.

Ansonsten, auf der positiven Seite: Wir bekamen wieder gute Presse. Zwei Blätter schickten sogar Fotografen, die uns beim Zettelkleben begleiteten, ich habe aber darauf geachtet, dass mir die Haare ins Gesicht fielen.

EMILIA

Drei Jahre später war ich wegen eines Arztbesuchs in der Gegend. Ich musste an einer Fußgängerampel warten – ja, ich warte eben an roten Ampeln, den Kindern zuliebe, oder weil ich einfach nicht diese vorwurfsvollen Blicke mag –, da klebte noch so ein Zettel, einer von denen, die ich damals angebracht hatte. Ich habe nämlich einige von denen vollflächig mit Tesafilm eingesponnen, damit sie vor Regen und Fingernägeln geschützt wären, immer rund um den Ampelmast, 100 Meter Klarsichtklebefilm. Für die Ewigkeit, hat Sebastian gespottet. Also … drei Jahre später stehe ich da, ich lese *Wir brauchen Ihre Hilfe* … und breche in Tränen aus, und warte, dass es Grün wird, damit ich endlich weitergehen kann.

TILL

Das hat dann leider nicht hingehauen mit der Entlassung aus der U-Haft. Und ich war irgendwie so sicher gewesen, dass der Anwalt ihn da raushauen würde, aber von den verfahrenstechnischen Finessen hatte ich ja keine Ahnung.

Das ist wie eine Mini-Gerichtsverhandlung. Da sitzt, in unserem Fall war es eine Richterin, und einer von der Staatsanwaltschaft und der Anwalt, und sie bequatschen, was so vorliegt. Ob das reicht, damit einer im Knast bleibt. Und das kann ja wohl bloß Pi mal Daumen gehen, oder? Der Daumen hat sich jedenfalls gesenkt, wie bei Ben Hur. Mord aus Heimtücke, hat der Oberstaatsanwalt danach wieder verkündet, und die Richterin hätte nach wie vor Fluchtgefahr gesehen, dabei kann man Verdächtige auch zu einer Art Hausarrest verdonnern oder ihnen das Handy abnehmen oder ihnen verbieten, bestimmte Leute zu treffen. Müssten sie halt irgendeine Art von Überwachung aufziehen. Aber so war es natürlich am bequemsten für die Behörden, Unterkunft und Verpflegung blecht der Steuerzahler. Wir haben uns aber noch lange nicht entmutigen lassen.

SABINE

Ich wollte nach diesem ungünstig ausgegangenen Haftprüfungstermin alles hinschmeißen. Ich hatte Aussicht auf ein Praktikum bei einer Sternwarte in einer anderen Stadt und gerade sehr, sehr wenig Hoffnung auf einen guten Ausgang der Sache. Das ging damals so in Wellen hin und her. Vielleicht hing es auch von der Mondphase ab oder irgendeiner kosmischen Strahlung.

Benjamin hat mich überredet weiterzumachen. Weil die anderen mich bräuchten, meine sarkastische Distanz und klare Sprache. Und als ein dringend benötigtes Gegengewicht zu den beiden Hitzköpfen Till und Sebastian.

Na ja, hab ich gedacht, wird schon ein anderes Praktikum kommen.

SEBASTIAN

Das war ein Schlag, klar, aber … man passt sich portionsweise der Wirklichkeit an, je nachdem, wie sie einem serviert wird. Gleichzeitig verändert man auch seinen Blick darauf und baut sie nach den eigenen Wünschen und Hoffnungen um. Genauso, wie ich gedacht hatte, die könnten ihn nie und nimmer in U-Haft behalten, dachte ich danach: Die können ihn nie und nimmer anklagen. Zu ärmlich ist das Sammelsurium an Pseudobeweisen und zu stark alles, was für ihn spricht. Früher oder später lassen sie ihn raus. Zack, und schon sind die Batterien wieder aufgeladen, die Uhr aufgezogen, die Morgenröte lacht, und es geht weiter. Ist ein erstaunlicher Mechanismus, da haben Sie recht. Hat was von Münchhausen.

Es geht aber auch nicht allein. Ohne die Freundinnen und Freunde … Was glauben Sie, wie sehr mich Sabines ewiger, versteckter oder offener Widerspruch angespornt hat? Auch wenn es oft sehr, sehr genervt hat.

Eine Belohnung hatten wir bei dieser Zettelaktion nicht ausgelobt. Wir dachten, ganz naiv, da müsste sich doch bei jedem, der etwas gesehen hatte, der Gerechtigkeitssinn durchsetzen. Wie bei uns. Bei der zweiten Aktion schon, da war auch genügend Geld aus der Erbschaft vorhanden und unser Idealismus schon etwas verschrammt durch ein paar harte Kollisionen mit der juristischen Realität.

Hütte am See (II)

TILL

So hat für uns der Sommer angefangen. Und jeder von uns ist anders damit umgegangen. Normalerweise hätte ich mein Mountainbike auf Vordermann gebracht, hätte das über den Winter hart gewordene Sitzleder meiner Radlerhosen mit Fett geschmeidig gemacht und wäre dann mit glitzernden Speichen und auf surrenden Reifen in die Berge gefahren. In dem Sommer bin ich selten weiter als bis zu dieser vermaledeiten, wunderbaren Hütte am See gekommen. Das wäre ja schön gewesen, mit einer Flasche Bier in der Hand im warmen, seichten Wasser zu sitzen und den lieben Gott einen, wie heißt das, guten Mann sein lassen? Aber wir hatten ja dieses *Problem* und viel zu reden, aber wenig zu tun.

Jetzt bitte ganz vorsichtig und mich nicht falsch verstehen: Da strahlt die Sonne, du bist an einem herrlichen Ort, und du ploppst ein Bier, und mit dem *Plopp* wird dir jedes Mal blitzartig klar: Du hast es gut, du hast es besser. Ja logisch, du hast es dauernd besser als der Rest der Welt und die Leute in Afrika und sonst wo, aber die sind ja auch nicht deine *Freunde*, oder? Also, hier macht es *zisch!*, und mit jedem *Zisch!* bläst das dein schlechtes Gewissen auf. Und das fragt: Wer oder was hat dich, Till vom Lindenweg 3 in 0815 Durchschnittshausen, auf die Sonnenseite des Lebens geworfen?

Nicht falsch verstehen: Ich hielt und halte ihn für unschuldig. Aber – es ist kompliziert. Mehr als das. Und jedes Jahr wird es komplizierter.

Mir graut vor dem Tag, an dem er herauskommt.

Warum? Sage ich Ihnen später. Vielleicht.

EMILIA

Erst ist das wie eine Lawine, die über dich hinweggeht, und dann denkst du, du guckst einem Gletscher beim, na, wie sagt man, was tut ein Gletscher?, beim Gletschern zu. Du weißt, dass er sich bewegt, du hörst es manchmal knirschen und knacksen, aber nie hast du das Gefühl, dass da etwas vorwärtsgeht. So war es, genauso war es in diesem Sommer. Von der totalen Aufregung zum Quasi-Stillstand. Die Justiz hat es nicht sonderlich eilig. Oder die sind überlastet, heißt es ja immer. Vielleicht dachten die, sie müssen sich nicht beeilen, weil der Verdächtige sowieso verurteilt wird.

Aber so kann man doch nicht mit dem Kostbarsten, was ein Mensch besitzt, seiner Freiheit, umgehen, oder? Die müssten doch eigentlich Tag und Nacht arbeiten. Oder ihn rauslassen. Sebastian sagte oft so bitter: »Es *gilt* die Unschuldsvermutung, aber *benutzt* wird die Schuldunterstellung.«

Doch was ich am schlimmsten fand: wie sich die Normalität wieder einschlich. Irgendwann kommt ein Abend –

und der kommt bald –, du sitzt vor der Glotze oder rührst in deinem Essen, denkst an die Direktorin, die dich im Lehrerzimmer vor allen anderen genervt hat, oder dass du das Auto die Woche zum TÜV bringen musst – und plötzlich, warum auch immer gerade in diesem Moment, fällt dir ein, du hast *schon seit zwei Tagen nicht an ihn gedacht,* und ich merke, wie meine Wangen heiß werden, weil mir das peinlich ist, weil ich denke, ich bin gefühllos und nicht empathisch, weil ich das Wichtige, das Schlimme, so mir nichts dir nichts mit meinen unbedeutenden Alltagssorgen verdränge.

Sabine sagt, deswegen müsse ich mich nicht schlecht fühlen, weil es ihr genauso gegangen ist. Aber die ist ein ganz anderer Typ, die kann so was. Die hat auch immer beim Wer-zuerst-blinzelt-Spiel gewonnen.

BENJAMIN

Immerhin konnte ich mich in diesen Monaten wieder ein bisschen mit Sabine anfreunden. Hat sie Ihnen erzählt, dass sie ins Ausland hätte gehen können? Aber sie hatte gerade erst das Diplom gemacht und war nicht sicher, ob sie das packen würde und ob es nicht besser wäre, erst einmal hierzulande etwas Berufserfahrung zu sammeln … oder was auch immer. Jedenfalls fand ich es angenehm, sie als Verbündete zu haben, damit wir einen Gegenpol zu Till und Sebastian bilden könnten. Und ich sagte, es ist jetzt besonders wichtig, dass wir alle zusammenhalten, auch und besonders über diese Durststrecken, und du bist wichtig, mit deiner nüchternen Sicht und deinem trockenen Humor, für die ganze Gruppe, aber auch für ihn, als seine Exfreundin, und so weiter. Also ja, ich habe damals nicht entschieden dafür plädiert, sie solle ihre Sachen packen und diese ganze trübsinnige Sache hinter sich lassen. Weswegen ich ein ganz klein wenig ein schlechtes Gewissen hatte.

Natürlich lief da etwas.

Ach so – nein, *das* meine ich nicht.

Wir, der Anwalt und ich, versuchten weiter, ihn herauszubekommen. Wir reichten noch zweimal Haftbeschwerde ein, das brachte jedoch nichts: wegen angeblicher Fluchtgefahr. Aber wo hätte der denn hingehen sollen, mit nichts in der Tasche. Seine Millionen-Erbschaft ist sofort blockiert worden; kann ja nicht sein, dass einer mutmaßlich seinen Onkel erschlägt, aber mit Millionen auf dem Konto in der Zelle sitzt und Einkaufslisten für danach schreibt.

Während wir den Frühsommer und Sommer angespannt abwarten mussten, hat die Staatsanwaltschaft die Klageschrift vorbereitet. Da steht drin, was der Staat dem Individuum im Einzelnen vorwirft. Das ganze angebliche Sündenregister, so wie es die Polizei ermittelt hat, wie es die Staatsanwaltschaft ins Korsett der Paragrafen zwingt und wie es dann ein Gericht zu beurteilen haben wird.

DER GEFANGENE

Warum sollte mich das belasten? Darum hat man ja Freunde. Die sind nicht nur für Schönwetter. Und wenn doch, dann sag ihnen: Lebt wohl. Ich muss zugeben, dass das Sturmtief meiner Festnahme, Verhaftung und anschließenden Untersuchungshaft schon geeignet war, den einen oder anderen umzuwerfen. Aber meine Freunde, die halten stand. So sind die.

Kann sein, dass ich vorher etwas anderes gesagt habe. Das kann gut sein. Es hängt denn doch ein bisschen von der Tagesform ab. Und davon, ob der verurteilte Mörder spricht oder der unschuldige Freund. Ob man von außen auf mich schaut oder ich von innen nach draußen.

SEBASTIAN

Wir haben schnell gemerkt, dass es uns ganz guttut, da herumzusitzen und zu grillen, Bier zu trinken, zu baden und auch über ganz andere Dinge zu reden. Ganz andere als, nun, ist ja klar.

Till brachte seine Gitarre mit, meine Freundin die ihre und irgendjemand ein altes Liederheft, das wir schon in den Ferienlagern zu Schulzeiten dabeihatten. Es störte ja keinen, wenn wir laut und falsch sangen.

Mir schien sich was zwischen Sabine und Benjamin anzubahnen, die saßen stundenlang auf dem Steg und ließen die Füße baumeln. Bin nicht recht schlau daraus geworden – die Sternguckerin und der Mann fürs Kleinstgedruckte, na, von mir aus, möglicherweise ist da gar kein so großer Unterschied, aus der Ferne sind ja auch die Sterne klein.

Emilia schleppte ab und zu ihre beiden Kinder an, aber Gott sei Dank nur selten ihren blöden Mann, der war auch

Lehrer, und zwar Oberlehrer und prall mit tollen Ratschlägen, die er bei uns loswerden wollte. – Ach, die sind längst geschieden. Emilia ist viel zu empfindsam, um es auf Dauer mit so einem auf Anschlag eingestellten Megafon auszuhalten.

Und weil die gegenwärtigen Zeiten so unschön waren, wälzten wir uns in allerhand glorreichen Erinnerungen. Glorifiziert auch, ganz bestimmt. Wir redeten viel von ihm, dem von früher.

SABINE

Den wir kannten und so auf immer kennen wollten. In meinem Fall: ein Dreikäsehoch auf dem Rad, einer, der auch mit den Mädchen spielte, aber wehe, du hast dich an seinem Spielzeug vergriffen. Da durftest du aber ganz schnell in Deckung gehen. Vielleicht war die Lunte nur deswegen so kurz, weil seine Schwester daheim nicht so viel jünger war und er sich deswegen durchsetzen musste, vor allem gegen Mädchen? Von Jungs ließ er sich viel mehr gefallen, und das hat mich immer maßlos geärgert.

19 / MEMO

Von diesen alten Geschichten gibt es einige; signifikant vielleicht die folgenden:

Eine Sportskanone war der nie, beim Fußball ließ er sich als Torwart aufstellen, und wenn dann Typen wie Sebastian oder ich angestürmt kamen und Vollspann aufs Tor ballerten, wich er lieber aus, als nach dem Ball zu hechten und sich womöglich wehzutun. War uns nur recht. Oder beim Schwimmunterricht ist er regelmäßig unter der Dusche versackt, weil ihm das Wasser im Becken zu kalt war oder zu viel Chlor drin.

Deswegen hat es mich ein bisschen gewundert, dass er bei unserer großen Alpen-Radtour dabei sein wollte. Sebastian, Benjamin und ich hatten die genau geplant, eine ganze Woche lang, mit Zelt und Gaskocher, aber ohne Mädchen, weswegen wir schon Emilia abwimmeln mussten. 17 waren wir da, oder 16. Von den Eltern verdonnert, jeden Abend von einer Telefonzelle aus anzurufen, weil das war noch vor Handys. Knapp davor. Auch Benjamin mitzunehmen war ein Zugeständnis; der hatte bloß ein Fünf-Gang-Rad und musste meistens schieben, wenn's bergauf ging. Aber Benjamin hat sich sehr für ihn eingesetzt, sodass wir letztendlich – na ja. Wir sind Freunde, da passt du dich an und findest einen Weg.

Sebastian und ich hatten meistens schon das Zelt stehen und eine Dose Ravioli auf dem Kocher, wenn die beiden anderen ankamen, und er krähte dann sofort »Huuuunger!«, kramte Napf und Löffel raus und bediente sich, während Benjamin ihr Zelt aufbaute, denn das machst du immer als Erstes. So wie man früher zuerst die Pferde getränkt hat. Aber bergab war er nicht zu bremsen, da wurde uns angst und bange. Der ließ es einfach rollen, als gäbe es kein Morgen. Die Bremsen an seinem Rad taugten ohnehin nichts. Möchte man doch meinen, ein Millionärsneffe hätte ein ordentliches Mountainbike, oder? Nix, drei- oder viermal haben wir Reifen oder gebrochene Speichen an dem Wrack geflickt, und dass er es so lange auf dem abgerockten Sattel ausgehalten hat, ohne Hämorrhoiden zu bekommen, ist eh ein Wunder.

An vier von sieben Tagen unserer Tour hat es mehr oder minder geregnet, am dritten Tag haben wir beschlossen, nicht mehr zu Hause anzurufen: Sollen die sich doch Sorgen machen oder uns mal vertrauen, wir waren ja keine Kinder mehr.

Gegen Ende der Tour, da haben wir schon fast die große Stadt am Horizont gesehen, sind wir auf einer Passhöhe hängen geblieben, total kaputt vom Hinaufstrampeln, es war dunkel, Feiertag, wir hatten nichts einkaufen können. Und natürlich Regen. Wir haben uns von der Straße seitlich in die Büsche geschlagen, uns in eins der beiden Zelte gequetscht und auf ein paar Scheiben hartem Brot herumgekaut, und beim Einschlafen hat eine Einskommafünfliterflasche Wein geholfen. Beim Schlafen nicht, weil dauernd einer zum Pinkeln über die anderen hinweg rauskrabbeln musste. Und wieder rein.

Wir drei haben es dann auch nicht gemerkt, dass er nach einem solchen Ausflug in der Morgendämmerung nicht mehr zurück ins Zelt gekommen ist. Mit dem bisschen mehr an Platz haben wir es uns wohl gemütlich gemacht und ziemlich lange gepennt. Dann herrschte allerdings Panik, und wir sind eine Weile laut rufend durch den Wald gelaufen. Und dass sein Fahrrad weg war, ist uns auch nicht gleich aufgefallen. Ist der abgehauen?, hat Sebastian gefragt, worauf Benjamin und ich gleichzeitig sagten: Niemals.

In der Tat kam er eine Dreiviertelstunde später daher, hinkend und das Rad schiebend, eine mächtige Abschürfung im Gesicht und zwei Bäckertüten links und rechts am Lenker. Beim Runterrollen ins Dorf hat es ihn gelegt. Ich glaub, ich hab zu ihm so etwas gesagt wie: Ach, du Trottel, da unten wären wir doch sowieso vorbeigekommen. Aber nett, also grob nett eben, nach Jungsart. Er erzählte dann, es wär ihm schon klar, dass er die ganze Woche ein Klotz am Bein gewesen sei, und er hätte es ganz toll gefunden, wie wir ihn mitgezogen, mitgeschoben und mitgefüttert hätten. Wofür er sich jetzt mit diesem Frühstück bedanken wollte. Die Schokocroissants waren sogar noch ein ganz bisschen warm, jedenfalls gefühlt.

Ja. So war, ist er. Auch.

EMILIA

Wir waren gemeinsam im Arbeitskreis Theater, zwei Jahre in der Oberstufe. Er und ich. Die anderen nicht. Können Sie sich Sabine als Schauspielerin vorstellen, oder Till oder Sebastian?

Eigentlich war ich wegen ihm im AK. Der wurde gerade gegründet – eine engagierte Deutschlehrerin, neu an der Schule, die auch keine Lust hatte, die alten Schinken nur zu lesen, wenn es da eine Bühne gab, die einmal im Jahr zum

Überreichen von Abiturzeugnissen benutzt wurde. Er war total Feuer und Flamme und fing sofort eine Kampagne an. Gewundert hat das keinen, für ihn ist das Klassenzimmer immer mehr eine Bühne als ein Lernort gewesen. Oh Gott, ich rede wie eine Lehrerin – aber ich bin ja auch eine, jetzt.

Als ich in die Klasse kam, dachte ich: Was für ein Kasper. Ich, die ewige Streberin, fühlte mich von dem frechen Dazwischengequatsche echt gestört, wie soll sich da eine konzentrieren, und die Lehrer sind dauernd damit beschäftigt, solche Quertreiber unter Kontrolle zu bringen, während ich vergeblich aufzeige, weil ich etwas weiß und anbringen will.

Er musste ziemlich oft ins Direktorat marschieren, um sich einen strengen Vortrag anzuhören, und kam dann stolz mit dem schriftlichen Verweis in der Hand zurück in die Klasse, den er in der nächsten Pause sofort selber unterschrieb. Obwohl er noch nicht 18 war. Seine Mutter soll bei einem Elternabend einmal aus allen Wolken gefallen sein, als der Klassenleiter ihr das ansehnliche Bündel Verweise unter die Nase hielt, die sie angeblich per Unterschrift zur Kenntnis genommen hatte. – Das habe ich natürlich von ihm, alle wussten das. So etwas konnte er nicht verheimlichen, eine krasse Geschichte, eine Pointe unterdrücken, nicht er.

Seine große Klappe war auch ein Schutz. Er fing sich zwar manchmal eine ein, aber so richtig haben sich die großen Jungs nicht an ihn rangetraut. Weil er es sehr gut draufhatte, andere bloßzustellen und der Lächerlichkeit preiszugeben, mit Spott und fiesen kleinen Bemerkungen. Das kann ja noch viel mehr wehtun als Hiebe und Schläge. Er war schon immer ein präziser Beobachter, und ich glaube, er hatte von jedem von uns so eine Art Dossier im Kopf. Nur für den Fall, nicht für den Angriff, sondern für die Verteidigung, wenn er es gebraucht hätte. Irgendeine Schwäche, die er dann aufs Korn nehmen könnte. Mein Lispeln, Sebastians desolate Zustände zu Hause. Zur Warnung, sozusagen: Lass mich, oder ich stech dich …

Das hört sich jetzt alles furchtbar an, nicht? Er hat das nie oder nur selten gegen Schwächere eingesetzt. Und ehrlich gesagt, aber zitieren Sie mich als Lehrerin da nicht, es gibt viel zu viele Streber und Angepasste, die aus Angst vor Nachteilen nicht einmal einen Witz machen würden, nicht einmal, wenn ihnen einer einfiele.

Für die Schauspielerei hat er ganz bestimmt ein Talent gehabt. Ohne ihn wäre AK Theater eine Einmalveranstaltung geblieben. Wir haben alles gespielt, klassisches Zeug, pädagogisches, mindestens eine Vorstellung pro Jahr. Weil trotz allem immer Mangel an Mitwirkenden herrschte, hat er öfter mehrere Rollen übernommen, Hauptsache, die Hauptrolle war mit dabei. Vielleicht hat das andere Jungs abgeschreckt. Aber wir zwei, wir hatten sogar eine Liebesszene.

Na gut, ich sage es, ist ja auch egal: *Romeo und Julia*. Diesmal nicht *auf dem Dorfe,* sondern im Vorort. Capulets wohnten im Bungalow, Montagues in den Hochhäusern. Näher als dabei sind wir uns, zu meinem größten Bedauern damals, nie mehr gekommen. Sabine hat meine »überaus überzeugende Darstellung« – exakt ihre Worte – sehr gelobt. Und bald danach waren sie und er das erste Mal zusammen.

Das letzte Mal stand ich auf dieser Bühne, als ich das Abiturzeugnis bekam, wir alle außer Till, der zwei Jahre vorher abgegangen war, und wir spielten den Prolog zu einem Stück mit dem Titel *Erwachsen*.

Das Nächste, was ich von ihm – besser: über ihn – hörte, war, dass er sich an einer Schauspielschule in der Stadt beworben hatte. Ah, dachte ich mit einer gewissen Bewunderung, hat er das wirklich getan. Kokettiert hatte er damit vorher schon, aber so recht überzeugend hatte das nicht geklungen. So etwas Halbseidenes, in dieser Familie, bei dem Onkel, das ging doch nicht … Mal abgesehen davon, dass auch unsere Mütter und Väter eine solche »Berufswahl« nach Kräften sabotiert, zumindest nicht unterstützt hätten. Er wollte auf die beste Schauspielschule, nicht irgendein privates Institut. Da nehmen sie zwar alle, die das Schulgeld bezahlen können, sagte er, und das fand er irgendwie … zweitklassig? – aber das Schulgeld besaß er ohnehin nicht. Die andere, die staatliche, kostete nichts, dafür war der Andrang enorm.

Es muss für ihn sehr, sehr enttäuschend gewesen sein. Für das eine hatte er nicht genug Geld, für das andere vielleicht nicht genug Talent. Jedenfalls gelang es ihm nicht, die Aufnahmekommission zu überzeugen. Zehn Jahre später hat das Gericht ihm, trotz Ablehnung an der Schauspielschule, genügend schauspielerisches Vermögen bescheinigt, um arglose Menschen – den Onkel, seine Familie, uns, die Freunde – überzeugend zu belügen – aber nicht das oberschlaue Gericht. Es muss furchtbar sein, wenn das Talent nie reicht.

Ich habe deswegen – weil ich kein schauspielerisches Talent besitze, obwohl ich eine »überaus überzeugende« Julia gewesen bin – lieber die Beamtenlaufbahn gewählt. Man soll es ja nicht herausfordern. Was man nicht versucht, daran kann man auch nicht scheitern: Das ist das Credo des Mittelmaßes.

BENJAMIN

Klassenkasper, sagt Emilia? Der hat sich halt nichts gefallen lassen und war schlagfertig. Er war auch mehrmals Klassensprecher, woran man sieht, erstens, dass er seine große Klappe auch für uns alle eingesetzt hat und, zweitens, wir als Gemeinschaft ihm was zugetraut haben – mehr als nur Witze reißen.

Die Schauspielerei, das war ungefähr drei Jahre lang das ganze Um und Auf, bis Ende der Schulzeit. Ich war sein persönlicher Videograf. Mit Papas Videoausrüstung, jede Aufführung habe ich gefilmt, auch damit er später etwas für seine Aufnahmeprüfung einreichen könnte. Ich habe draufgehalten, mit seinen klaren Regieanweisungen, die anderen Mitspieler nicht allzu sehr ins Bild zu nehmen. Ähnlich dann beim Schneiden. Der weiß schon, welche seine Schokoladenseite ist. Aber wiederum: Warum auch nicht? Ist doch egal, wenn irgendjemand auf einem Video, das sowieso niemand anschaut, vielleicht nicht optimal rüberkommt, dafür aber er, der das einmal brauchen kann?

Es macht mich wahnsinnig, dass so was nur nachteilig gesehen wird. Wie wäre es denn damit, das Einfühlungsvermögen, das ein Schauspieler wohl besitzen muss, mal als

Vorteil auszulegen? Dass der gar nicht zu dieser Gefühlskälte fähig ist, die man für einen eigenhändigen Mord braucht. Aber die würden ja wieder sagen: Der macht das nur, um uns an der Nase herumzuführen. Das ist schon manchmal zum Heulen.

Und außerdem: Er war auch nicht bei der Bundeswehr, sondern hat Zivildienst gemacht, weil er Gewalt verabscheut. Ich habe brav in Olivgrün gedient, ich Opportunist, weil ich mir dachte: Falls ich mal in den Staatsdienst will, kann es nicht schaden. Oder bei einer konservativen Kanzlei. Nicht ganz so gut wie ein Schmiss auf der Backe, aber immerhin Panzergrenadier. Er war da mutiger. Vielleicht hätte man all die Leute aus dem Pflegeheim, wo er Dienst getan hat, als Zeugen aufrufen sollen.

Was einer *ist*, wird doch irgendwie mit dem zu tun haben, was einer *tut*? Ich meine, du kannst doch nur das tun, was in dir ist?

20 / MEMO

Ablauf im Überblick: Ermittlungen → Anfangsverdacht → Anklageerhebung → Anklageschrift → Überprüfung der Anklage (»Zwischenverfahren«) → Zulassung der Anklage → Eröffnung des Hauptverfahrens → Hauptverhandlung → Beweisaufnahme → Plädoyers → Urteil
[optional: Berufung/Revision/Wiederaufnahmeverfahren, …].

Anklage

SEBASTIAN

Und zack, wenn du denkst, oder besser, schon fast gar nicht mehr dran denkst … kommt der nächste Hammer. Ich hatte irgendwie gehofft, das würde nicht mehr passieren. Sich einfach in Luft auflösen … Natürlich völlig irrational. Trotzdem, nachdem mir der Anwalt eine Kopie der Klageschrift überlassen und ich die überflogen hatte, war mir so was von klar: Das wird das Gericht niemals zulassen. Das ist eine Geschichte aus Tausendundeiner Nacht. Daran habe ich fest geglaubt.

SABINE

Jedenfalls hat damit die Gegenseite das Visier heruntergelassen.

Da konnten wir Punkt für Punkt für Punkt nachlesen, was sie ihm alles vorwarfen. Und wenn man, wie wir, wochenlang alles kleingeredet hat, wenn man, wie wir, unseren Freund so frisch und liebenswert und altvertraut im Gedächtnis hatte, dann kam das wie ein Schock. Aus vollem Lauf gegen die Wand. Ein übler Typ stand vor uns, ein Lügner, ein Heuchler und Schmeichler, ein ausrastender Gewalttäter, ein seine Wege und Abwege eiskalt berechnender Verbrecher, der uns mit Charme und Verstellung jahrelang an der Nase herumgeführt hatte. Einer, der an der Schauspielschule gescheitert war und der Drehbuch, Regie und Hauptrolle in seinem eigenen Stück übernommen hatte – und sich dann auch noch mit der Abendkasse davonmachen wollte.

Keiner, den ich kannte.

TILL

Mit dem Baseballschläger voll in die Fresse. Tut mir leid. Genau so. Aber weißte: Sofort kickt das Prinzip Hoffnung wieder rein, und du denkst: So was kann das Gericht nicht zur Hauptverhandlung zulassen. Die haben doch Besseres zu tun. Wirtschaftsverbrecher aburteilen und solche Dinge und Falschparker, falls Sie so was mehr aufregt.

21 / MEMO

Von Sebastian: Zusammenfassung der Anklage, nach Gedächtnis, auf Anfrage per E-Mail übermittelt und »möglichst sachlich«:

Schon Wochen und Monate vor dem Mord soll Zoff mit dem Onkel geherrscht haben. Der muss das irgendwie spitzgekriegt haben, dass er nicht mehr studierte, schon länger nicht, und somit die Aussicht auf

einen »g'studierten« Geschäftsführer mit akademischem Abschluss flöten ging. Und dass der Onkel – auch gegenüber diversen Angestellten und Bekannten – gesagt haben soll, das wär's dann mal gewesen mit der Erbschaft, denn warum sollte er sein Lebenswerk einem lügnerischen Versager hinterlassen. Somit wäre sowohl der ersehnte Management-Posten für später als auch der Aushilfsjob akut in Gefahr gewesen. Denn der erzürnte Alte hätte ihn ja von jetzt auf sofort rauswerfen können. Eine Weile soll er sogar Hausverbot im Einkaufszentrum gehabt haben.
Dann fängt der Alte auch noch mit dem Testament an. Jahrelang hat er erzählt, lieber Junge, du wirst einmal mein Haupterbe, das alles hier sollst du bekommen, und deine Schwester einen angemessenen Anteil natürlich, aber dich sehe ich hier als meinen Nachfolger. Du sollst die Zügel in der Hand halten, von diesem Büro aus alles lenken und steuern, damit aus dem vielen noch viel mehr wird.
Jetzt gibt es also Andeutungen, dass das Testament umgeschrieben werden soll. Er hört es mal bei dieser, mal bei jener Gelegenheit, und allen möglichen Leuten erzählt es der Onkel auch. Der weiß eben, wie man Druck aufbaut. Tratsch und Gerüchte, alles sickert durch, alles türmt sich auf.
Also, im günstigsten Fall hätte er weiterhin einen besseren Hausmeisterjob behalten, müsste sich von den neuen Managern sagen lassen, was er, der ehemals designierte Erbe, zu tun und zu lassen habe. Und die werden grinsen, während er die Mülltonnen über die

Parkdecks schiebt, und steigen in ihre schicken Dienstwagen.

Tat-Tag

Das darf nicht passieren, kann aber nur verhindert werden, sagt der Staatsanwalt, wenn unser Freund die ultimative Notbremse zieht und vollendete Tatsachen schafft. Dies tut er, indem er sich an dem bewussten Montag, an dem er sich krankgemeldet hatte, zum Mega-City-Center begibt, vermutlich per Fahrrad, und den Onkel ermordet. Weil er weiß, dass der Onkel jeden Montagabend pünktlich einen Stammtisch besucht und dazu logischerweise die Wohnung verlassen muss. Als sich die Tür öffnet, ist er zur Stelle und schlägt hemmungslos zu; eine Sauwut auf den Alten unterstellt der Staatsanwalt ohnehin. Nach etwa zwei Dutzend Hieben mit einem »Schlagwerkzeug« ist die Tat vollendet, der Onkel liegt tot auf dem Bauch in der Diele, und der Täter begibt sich nun in das Arbeitszimmer, wo er das Testament in einem Umschlag auf dem Schreibtisch vorfindet, kontrolliert und sich darin nach wie vor als Erbe eingesetzt sieht.

Unter Mitnahme von vier 500-Euro-Scheinen aus der Börse des Opfers verlässt er das Einkaufszentrum und kehrt ungesehen nach Hause zurück. Er lässt die Badewanne einlaufen, gibt ein Entspannungs- und Erkältungsbad hinzu, telefoniert mit seiner Schwester. Der Zeitpunkt dieses Telefonats wird später genau festgestellt.

Tag danach

Früh am kommenden Morgen wird er in der Parkgarage gesehen, wo er mit dem Hochdruckreiniger sein Fahrrad abspritzt, das er anschließend zu einem Fahrradhändler in der Nähe bringt, um es überholen zu lassen, Gangschaltung justieren, Bremsklötze erneuern, solche Dinge.

Etwas später nimmt er sein Auto und fährt auf der Autobahn in Richtung Südosten, wie durch eine Tankquittung belegt ist, die die Polizei bei der Wohnungsdurchsuchung findet. Er tankt, kauft eine Cola und bezahlt mit einem 500-Euro-Schein.

Für diese Spritztour gibt es keine – den Staatsanwalt überzeugende – Erklärung. Möglicherweise wurde bei der Gelegenheit das Tatwerkzeug bis heute unauffindbar entsorgt. Er sagt, er habe einen Freund in der Kreisstadt R. überraschend besuchen wollen, sei aber umgekehrt, weil er sich in der Zeit verkalkuliert habe und gegen Mittag habe er im Einkaufszentrum zurück sein müssen, um seinen Dienst anzutreten.

Dort erwähnen verschiedene Angestellte, dass der Onkel bisher nicht im Büro erschienen ist, obwohl er dies doch immer zu tun pflegt, sofern er sich nicht abgemeldet hat – was aber an diesem Tag nicht der Fall war.

Das kann schon vorkommen, sagt er und versucht zwei oder drei Mal, den Onkel in der Wohnung zu erreichen, aber niemand hebt ab.

Etwas später geht er auch hoch und klingelt, aber niemand öffnet. Er stellt fest, dass die Plastiktüte mit den Zeitungen und Zeitschriften, die Angestellte jeden Morgen an den Türknauf hängen, nicht mehr dort ist,

und erwähnt das im Gespräch mit einem Mitarbeiter des Einkaufszentrums, zeigt sich sonst jedoch wenig besorgt um seinen Onkel.
Reserveschlüssel zur Wohnung befinden sich im Büro, im Zimmer des Geschäftsführers, aber dieser ist an dem Tag nicht im Haus. Er, der Freund selbst, behauptet, keinen Schlüssel zu diesem Büro zu haben, da er ihm kurz zuvor vom Onkel wegen eines Streits abgenommen worden sei.
Am späteren Nachmittag entschließt er sich, mit dem amtierenden Geschäftsführer – in den Augen der Staatsanwaltschaft sein Rivale auf dem ihm gebührenden Posten – zur Wohnung hinaufzugehen und nachzusehen.
Er telefoniert nach dem Geschäftsführer, der außerhalb wohnt, und erklärt den Angestellten, auf dessen Eintreffen warten zu müssen, weil nur er die Schlüssel zur Wohnung habe.
Der Staatsanwalt glaubt, er habe bloß einen Zeugen gebraucht, um beim Auffinden der Leiche Überraschung und Bestürzung mimen zu können, denn bei der Durchsuchung seiner Wohnung wurden Schlüssel zum Penthouse des Onkels gefunden, weswegen er also weder den Geschäftsführer noch dessen Schlüssel gebraucht habe.
Direkt hinter der Eingangstür finden sie den Onkel, der zu diesem Zeitpunkt bereits etwa 24 Stunden tot ist. Er beugt sich hinunter, um nach Lebenszeichen zu tasten, kann aber nichts feststellen und sagt: »Der ist kalt und ganz steif.«

Anschließend informiert der Geschäftsführer die Polizei über Notruf 110, welche auch einen Rettungswagen alarmiert und innerhalb weniger Minuten am Tatort eintrifft. Es folgen erste Bestandsaufnahmen, und etwa zwei Stunden später wird er zur Einvernahme aufs Polizeipräsidium gebracht. Zwei Tage später kommt es zu der ganztägigen Zeugenvernehmung, während der seine Wohnung gefilzt wird.

SEBASTIAN

Sachlich genug? Das hätte Benjamin nicht besser gekonnt.

Natürlich bleiben Fragen. Aber die Fragen – doch mehr Behauptungen – der Staatsanwaltschaft konnte man auch alle anders beantworten. Hat der Anwalt ja auch gemacht.

BENJAMIN

Bloß folgte auf die Anklageschrift leider der schier endlose Winterschlaf. Die Justiz bereitete das Verfahren vor. Wir bekamen davon nichts mit, das lief so träge, wie der Apparat eben läuft. Irgendwann würden die einen Termin verkünden, und die Sache ginge los.

Draußen am See war es trotz des kleinen Kanonenofens nicht mehr so gemütlich. Ein Wunder, dass wir nicht alle an Kohlenmonoxidvergiftung starben. Einmal brach Emilia beim Schlittschuhlaufen auf dem Eis ein. Danach ließen wir es mit der Hütte fürs Erste gut sein.

Wir machten einen Besuchsplan. Familie hatte Vorrang, aber jeder von uns Freunden sollte doch zumindest einmal auch drankommen.

Ich traf ihn am kürzesten Tag des Jahres, kurz vor Weihnachten. Er kam mir unglaublich müde vor. Inzwischen kann ich das verstehen. Für jeden dieser Besuchstermine musste er sich wie Münchhausen am eigenen Schopf aus dem Sumpf ziehen und seinem Besucher oder seiner Besucherin als die Person gegenübertreten, die diese Person im Gedächtnis hatte. Das strengt an. Sei, wer du bist!

Leicht gesagt, denn leider hat in der Zwischenzeit jemand von dir behauptet, du seist ein Mörder. Versuch doch mal, das wegzulächeln. Sei ein Mensch! Dann ist es dir peinlich. Und du fragst dich: Wer bin ich? – So dachte ich es mir. Es war alles schwierig zu verstehen.

DER GEFANGENE

So gut es gemeint war, dieses Defilee meiner Freunde und Freundinnen, es machte mich verrückt. Ich saß im Besuchszimmer, brav hinter dem Tisch, und die Tür ging auf, und sie kamen herein, und sie schoben diesen Schubkarren voller guter und bester Absichten vor sich her und kippten alles vor meine Füße.

Ich will denen überhaupt keine Vorwürfe machen. Aber bitte: Nehmt mich ernst!

Inzwischen sind 15 Jahre vergangen, ich habe viel gelesen. Ich habe Juristerei, Medizin, leider auch Theologie und mit etwas mehr Gewinn Philosophie studiert. Ich zitiere gern aus den Klassikern, wie man sieht. Ich habe einen Typen namens Spinoza gelesen, der es mir nicht einfach machte. Aber ich habe mehr als genug Zeit, um darüber nachzudenken. Spinoza sagt: Damit etwas *wahr ist*, muss es *falsch sein können.* Nicht falsch *sein,* aber *können*. So wie man sich Dunkelheit ohne eine Idee von Licht nicht denken kann und umgekehrt. Wo es keinen Unterschied zwischen wahr und falsch gibt, ist alles verloren.

Also: Beweise, dass ich es *nicht* getan habe. Oder beweise, *dass ich es getan habe*. Aber sag nicht: Ich hätte es nie, *nie* tun können, weil – ja, warum? Weil ich ein guter Mensch bin? Sind wir doch alle. Und alle tun wir schreckliche Dinge. Sieh dich nur um.

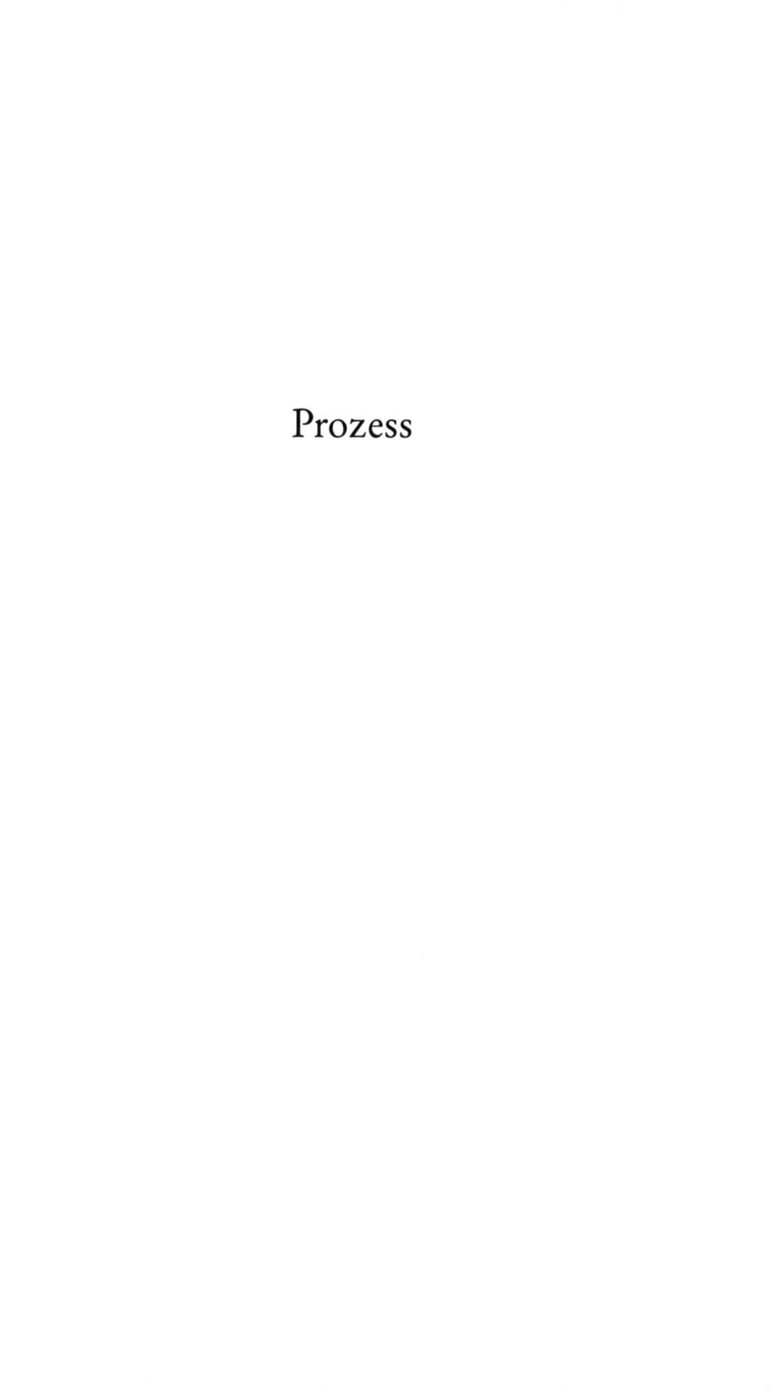

Prozess

Aufstehen

ANWALT

Ich hatte mich von Tag eins an in diese Sache verbissen. Hunderte Stunden Akten gelesen, Schriftsätze diktiert und diskutiert. In schlaflosen Nächten über die Strategie nachgedacht.

Dann geht der Vorhang auf zum Prozess, Ouvertüre ist vorbei. Jetzt passiert es. Strafprozess, das ist Kampf, ein ungleicher Kampf: Auf der einen Seite der Staat mit seinem Apparat und seiner Macht. Auf der anderen Seite ein Angeklagter, ein Anwalt – und viele gute Freunde. Schon mal das machte es besonders.

Wer konnte ahnen, dass die 20 vorgesehenen Verhandlungstage nicht einmal im Ansatz ausreichen würden. Mehr als das Vierfache brauchte es am Ende. Rückblickend darf ich sagen: Ich habe ihnen einen zähen Kampf geliefert, und mein Mandant, den ich später immer wieder einmal im Gefängnis besucht habe, sieht das auch so. Es ging um alles oder nichts.

Verzeihen Sie, wenn ich feierlich werde: Wir Anwälte sind ein bisschen wie die Ärzte. Bei denen geht es um »das Leben«, bei uns um »das Recht«. Das sind hohe, gar höchste Güter, quasi unantastbar. Die Leute denken, ich verteidige eine Angeklagte oder einen Angeklagten. Schon, aber nur indirekt, denn eigentlich verteidige ich das Recht. Das Recht darf keinen Schaden nehmen in der ganzen Prozedur. Ob der Angeklagte frei geht oder ins Gefängnis wandert, letztlich egal: Hauptsache, dem Recht ist Genüge getan.

Mandanten sind oft ausgemachte Drecksäcke. Das wissen wir nur zu gut. Zahnärzte haben es mit kariösen Zähnen und Parodontose zu tun, die Polizei mit Ganoven, Kanalarbeiter mit Scheiße. *That's the name of the game!*

Ich komme denen näher, als Sie zartbesaitete Person es aushalten würden, behaupte ich mal. Aber selbst diese Leute haben Rechte, genauso wenig oder genau so viel wie alle anderen. Sogar die »Kinderschänder«, was die *Schwanz-und-Rübe-ab!*-Brüller gerne vergessen. Es freut mich nicht, wenn so einer oder eine aus Mangel an Beweisen den Gerichtssaal als freier Mensch verlässt. Im Gegenteil: Es ist großartig! Wir alle sollten jubeln. Weil es zeigt: Dieses System funktioniert. Das wünschen auch Sie sich, falls Sie einmal da hineingeraten sollten. Geht schneller, als man denkt.

Hundertprozentige Gerechtigkeit ist eine Fata Morgana. Oder etwas fürs Jüngste Gericht, aber dabei sind keine Anwälte vorgesehen, leider, leider. Das wäre die ultimative Herausforderung, auch für unsere Gebührenordnung.

Hier aber war alles anders. Sie kennen bestimmt dieses Vexierbild: Alte Hexe oder junge Frau? Hakennase oder anmutiges Profil?

So begann der Prozess: Wir – der Freundeskreis und ich – sahen sozusagen die hübsche junge Frau. Richter und Staatsanwalt sahen die warzige alte Hexe. Obwohl wir auf dasselbe Bild blickten.

Sobald die Richter und Schöffen den Saal betreten, erheben sich alle Zuschauer und Prozessbeteiligten von den Sitzen. Das ist so eine zeremonielle Sache, um »dem Recht« die Ehre zu erweisen, und es gilt auch nicht den Personen in den Roben, sondern den Roben.

An dem ersten Verhandlungstag habe ich den Richter und seine zwei Beisitzer zum ersten Mal gesehen, dem Staatsanwalt war ich bei einer Pressekonferenz begegnet. Und jetzt sitzt man so eng zusammen, und auf einmal wird alles irgendwie persönlich. Du fängst an, die Leute zu studieren. Ist da noch ein Fleckchen Zahncreme am Mundwinkel, ist die Krawatte korrekt oder schlampig gebunden, sitzt der Scheitel? Wie sie reden, ob sie oft und wie sie in den Akten blättern, hektisch oder gezielt, ob sie ein Pokerface machen oder sich anmerken lassen, wenn sie genervt sind. Sind sie ungeduldig, wollen sie bloß ihren Plan abarbeiten oder ruhig zusehen, wie sich die Dinge entwickeln? Sind die eitel, wollen die einen Eindruck hinterlassen? Und kann man Eindruck auf die machen, und wie muss man sie dafür anfassen? Unser Anwalt hat – Till würde sagen: mit harten Bandagen – gekämpft, da ging es von Anfang an zur Sache. Schon wie der seine Aktentasche auf den Tisch gedonnert hat, morgens, wenn er in den Saal kam. Eine Ansage.

Heute denke ich, der Richter war ein überaus penibler Typ, der bloß nichts falsch machen wollte, der es als persönliche Schmach genommen hätte, wenn eine höhere Instanz sein Urteil kassiert hätte. Einer, der immer gewinnen musste, jeden Schachzug notiert hat, schon irgendwie zwanghaft. Seiner Karriere hat das sicher nicht geschadet.

Wir hatten also Getriebene auf beiden Seiten. Auch da haben sich wohl manche Beteiligte – so hab ich es jedenfalls aus der Zeitung herausgelesen – Gedanken über den Unterschied von Recht und Gerechtigkeit gemacht. So oder so, die beiden, Anwalt und Vorsitzender Richter, waren wie Feuer und Wasser und ließen das einander auch spüren. Neben ihnen sahen alle anderen wie Statisten aus.

EMILIA

Es gab viele Vorberichte in der Presse. »Prozess des Jahres«, »Viele Fragezeichen« und so etwas. Die freuten sich auf die Promifreunde des Onkels im Zeugenstand, auf Rabatz und Schlagabtausch, auf einen »spektakulären Indizienprozess« und wärmten noch mal die ganzen Halbwahrheiten auf, zum Beispiel, dass der Onkel ihm ein »teures Nachtleben« und allerhand Luxus finanziert hätte, und ähnlichen Quatsch.

Unsere Seite hatte sich natürlich auch in Stellung gebracht. Kurz vor Prozessauftakt sagte der Anwalt draußen vor dem Gericht, dass die Ermittlungen einseitig gewesen seien, dass unser Freund vorverurteilt worden sei und dass alle Vorwürfe ganz entschieden zurückgewiesen würden. Was die Staatsanwaltschaft als »gesicherte und belastbare Indizien« bezeichne, könne und werde sich in Luft auflösen, denn wenn man sich nicht so vorschnell auf unseren Freund festgelegt hätte, dann wären sie auf andere Erklärungen für die Spuren und alles andere gekommen. Ja, der haute noch mal ganz schön auf den Putz und griff die heftig an, sagte so etwas wie »die Unschuldsvermutung mit den Füßen getreten«. Da ist mir schon ein bisschen mulmig geworden. Ich muss ja öfters zwischen meinen Schülern schlichten, da hilft es, wenn man erst einmal verbal abrüstet und die Lage nicht noch aufheizt, bevor man überhaupt zum Streitpunkt kommt.

Uns kannten die Medienleute von den Pressekonferenzen. »Was erwarten Sie sich von diesem Prozess?«, hat mich einer mit Mikro gefragt. »Freispruch natürlich, was anderes darf es nicht sein«, und die anderen haben das auch gesagt.

Drinnen war es irgendwie feierlich ... Alles so bedeutungsschwanger, so lange erwartet und gefürchtet. Und ich würde ihn zum ersten Mal seit Monaten wiedersehen.

Das ist ein großer Saal ohne Fenster, der für Terroristenprozesse gebaut worden ist, mit einer fiesen grünlichen Beleuchtung, unter der alle ziemlich krank aussehen. Wir kamen sehr früh an, um gute Plätze zu bekommen, und die Stimmung, oder besser meine Hoffnung war: Jetzt wird alles gut, das ist jetzt endlich der Anfang von einem nahen Ende. Etwa 16 Verhandlungstage, hieß es in der Presse. Da also noch durch, und wir wären wieder die Freunde, die wir einmal gewesen waren, mit unseren Treffen am See, und zwar wir alle zusammen. Oder nein: Wir wären noch viel bessere, engere Freunde als zuvor, und darauf freute ich mich.

SEBASTIAN

Feierlich? Emilia ist immer so nett, viel zu nett. Mir kam das eher wie ein Bunker vor, und die Beklommenheit, die ich von Anfang an gespürt habe, hat bis zum Schluss angehalten. Und dass das so schnell gehen würde, habe ich auch nicht geglaubt. Benjamin, der etwas besser in die Strategie des Anwalts eingeweiht war, erzählte mir was von vielen »Pfeilen im Köcher« und einigen Ideen, um den wohlgeschmierten Ablauf auszubremsen, so wie es sich der Staatsanwalt und das Gericht vorstellten. Ich wusste aber nicht genau, was das heißen sollte.

Jedenfalls freute ich mich drauf, auch auf so eine Art … Abrechnung? Ja, Abrechnung mit dem System.

TILL

Das mit dem Aufstehen für ihn, das war allein meine Idee.

Wenn die Wachtmeister ihn in den Gerichtssaal geführt haben – und das war ja immer erst, nachdem alle anderen Prozessbeteiligten schon da waren –, sind wir Freunde aufgestanden. Was sich eigentlich nicht gehört. Der Richter zeterte anfangs ein bisschen herum und drohte, uns aus dem Saal zu weisen, hat's aber nie getan. Und später hat er das Aufstehen ignoriert.

Es wurde zum Ritual, und wir haben es eisern durchgehalten, selbst wenn nur einer oder eine von uns es zur Verhandlung geschafft hatte, wir mussten ja auch arbeiten.

Und abgesehen davon haben wir uns benommen, das gehörte zur Strategie. Keine Zwischenrufe und kein Schwätzen. Nur brav dagesessen und aufmerksam zugehört und einen guten Eindruck gemacht. Obwohl das schon öfter mal sehr dröge zuging. Und ehrlich gesagt, ich bin drei-, viermal eingenickt.

Bis auf den Tag, an dem wir das Urteil hörten. Da gab es einen Aufruhr, und wenn der Richter eines dieser Holzhämmerchen gehabt hätte, die man aus den amerikanischen Gerichtsdramen kennt, ich glaube, er hätte es zu Kleinholz gehämmert.

Also warum wir das getan haben: Am ersten Verhandlungstag, da führten sie ihn in Handschellen herein, er zwischen zwei mächtigen Justizwachtmeistern, die halten ihn an den Oberarmen umklammert, er ist in Handschellen, und sie bugsieren ihn an seinen Platz auf der Anklagebank. Und ich denke, Mann, wie zur Schlachtbank wird er da geführt, und er sieht so grau, so geschrumpft aus, die Haare trägt er viel länger als je zuvor, und er guckt kaum zu uns herüber, obwohl er weiß, dass wir da sind, für ihn da sind.

Ja – und ich hatte in der Tat das Gefühl, er schämt sich in seiner ganzen Hilflosigkeit. Aber das musste er nicht.

Wie auch immer, nach diesem ersten Verhandlungstag stand ich dann noch mit Benjamin und Sabine vor dem Justizpalast und wir rauchten ein ganzes Bigpack Zigaretten weg, um runterzukommen. Ich sagte so was wie: Das geht doch nicht an, dass man unseren Freund da wie einen geschlagenen Hund vorführt, das ist doch total würdelos. Wie wäre es, wenn wenigstens wir jedes Mal aufstehen, sobald er in den Saal gebracht wird? Als Zeichen unserer Achtung, als Signal an ihn und alle anderen.

SABINE

Wir haben uns geschworen: Er soll niemals alleine da drin sitzen. Das heißt: ohne uns. Der Anwalt oder dessen Sozius und jemand von der Familie waren immer da. Obwohl, von der Familie dann immer seltener. Vor Gericht, da geht es nicht nur um Beweise und Indizien, es geht auch um den Charakter des Angeklagten. Wir waren da als seine stummen Charakterzeugen. Das war vielleicht naiv gedacht. Bestimmt sogar, wenn man das Ergebnis betrachtet. Aber ein Mensch, der so viele gute Freunde hat, die zu ihm halten, durch – wie heißt das? –, durch dick und dünn, der kann wohl kaum ein schlechter Mensch sein, oder? Warum sollten wir uns so in ihm täuschen?

Wenn wir zu Beginn jedes Verhandlungstages da Hand in Hand eine Kette bildeten – gegen alle Regeln –, aufstanden und uns allen und ihm zeigten, wir dachten, wir könnten diese andere Kette, die nur aus schwachen Indizien bestand, zertrümmern. Dachten wir.

Der Einzige, der das Aufstehen ein bisschen, wie soll ich sagen, doof fand – oder eher: zu gefühlig, das war Benjamin. Er glaubte nicht, dass wir damit irgendjemanden beeindrucken könnten. Außer, hat er gesagt, außer uns selbst. Das haben ihm ein paar doch übel genommen, aber niemand sprach es aus. Abgesehen davon, dass es wirklich darum ging, uns zu beeindrucken. Wenn wir das durchstehen wollten, dann brauchten wir solche Rituale. Unbedingt, so wie die vielen Treffen bei der Hütte am See. Sogar wenn Till die Gitarre und die gesamte Kollektion an »Liederkiste«, »Liederkarren«, »Liederwolke« und so weiter anschleppte und wir laut und falsch tröstende Gesänge anstimmten.

BENJAMIN

So läuft das eben nicht, vor Gericht. Die Boulevardmedien fanden es natürlich großartig, dass wir jedes Mal aufstanden, weil es Emotionen versprach in einem manchmal langweiligen Prozessalltag. Der Vorsitzende Richter verlor sich gerne in Details, und Details sind die natürlichen Feinde der Presse.

Sehen Sie nicht so? Na, egal.

Ich fand den Richter zwar als Person ziemlich unsympathisch, aber ich glaube, er machte seine Arbeit … auf jeden Fall sehr gewissenhaft. Besonders für Till und Sebastian schien es klar, dass der Mann Richter und Henker zugleich sein wollte. Ob wir zu unserem Freund hielten oder nicht, war ihm völlig egal. Dass wir aufstanden – nur ein unbedeutendes prozedurales Ärgernis. So was machte man in einem, in *seinem* Gerichtssaal einfach nicht. Anfangs wollte er uns das verbieten, worauf wir es natürlich erst recht tun mussten. Meine Haltung dazu war – ich hätte es auch gelassen. Wegen allerhöchstwahrscheinlicher Unwirksamkeit und möglichen nachteiligen Folgen.

Du kannst natürlich von der Linie abweichen, nur fliegst

du dann aus der Gruppe. Das muss man abwägen. Ich habe ein wenig gebraucht, um zu kapieren, dass das Aufstehen – auch – so eine Art Kontrollinstrument war.

ANWALT

Sie können viele Pläne machen, aber wenn Sie ins Gericht kommen und die Verhandlung beginnt, dann heißt es: Vor Gericht und auf hoher See ist man in Gottes Hand. Und das gilt nicht nur für die Angeklagten. Ich war jeden Tag auf Überraschungen gefasst. Und hatte natürlich selber welche im Gepäck.

22 / MEMO [KRIMINALISTIK]

H. de Vries, *Einführung Kriminalistik, § 27 Überzeugungsbildung, 12. Abgleichung mit den Plädoyers und dem letzten Wort:*
»Zur Strafverteidigung gehört auch Konfliktbereitschaft. Sie ist angebracht, wenn das Gericht oder die Staatsanwaltschaft die Rechtsordnung verletzen. Auch Richter können der Versuchung erliegen, Rechte zu missachten. Es gibt aber auch eine Konfliktverteidigung, die nicht abwehren, sondern das Gericht erpressen will. Verteidiger und Mandant müssen sich über ihre legitimen Verteidigungsziele einig sein. Grob zu unterscheiden sind Freispruch- und Strafmaßverteidigung.«

Schweigen

SEBASTIAN

Anfangs, bei der Feststellung der Personalien, redete er noch. Das muss man, und es bringt ja auch nichts, aus dem eigenen Namen und dem Alter ein Geheimnis zu machen.

Dann nicht mehr. Der Anwalt erklärte für ihn, dass er unschuldig sei. Und das war's. Danach, bis zum Schluss, kein Wort zur Sache, nicht ein einziges. Erst wieder beim Schlusswort.

BENJAMIN

Aber die Zwischenrufe. Da musste ich schon selbst öfter die Zähne zusammenbeißen, um nicht zu ihm hinüberzurufen: Halt lieber mal die Klappe, das bringt nichts!

Verstehen konnte ich ihn schon, wer soll das aushalten, was da alles über einen erzählt wird. Du wirst zur Hauptperson in einem Märchen gemacht, zum bösen Wolf, und lauter unschuldige Rotkäppchen treten vor Gericht auf und zeigen mit dem Finger auf dich. Der Frust muss irgendwie raus. Kam nicht gut an bei der Kammer, dieses eiserne Schweigen zur Sache einerseits und das hemmungslose

Schimpfen andererseits. Und im Nachhinein, als Jurist zwar, aber nicht als Strafrechtler, frage ich mich, ob das die richtige Strategie war. Und wenn es die richtige Strategie war, ob sie aufgegangen ist. Allerdings hätte das Urteil ja kaum schlimmer ausgehen können. Also nein … aber das gehört wohl zur Kategorie: Hinterher ist man immer schlauer.

Einmal sind wegen dieser Fragen die Fetzen unter uns geflogen. Fast der einzige Moment, in dem ich befürchtete, die Gruppe könnte auseinanderbrechen.

ANWALT

Es ist wie beim Fußball. Macht hinten dicht, lasst sie kommen. Seht zu, dass sie kein Tor reinkriegen. Macht vor allem kein Eigentor. Nicht ihr müsst das Tor schießen, die anderen müssen das Spiel machen. Seid ein Team. Haut den Ball weit raus in die andere Hälfte. Macht Entlastungsangriffe, aber immer vorsichtig, damit es nicht in einem gefährlichen Konter oder mit einer offenen Flanke endet. Den Spielaufbau der anderen stören. Befangenheitsanträge rausballern, einen nach dem anderen, immer neue Beweisanträge stellen. Ein paar gelbe und rote Karten nehme ich als Trainer meines Teams in Kauf. So war das geplant, und ja, ich bin davon noch immer überzeugt.

Nein, seine Zwischenrufe haben mich gar nicht gestört. Im Gegenteil, der hat mir mehr als einmal aus der Seele gesprochen. Ich bin ja auch ein impulsiver Mensch. Aber in Robe muss ich mich zurückhalten, wenigstens ein bisschen.

BENJAMIN

Es ist Ihr Recht als angeklagte Person, vor Gericht zu schweigen, auch wenn Sie den Drang haben, Sie müssten sich gegen diese empörenden, unerhörten und ungerechtfertigten Vorwürfe verteidigen, die man Ihnen da vor die Füße wirft. Schweigen darf nicht zu Ihren Ungunsten ausgelegt werden. Sie müssen auch Ihre Unschuld nicht beweisen, die Gegenseite muss Ihre Schuld beweisen. Eigentlich könnte man es sich da ganz gemütlich machen, theoretisch jedenfalls. Und wenn es nicht so gefährlich wäre.

Sie haben es ja mit Menschen zu tun, die machen sich ihre Gedanken, die haben Gefühle, auch wenn es sich – Pardon – um staubtrockene, erbsenzählende und korinthenkackende Juristen handelt. Die können schon eins und eins addieren, auch wenn da ab und zu drei rauskommt. Ich will nur sagen: Die Juristerei ist keine Mathematik und folgt auch keiner strengen Logik. Obwohl wir während des Studiums alle in die Seminare für klassische Logik bei den Philosophen gelaufen sind, um den Verstand zu schärfen und die Rhetorik zu härten. Die meisten von uns hat das aber bloß verwirrt.

TILL

Fand ich voll okay, dass der Anwalt ihn von Anfang an zum Schweigen verdonnert hat. Erstens, weil der ganze Vorwurf gegen ihn so was von abstrus war, und zweitens, weil er –

bei seiner Impulsivität, da musste man befürchten, dass er sich da ein bisschen selber in die Scheiße reitet. Selbst wenn er unschuldig ist, und das ist er ja auch.

EMILIA

Ich hätte es gut gefunden, wenn er zu der einen oder anderen Einzelheit etwas gesagt und ansonsten geschwiegen hätte. So wären doch viele Dinge schnell aus der Welt geschafft, bevor die sich darin verbeißen wie die Bulldoggen, an totalen Lappalien. Aber der Anwalt hat uns erklärt, dass so etwas »selektives Teilschweigen« heißt, und daraus dürfen Richter und Staatsanwälte dann doch ihre Schlüsse ziehen. Aber aus dem »Totalschweigen« nicht. Das durfte nicht gegen ihn ausgelegt werden, aus nichts kann auch nichts folgen. Ob das wirklich so funktioniert? Ich war da eben unsicher. So wird jede gewöhnliche Angelegenheit zum großen Geheimnis, für das dann völlig verschraubte Erklärungen herhalten müssen.

BENJAMIN

Die Presse war wegen seines Schweigens total frustriert. Alles, was er nicht sagte, sollten wir ihnen dann erklären, vorher, nachher, in den Pausen. Wir machten aber keine Statements zur Sache, und deswegen wurde wild herumgeraten und spekuliert.

Es war meine Entscheidung, ja. Die meisten Strafrechtsanwälte denken so. Reden bedeutet den Strick, Schweigen das Türchen zur Freiheit …

Hier ist eher praktische Psychologie am Werk als eine juristische Konstruktion. Sehen Sie, das ist eine Art Kettenreaktion: Die Polizei findet den jungen Mann am Tatort, und alles scheint so gut zu passen, dass man sich nicht mehr damit aufhält, »in alle Richtungen zu ermitteln«, wie es sich gehört. Man legt sich zu früh fest. Der Staatsanwalt verfasst die Klageschrift, weil er sich denkt, da wird schon was dran sein, wenn es die Polizei so und nicht anders ermittelt hat. Und der Richter lässt die Klage nach Aktenlage zu, weil er denkt: Da wird schon was dran sein, denn sonst hätte die Staatsanwaltschaft keine Klageschrift verfasst, oder etwa nicht? Und derselbe Richter sitzt dann im Gerichtssaal und eröffnet das Hauptverfahren, in dem er dann mehr oder minder bewusst – in allem, was er hört oder nicht hört – nach Bestätigung dafür sucht, dass er das Hauptverfahren zu Recht zugelassen hat, dass die Staatsanwaltschaft Klage erhoben hat, dass die Polizei schon den Richtigen erwischt hat.

So ticken wir alle. Wir suchen Bestätigung für das, was wir tun, und am Ende sagen wir gerne: Wusste ich doch. Viel lieber als: Wie konnte ich mich nur so täuschen?

SABINE

Der Anwalt. Sicher ein smarter Kerl, darum sagt er so etwas. Aber ja, wie konnte er sich nur so täuschen? Das wüsste ich auch gerne.

Indizien

23 / MEMO: FUNDSTÜCK ZEITUNGSARCHIV

»Der Strafverteidiger R.H. zu unserer Zeitung: Es steht ein sogenannter Indizienprozess ohne eindeutige Beweise bevor. In vielen Fällen ergibt der Indizienschluss nur eine mehr oder minder große Wahrscheinlichkeit für die Täterschaft. Ein bedeutender Schriftsteller des 19. Jahrhunderts formulierte es dahingehend: ›Wenn man jemanden hängen möchte, dann kann im Indizienbeweis der Strick leicht gefunden werden.‹«

BENJAMIN

Es wurde in der Tat das, was man landläufig einen »Indizienprozess« nennt. Das klingt zweifelhaft, etwas abschätzig. Als wäre ein Indizienprozess ein Prozess zweiter Klasse und eine Verurteilung aufgrund von Indizien minderwertig. Ein Indiz ist ein Anzeichen, ein Hinweis, ein Fingerzeig. Jedes ein Steinchen im Mosaik. Eines für sich mag nichts bedeuten, aber wenn sich eins zum andern fügt, entsteht ein Bild.

Das ist mühsam, und lieber hätte man ein Geständnis,

das keine Fragen offenlässt. Aber nicht einmal jedem Geständnis darf man glauben. Wenn zum Beispiel jemand einen anderen schützen will, kann der oder die alle möglichen Geschichten erzählen. Und wieder ist der Zweifel da.

Der rauchende Colt in der Hand des Täters neben der frischen Leiche, das ist natürlich Kriminalers Traum. Geständnis noch dazu. Und Zeugen, die alles gesehen und gehört, sich alles perfekt gemerkt haben. Und am allerbesten, wie es einmal in der Schlagzeile einer Boulevardzeitung hieß: »BILD sprach mit dem Toten.«

Der wird es ja wohl wissen? Aber ich fürchte, selbst die Toten lügen.

24 / MEMO [KRIMINALISTIK]

H. de Vries, *Einführung in die Kriminalistik für die Strafrechtspraxis, § 22 Beweismethoden, 5. Der Begriff des Indizienbeweises:*

»Von einem Indizienprozess wird häufig schon gesprochen, wenn der Angeklagte nicht geständig ist. Dies ist insofern richtig, als bei einer solchen Beweissituation in aller Regel Indizien eine Rolle spielen. Beim Indizienbeweis handelt es sich um den mittelbaren Beweis einer unter einer Rechtsnorm zu subsumierenden Haupttatsache durch sogenannte Hilfstatsachen, die den Schluss auf die Haupttatsache rechtfertigen. Es geht also um eine Schlussfolgerung von Tatsachen auf Tatsachen.«

Und das heißt?

Hütte am See (III)

SABINE

Und dann kam überhaupt der absolute Hammer, eine echte Supernova. Noch bevor es richtig losging, wurde schon vertagt. Um zwei Wochen.

Weil eine seltsame DNA-Spur gefunden wurde, ein unverhofftes Ermittlungsergebnis, über das das Gericht sich klar werden musste. Das war ziemlich genau ein Jahr nach der Tat. Im Jahr eins der neuen Zeitrechnung für uns.

SEBASTIAN

Champagner natürlich! Obwohl, natürlich nicht. Wir sind nicht so die Champagnerbande. Lieber ein gutes Bier aus einer kleinen Brauerei, die nicht jeder kennt. Das musste jedenfalls gefeiert werden, und wir trafen uns alle in der Hütte am See, am Abend darauf.

Nein, der Anwalt nicht. Der war nie dabei. Die Hütte blieb unseres – »keine Erwachsenen!«, aus alter Gewohnheit. Für den juristischen Kram hatten wir ja Benjamin.

BENJAMIN

Einerseits: total furchtbar, nach dem langen Anlauf zum Prozess hin abrupt auf null abgebremst zu werden. Andererseits: totale Euphorie. Weil er wieder da war, der große Unbekannte, auf einmal wieder greifbar. Sogar unser Freund lächelte vorsichtig, und der Anwalt gab eine Menge Interviews mit dem Tenor: »Das war schon lange klar, dass hier der falsche Mann auf der Anklagebank sitzt. Die lückenhaften Ermittlungen und die vorschnelle Festlegung auf einen Tatverdächtigen rächen sich jetzt.« So in der Art. Er hat auch die sofortige Entlassung aus der Haft gefordert, sodass der eine oder andere ihn bereits aus dem Gefängnistor spazieren sah.

Ich sagte mir: Vorsicht, Vorsicht, Vorsicht. Nicht zu früh triumphieren! *Unbekannt* kann man nicht verhaften, *Unbekannt* kann man nicht verurteilen.

»Die Nürnberger hängen keinen, sie hätten ihn denn zuvor.«

Nur so ein alter Spruch.

EMILIA

Ich sehe noch ganz genau, wie der Vorsitzende Richter, den Till immer den »Scharfrichter« genannt hat, nach der Personalienfeststellung und der Verlesung der Anklage ein bisschen in seinen Akten herumkramt, und wir alle warten, so, was passiert jetzt, Pause oder was, und dann kommt der mit dem Knüller und sagt: »Wir haben neue Spuren aus der Tatwohnung«, oder so ähnlich, und dann: Verhandlung ist vertagt – Ruhe im Saal –, die Sitzung ist geschlossen. Dabei war es gerade die unheimliche Ruhe, an die ich mich erinnere, dieses kollektive Einatmen – hast du das Gleiche wie ich da gerade gehört? –, erst danach wurde es laut. Tumultuös eher.

Sie recherchieren das ohnehin, aber damit ich das jetzt richtig zusammenbekomme: Es gab in den 1980ern, nicht weit von unserer Stadt entfernt, einen Fall, da wurde ein Mädchen entführt und in eine Holzkiste gesteckt und darin in der Erde begraben. Die Kiste hatte zwar Röhren zur Belüftung, aber das hat irgendwie nicht funktioniert, und das Kind ist erstickt. Dieser Fall war damals – als unser Prozess begann – noch nicht aufgeklärt, obwohl die Polizei einen wahnsinnigen Aufwand betrieben hatte. Viel mehr als in unserer Sache. Tausende Personen und Autos überprüft, Tausende Spuren ausgewertet.

Aber, so traurig das klingt, es macht eben einen Unterschied, ob ein zehnjähriges Mädchen in einer Kiste elend erstickt oder ein alter weißer, nicht immer sympathischer Mann erschlagen wird. Und in dem Entführungsfall gab es am Tatort keine Tatverdächtigen, niemanden, den man nach ein paar Tagen schon der Presse präsentieren hätte können. Sondern gar nichts. Nur Entsetzen und Empörung. Aber wir reden immer, dass jedes Leben gleich zählt. Inzwischen weiß ich, dass das so nicht stimmen kann.

Das mit dem Mädchen war … ich weiß aus dem Stand nicht mehr genau, wann. Gott, wir waren da alle noch Kinder und haben das gar nicht aus erster Hand mitbekommen.

Ich muss so sechs oder sieben Jahre gewesen sein. Also alles aus grauer Vorzeit. Ich habe den Namen des Mädchens damals zum ersten Mal gehört, bei unserem Prozess.

BENJAMIN

Als Verbindungsmann zum Anwalt musste ich den Bericht zur Sachlage erstatten. Was gar nicht so einfach war. Die einen hatten es sich auf dem Steg gemütlich gemacht und guckten abwechselnd in die untergehende Sonne und die Hälse ihrer Bierflaschen, die anderen schlichteten Unmengen Holz für ein verfrühtes Sonnwendfeuer auf. Die Stimmung war ... dermaßen entspannt, als stünde eine Entlassung aus der U-Haft für den nächsten Tag und der Freispruch für übermorgen bevor. Till stand abseits am Zaun, stimmte seine Gitarre, blätterte in seinen Liederheften und summte und schrammelte versuchsweise dies und das. Die Atmosphäre war wieder mal, wie soll ich sagen: verwegen? Ein bisschen gedopt.

Na, du Spielverderber vom Dienst, raunte mir Sabine ins Ohr, als sie ganz nah vorbeiging, und ehrlich gesagt, ich hätte sie am liebsten festgehalten und ihr ins Ohr geflüstert: Ich habe kein gutes Gefühl.

Bloß war das Motto des Abends: Wir haben ein gutes Gefühl. Ein so was von gutes Gefühl.

Wir *brauchten* ein gutes Gefühl, nötiger als alles andere.

TILL

B wie Benjamin wie Bedenkenträger! Na schön, und dann hat er am Ende eben recht behalten, so what? Aber die zwei fremden DNA-Treffer haben den Prozess fürs Erste abgeschossen. Das haben wir halt so gesehen. Ist doch klar, dass wir uns dran festgeklammert haben. An was sonst. Und dazu brauchst du die richtigen Songs. Zum Aufwärmen habe ich etwas von den Bots rausgesucht.

Alle, die noch wissen, was Liebe ist
Alle, die noch wissen, was Hass ist
Und was wir kriegen sollen, nicht das ist, was wir wollen, solln aufstehn.
Alle, die nicht schweigen, auch nicht, wenn sich Knüppel zeigen,
solln aufstehn.
Die zu ihrer Freiheit auch die Freiheit ihres Nachbarn brauchen,
solln aufstehn.

Yes! Das passte ja auch prima zu meinem Plan, unseren Freund jeden Morgen im Gerichtssaal stehend zu begrüßen. Kam gut an.

SABINE

Die Bots! Wir waren keine zehn Jahre alt, als die *Aufstehn!* gesungen haben. Aber von mir aus, *Die Gedanken sind frei* ist ja noch viel älter, und trotzdem haben wir's am See, am

Feuer mit einer Inbrunst intoniert, dass ich echt froh war um die Abgeschiedenheit des Platzes.

BENJAMIN

Als ich darauf hinwies, dass der Staatsanwalt überhaupt nicht beeindruckt war von diesen DNA-Treffern, gab es Buh-Rufe, als wären wir ... im Stadion oder ich weiß nicht wo. »Sensationelle Wende! Platzt das Verfahren? Gibt es den großen Unbekannten?«, rief Sebastian, und dann gleich: »Ja! Ja! Auf alle Fragen Ja!«

Ich sage: Vorsicht mit solchen Schlagzeilen, und: Wie wahrscheinlich ist das denn, dass ein *Entführungs*fall von 25 Jahre früher und ein aktueller *Mord*fall, noch dazu an verschiedenen Orten, zusammenhängen? Wie? Ich sage ja nicht *unmöglich,* ich frage nach der *Wahrscheinlichkeit* und dass wir unsere Hoffnungen vielleicht ein wenig ... zügeln müssen, weil es sonst große Enttäuschungen geben könnte.

SEBASTIAN

Ein bisschen grob bin ich schon gewesen, ganz bestimmt, tat mir dann auch leid. Aber was sollten wir da so kleingläubig sein? Der Anwalt hat damals gesagt, wenn die Herkunft dieser DNA-Spuren nicht geklärt werden kann, dann war's das, Prozess gelaufen, dann muss er unverzüglich freigesprochen werden. Und eines wenigstens ist ja klar gewesen: Die DNA stammte nicht von *ihm*.

BENJAMIN

Zur Trefferlage kurz und knapp: Zwei DNA-Spuren in der Wohnung des Onkels stimmten mit DNA auf einer Schraube der Holzkiste aus dem alten Entführungsfall überein. Beim Onkel war das eine Kaffeetasse in der Küche und ein Schubladengriff. Diese DNA konnte niemandem zugeordnet werden – von daher »der große Unbekannte«, obwohl es mich schon immer genervt hat: Was soll denn bitte »groß« an dem oder der Unbekannten sein? So ein ungenaues, blödes Gequatsche. Phrasendrescherei. Unbekannt ist unbekannt, fertig.

In den zwei Wochen nach der Prozessvertagung hat die Polizei an die 150 Personen getestet, sprich, DNA-Proben genommen. Jedenfalls: Die Spuren an der Schraube hat die Polizei viele Jahre nach dem Tod des kleinen Mädchens ausgewertet, weil es zur Zeit der Entführung noch keine DNA-Untersuchungen gab. Aber es hat zu nichts geführt. Die DNA – oder DNS sagt man wohl heute – hat zu niemandem gepasst, den sie getestet haben. Das waren vor allem Polizisten, die mit beiden Fällen zu tun hatten, Labormitarbeiter, Rechtsmedizin und – angeblich – Personen aus dem Umfeld des Ermordeten.

SABINE

Irgendwann zwischen *Aufstehn!* und *Was wollen wir trinken sieben Tage lang?* wollte ich sagen: Schaut mal, so ganz kaputt, wie wir glauben, ist das System doch nicht. Sie finden Spuren, die auf einen anderen Täter als unseren Freund hinweisen könnten, lassen das aber nicht unter den Tisch fallen, der Richter unterbricht den Prozess, damit man es aufklären kann.

Hab's mir verkniffen.

Hat eben nicht gepasst, in der Stimmung.

BENJAMIN

Pfusch im Labor hat die Staatsanwaltschaft ein paar Tage später ausgeschlossen, was uns in die Hände spielte. Somit stand ja fest, dass die DNS von einer real existierenden Person, nur leider einer »unbekannten« stammte. Und dann hat auch noch ein großes Nachrichtenmagazin berichtet – allerdings ohne eine Quelle anzugeben –, die Polizei würde im Freundes- und Bekanntenkreis des Onkels wieder nach Tatverdächtigen suchen. Da war die Freude groß.

Aber nicht für lange, denn obwohl der Anwalt gefordert hatte, den Prozess auszusetzen, ging es nach der vom Richter angeordneten Pause weiter, als wäre nichts passiert. Und gefunden haben sie auch niemanden. Falls die Polizei überhaupt gesucht hat.

Wir Freunde sind fast vollständig wieder angetreten, er wird hereingeführt, wir stehen auf, aus Respekt und aus Freundschaft, der Richter mosert, aber wir sitzen erst wieder, als auch er auf der Anklagebank sitzt.

Der Staatsanwalt sagte, die DNS-Spuren seien nicht relevant, die Holzschraube in den vergangenen 25 Jahren durch viele Hände gegangen, und was hätte die alte Geschichte mit dem hier zu verhandelnden Mord zu tun? Nix. Fall erledigt. Ich glaube, am Ende hatten sie um die 250 Leute überprüft, die mit dem Entführungsfall zu tun gehabt hatten, aber null Treffer.

Bis auf den heutigen Tag weiß keiner, von wem die Spuren an der Kaffeetasse und an dem Schubladengriff stammten. Aber Staatsanwaltschaft und Polizei haben aus ihren Erkenntnissen den ganz falschen Schluss gezogen. Dass sie das alles ignorieren könnten, nämlich. Selbst wenn es bloß eine große Laborschlamperei gewesen ist; auch das hätte man aufklären müssen, oder?

Zwölf Tage hat unser Höhenflug gedauert, dann war es wie beim Monopoly: Gehen Sie zurück auf Los, ziehen Sie keine 2000 Mark ein.

Dieser »große Unbekannte« hat sich wahrhaft ganz, ganz klein gemacht.

SEBASTIAN

Und im Gerichtssaal begann die Indizienmühle zu mahlen.

TILL

Ich wette, die anderen haben mich als das Raubein, den Rabauken der Gruppe beschrieben. Und stimmt ja auch. War ich immer, bin es noch. Keine Geduld, keine Lust auf

Kompromisse, Pläne schmieden, Strategien entwerfen, lieber was tun als endlos quatschen und abwägen und abwarten.

Dieser Prozess hat mich fast wahnsinnig gemacht, vor allem, als klar wurde, dass alles viel, viel länger dauern würde als gedacht. Da musste ich mich oft richtig zusammenreißen, um mir stundenlang dieses ewige Zwei-Schritte-vor-ein-Schritt-zurück anzuhören und das ritualisierte Hickhack zwischen Staatsanwalt, Anwalt und Richter, Gutachtern, Kriminalpolizisten. Dazu noch herumeiernde Zeugen, die mal A, mal B sagen und sich dann nur an C erinnern können.

Das lange Sitzen ist auch nichts für mich. Meistens bin ich nach den Gerichtsterminen noch laufen oder Rad fahren gegangen oder, wenn wir uns am See trafen, schwimmen. Wenn Bandprobe war, konnte ich auch gut alles rauslassen, was sich so angestaut hatte. Und dann gab's eher Heavy Metal als Protestlieder zur Akustik-Klampfe, das können Sie mir glauben. Die Gibson einstöpseln, Volume auf max, und hui.

Vielleicht hat es deswegen auch nicht fürs Abitur gereicht, vielleicht hat es einfach nur mir gereicht. Das auf jeden Fall. Dann kam Fachoberschule, und das hat dann auch gereicht, und dann habe ich ein Musikgeschäft im Vorort übernommen und innerhalb von zweieinhalb Jahren ruiniert. Was da nicht gereicht hat, war die Zahl der Kunden.

Jetzt arbeite ich schon lange bei einem großen Musikhandel in der Stadt. Das ist okay. Ich sitze da in sehr entspannten Klamotten, habe die meiste Zeit eine Gitarre in der Hand und zupfe drauf herum und bin, ehrlich, ziemlich cool, und die Kunden denken – ist mir doch egal, was die denken. – Vielleicht denken die Kunden, warum ist der lässige Typ nicht mit seiner Band auf Tour? Wieso muss der hier Gitarrensaiten, Bongos und Notenblätter verkaufen? Weil der lässige Typ ein Reihenhaus im Vorort an der Backe hat, das eine neue Heizung braucht, und darin eine Mutter, die langsam dement wird, darum und ganz einfach.

Und ich kann jeden verstehen, der diese unsichere und ungewisse Zukunft irgendwann satthat und nicht mehr jeden Tag um fünf Uhr morgens mit quälenden und bohrenden Gedanken aufwachen will. Der sich wie ein Beamter – oder ein Strafgefangener – einfach auf die Seite dreht und bis zum pünktlichen Alarm des Weckers weiter schlummern darf. Wie in diesem Lied von den Talking Heads: *Same as it ever was.*

Aber ich mache Musik, und meine Spezialität und große Liebe sind Protestsongs. Aus Prinzip eben. Man kann sich immer über was beschweren.

Alibi

EMILIA

Nun ja, streng genommen hatte er wohl kein Alibi. Die haben die Tatzeit auf eine Stunde zwischen 18 und 19 Uhr eingegrenzt, und da war er alleine zu Hause. Hat er ja auch nie geleugnet. Er hat sich krank gefühlt an dem Tag, deswegen war er nicht zur Arbeit ins Einkaufszentrum gegangen.

Wir haben das im Prozess mitbekommen, wie sonst. Als die Kriminalbeamten befragt wurden und aus der Anklageschrift. Er hat ja bekanntlich geschwiegen.

Nein – halt: Als der Prozess nach dieser DNS-Unterbrechung fortgesetzt wurde, ist er einmal aufgestanden und hat so etwas wie: »Euer Ehren, ich war es nicht« gesagt. Ich weiß nicht, warum. Offenbar war es ihm ein Bedürfnis. Einmal – ganz kurz – habe ich auch gedacht, vielleicht war ihm das mit dem Schweigegebot gar nicht so recht. Aber da hält man sich wohl an das, was der Anwalt rät. Beim Arzt diskutiere ich ja auch nicht, der ist schließlich der Experte. Inzwischen informiere auch ich mich natürlich über das Internet, das schon.

SEBASTIAN

Legen wir es doch mal ganz nüchtern vor uns aus. Sie wollen Ihren Onkel, Ihre Mutter, jedenfalls einen nahen Verwandten umbringen. Sie sind nicht auf den Kopf gefallen und machen einen Plan. Da steht doch ganz weit oben: A-li-bi.

Das weiß doch jeder Depp.

Hast du ein Alibi, bist du raus, und der Suchscheinwerfer leuchtet woanders hin. Also, wenn er es getan hätte, dann hätte er ein Alibi gehabt, und zwar eins, das standhält. Und deshalb gilt im Umkehrschluss: Kein Alibi, kein Täter. So läuft die Logik und nicht anders. Für dieselbe Zeit hatten in derselben Stadt, was weiß ich, 500 000 Menschen auch kein Alibi. Waren die verdächtig? Überhaupt nicht.

EMILIA

An dem Tag hat es eine Geburtstagsfeier gegeben, zu der er eingeladen war. Bei einer Kommilitonin glaube ich, Ex-Kommilitonin, muss man wohl sagen. Er hat dort kurz vorher von zu Hause aus angerufen, dass er nicht kommen könne, weil er sich schlecht fühle, wegen der Erkältung, und er wolle niemanden anstecken. Und das glaube ich auch.

Weil er ein rücksichtsvoller Typ ist.

Beim U-Bahn-Kiosk hat er sich noch ein paar Zeitschriften geholt. Das und die Telefonate, das hat die Polizei alles nachvollzogen, die konnten das irgendwie prüfen. Und dann hat ihn seine Schwester angerufen, kurz nach 19 Uhr, da hat er gerade ein Erkältungsbad genommen und konnte nicht rangehen. Zwanzig Minuten später hat er sie zurückgerufen.

Alles über Festnetz. Das muss man heute dazusagen. Ich würde mich nicht mehr in die Wanne legen ohne das Mobiltelefon in Reichweite. Ergibt also eine Lücke von ungefähr einer Stunde, die leider, verhängnisvollerweise genau in die von der Polizei festgelegte Tatzeit passte.

TILL

Und dann ging die Rechnerei los. Soundsoviel Minuten hin, x Minuten für die grausige Tat, soundsoviel Minuten zurück.

Machbar wäre es natürlich gewesen, und wenn ich es hätte tun wollen, dann hätte ich das Rad genommen. Schnell und wendig und unauffällig, wie ein Fisch im Wasser. Irgendwo abstellen und die letzten Meter zu Fuß machen. Da brauchst du nicht einmal besonders sportlich sein, bei der Distanz zwischen seiner Wohnung und dem Tatort. Und alles andere – öffentliche Verkehrsmittel, eigenes Auto – viel zu unsicher. Du findest in der Gegend keinen Parkplatz, und logischerweise sollte man auch nicht ins Parkdeck fahren, wenn man so was vorhat. Auch nicht den Lift nehmen. Da gibt's doch diesen Film, *Fahrstuhl zum Schafott*? Killer bleibt im Fahrstuhl stecken. Saublöd gelaufen. Die einzige Schwachstelle wären halt die Reifen, die empfindlichen, an dem Rennrad.

Ja schon, es gibt robustere Ausführungen. Nicht »unplattbar«, aber auch nicht total empfindlich. Und ich weiß nicht, was er drauf gehabt hat, und ich kann mich, ehrlich gesagt, kaum mehr an das Rad erinnern. Außer dass es ein italienisches war. Türkis. Campagnolo-Schaltung und -Bremsen, -Bremsgriffe. Schon was Feines.

EMILIA

Der Staatsanwalt hat erklärt, dass die Tötung des Onkels kein »zeitaufwendiger Vorgang« war. Die 20, 25 Schläge auf den Kopf, die seien schnell »gesetzt« gewesen. Der Ausdruck ist mir geblieben. Ich habe mich an einem Abend dabei ertappt, wie ich in der Küche beim Klopfen eines Schnitzels gezählt habe: … 20, 21, 22, 23, 24, 25. Einfach weil ich wissen wollte, wie lange das ist.

Es geht schnell. Ein, zwei Minuten.

Dann noch ein paar Minuten, um die Wohnung zu durchsuchen, vor allem, um das Testament zu checken, ein bisschen Unordnung zu machen, vielleicht die Kleider zu wechseln, und dann weg.

Mich hat das Ganze so mitgenommen, weil ich auf einmal kapiert habe: So *unwahrscheinlich* das alles ist, es ist *möglich*. Technisch möglich. Und wo irgendetwas möglich ist, da fange ich eben an nachzudenken. Ich kann gar nicht anders.

»Kein Alibi ist gleich unschuldig«, so was findet Sebastian logisch?

Da merkt man, dass der kein naturwissenschaftliches Studium absolviert hat. Ich würde eher sagen: Wer ein rundherum dokumentiertes Alibi hat, kann keinen Mord begehen. Dann ist nämlich kein Schritt, keine Minute unbeobachtet geblieben. Aber damit ist natürlich noch gar nichts bewiesen. Wer sagt denn, dass die angebliche Tatzeit stimmt? Wenn sie mit der DNA so schludern, warum dann nicht auch mit Thermometern und allem anderen, was man so braucht, um einen Todeszeitpunkt festzustellen?

Da gab es doch dieses »Phantom von Heilbronn«: eine Superkriminelle, die an die zwei Jahre lang eine Blutspur durchs ganze Land zu ziehen schien. Einbrüche, Überfälle, Drogendelikte, Morde, sogar an einer Polizistin, und kein Fall wie der andere. Das ging im Sommer unseres Prozesses los, und wenigstens einmal haben wir am Lagerfeuer spekuliert und fantasiert, ob das Phantom auch den Onkel ermordet haben könnte und ob ein Phantom besser als der »große Unbekannte« wäre, der uns so schmählich im Stich gelassen hatte. Trotzdem: Völlig absurd zu denken, das alles könnte eine einzelne Person getan haben. Gesagt hat das natürlich keiner, die Presse liebte ihre allerorten auftauchende »Frau ohne Gesicht«, die Polizeitechnik blieb unfehlbar wie immer.

Am Ende kam heraus, es war eine Frau in der Wattestäbchenfabrik, die alle Kriminallabore beliefert hat. Eine Angestellte, deren DNS irgendwie auf den Wattestäbchen und in den Schächtelchen gelandet ist. Und zwischen Nordsee und Watzmann haben die kriminalistischen Weißkittelträger in ihre Reagenzgläschen und Computer geschaut und mit gerunzelter Stirn verkündet: Oha, das Phantom hat wieder zugeschlagen! Anstatt dass mal einer gefragt hätte: Wo kommt eigentlich unser Testmaterial her?

Wenn es nicht so tragisch wäre, könnte man ja drüber lachen. Aber wenn du einen guten Freund hast, der wegen Mordverdachts im Gefängnis sitzt, dann wünschst du dir, du könntest diesen »wissenschaftlichen Methoden« vertrauen. Wenn schon sonst nichts. Wenn ich so arbeiten würde, ich würde beim Blick durchs Teleskop jeden Lampion in Nachbars Garten für einen neuen Stern halten.

Klar haben sie auch DNS von ihm in der Wohnung gefunden. Der ist da schließlich jahrelang ein und aus gegangen. Und ein paar von diesen Spuren haben sie auch gegen ihn verwendet. Uns kam das alles wertlos vor. So à la: kann sein, kann aber auch nicht sein. Till und Sebastian, auch Emilia, unsere Optimisten, haben dann gesagt: Wenn das alles so wacklig ist, dann können sie ihn nicht verurteilen.

BENJAMIN

Alibi oder nicht, das hat später schon noch eine Rolle gespielt. Mir wäre es auch lieber gewesen, er hätte für die Zeit was Wasserdichtes gehabt. Aber so hat sich ein Fenster genau auf den Tatzeitraum geöffnet, von dem Punkt, an dem er die Zeitung kaufte –

Übrigens nicht am Kiosk, wie Emilia sagt, und auch keine Zeitschrift, sondern eines der örtlichen Boulevardblätter an einem »Stummen Zeitungsverkäufer«. Also keine direkten Zeugen für den Kauf. Und die Polizei hat wohl keine Zeitung vom Tattag bei ihm gefunden.

– bis zu dem Zeitpunkt, an dem er seine Schwester zurückrief. Das umrahmt die mutmaßliche Tatzeit doch sehr … unglücklich.

ANWALT

Ach was. Von wegen »Alibi erschüttert«. Da gehört ja noch ein bisschen mehr dazu, als bloß wie ein verhinderter Tour-de-France-Teilnehmer durch die Straßen einer Großstadt zu bolzen. Da kommst du an und musst erst einmal durchatmen, runterkommen. Rad verstauen. Ins Gebäude gelangen, unerkannt. Das kann dauern, wenn da gerade der Hausmeister ein paar Neonröhren austauscht. Kann ja sein, muss alles eingeplant sein. Dann umziehen. Ist ein blutiger Job, da sollte man die Kleidung schützen. Vielleicht ein Anstreicher-Overall? Diese unförmigen Säcke aus dem Baumarkt? Platz zum Umziehen finden. Umziehen. Dann sichergehen, dass niemand einen sieht in dem Kostüm. Denn so einen Anblick merkt sich jeder. Vielleicht treffen sich gerade zwei Dauerparker auf einen Plausch neben ihren Autos, dann steht man da. Muss eingeplant sein. Dann an die Tür zum Penthouse, klingeln, warten. Wer sagt denn, dass der sofort die Tür öffnet? Alter Mann, ist vielleicht auf dem Klo oder schaut TV, Lautstärke voll aufgedreht. Oder schläft auf dem Sofa. Derweil wartet der Täter im Maleroverall vor der Tür. Sehr riskant.

Dann geht die Tür auf, das blutige Handwerk beginnt. Auch nicht so einfach – wir reden hier nicht über einen erfahrenen Killer, sondern einen nicht sonderlich sportlichen Jurastudenten. Und wie sieht es mit der Gegenwehr aus? Sicher, das Opfer ist alt, aber wenn es um die eigene Haut geht … Und dann ist es vorbei. Ich müsste da erst einmal eine Pause einlegen, glaube ich, bevor ich die Wohnung durchsuche.

Danach vorsichtig raus aus den blutigen Klamotten, alles in der mitgebrachten Tasche verstauen, natürlich auch das Tatwerkzeug, was immer es gewesen sein mag. Vorsichtig, damit keine unerwünschten Spuren irgendwo hängen bleiben. Aufpassen und gegebenenfalls abwarten, damit einen niemand beim Verlassen der Wohnung sieht. Dann zum Fahrrad oder irgendeinem anderen Fortbewegungsmittel, nach Hause zurück und die Tasche mit den besudelten Gegenständen entsorgen, sich selbst peinlichst genau reinigen.

Das alles in einer knappen Stunde. Mit allen Sicherheitspuffern.

Und am nächsten Morgen wieder mit dem Rad zum Einkaufszentrum fahren, um es mit dem Dampfstrahler zu reinigen, für alle Mitarbeiter sichtbar. Wer macht denn so etwas, wie soll denn das gehen? Das konnte niemand vernünftig beantworten. Trotzdem ging dieser groteske Prozess weiter.

Warum grotesk? Nun, einerseits unterstellte die Staatsanwaltschaft einen praktisch perfekten Mord, weil sie praktisch nichts zu beweisen hatte – und zum anderen sahen sie über all die kleineren und größeren Dummheiten meines Mandanten hinweg, wenn es überhaupt Dummheiten waren. Welcher »perfekte« Mörder ließe sich dabei erwischen? Deshalb grotesk.

Zeugen und Motive

26 / MEMO [KRIMINALISTIK]

Aus de Vries, *Einführung Kriminalistik, § 25 Irrtümer beim Zeugenbeweis, 3. Würdigung der Zeugenaussage im Überblick:*
»Einer Zeugenaussage ist uneingeschränkt zu folgen, wenn der Zeuge alle relevanten Tatsachen selbst wahrgenommen, nichts übersehen, alles verstanden und unverfälscht aus der Erinnerung reproduzieren und anschaulich in der Hauptverhandlung darstellen kann, dabei auf keinen der Beteiligten Rücksicht nimmt und selbst uneingeschränkt glaubwürdig ist.«

BENJAMIN

Ich kenne den Text natürlich. Das ist ein Standardwerk. So geht es an dieser Stelle weiter: »In der Realität existiert ein solcher Zeuge nicht.«

Und in der Branche wissen das auch alle, und trotzdem werden immer wieder Zeugen vorgeladen und dann heimlich seufzend entlassen. Man hofft halt. Die schlechte Erinnerung ist noch nicht einmal das Hauptproblem.

Man ist im Zeugenstand, alle sehen einen erwartungsvoll an, und du spürst den Zwang, eine gute, stimmige Geschichte zu erzählen. Es geht ja immer auch um dich selbst. Niemand will da in die Zange genommen und bei einer Dummheit ertappt werden. Also kombinieren viele ihre schlechte oder gar nicht vorhandene Erinnerung mit ihrer schlechten oder ausgeliehenen oder überbordenden Fantasie zu einer »Zeugenaussage«, zu einer mehr oder minder fantastischen Erzählung.

SEBASTIAN

Unglaublich. Total bizarr. Wie ein Almauftrieb. Geschmückt, aufgebrezelt, gewichtig oder gewichtig tuend – aber am Ende doch ein Haufen Rindviecher. Also, wer *solche* Freunde hat, ist wirklich nicht zu beneiden. Von wegen »über Tote nur Gutes«.

Ich rede von den Freunden des Toten. Nicht von uns. Was glauben Sie denn.

TILL

Aber zuerst das Positive: Uns, Freunde und Familie, schaute die Presse an diesen Verhandlungstagen nicht mal mit dem Hintern an, und Entschuldigung für die Ausdrucksweise, müssen Sie ja nicht übernehmen. Wir waren total abgemeldet, konnten das Gericht ungestört betreten und verlassen. Ansonsten ... na ja.

Unser Anwalt war vielleicht ein bisschen enttäuscht, weil er sich das Mikro mit den vielen Promis teilen musste. – Möglicherweise tue ich ihm da unrecht.

SABINE

Ich habe nie verstanden, wozu das Gericht alle diese Gestalten als Zeugen vorgeladen hat. Die reine Zeitverschwendung. Für den Erkenntnisgewinn. Unterhaltungswert hatte es schon, für die Medien und die Zeitungsleser.

Mir? Mir hat das gezeigt: Je nachdem von wo, wann und wie du auf einen Menschen schaust, sieht er anders aus.

BENJAMIN

Mir war deren Strategie völlig klar, und ich habe das auch lang und breit am See dargelegt. Aber weißt du, irgendwann hörten die mir nicht mehr so richtig zu.

Es ging um den Onkel – was war der für ein Mensch? Und es ging um unseren Freund – was war der für ein Mensch? Wie war er damals? Ich wette, heute ist er ein anderer. Diese Promizeugen und auch die Mitarbeiter, später, das ging voll auf für den Staatsanwalt. Selbst wenn nicht jeder von denen eine gute Figur machte.

Der Onkel kam bei seinen sogenannten Freunden überhaupt nicht vorteilhaft weg. Ich habe mich gefragt, warum die dann so viel Zeit mit ihm verbracht haben, ihn in ihren ach so tollen Kreisen aufgenommen haben. Und warum der ihre Gesellschaft suchte, er, der Maurer aus kleinen Verhältnissen.

Ich weiß nicht, ob ich das schon mal erzählt habe, dass er damals, als ich ihm bei der Familienforschung geholfen habe, durchaus auf ein Wappen gehofft hat. Soviel ich weiß, hat er sich später auch eins machen lassen, so ein Fantasiewappen. Und wahrscheinlich auch einen protzigen Siegelring, damit er mit den anderen mithalten konnte. Mit Geld allein waren die nicht zu beeindrucken, davon hatten sie selber genug. Trotzdem kamen sie mir da im Zeugenstand wie arme Würstchen vor, selbst wenn sie draußen vor dem Gericht aus einem Rolls-Royce aus- und wieder eingestiegen sind. Die haben sich doch bestimmt lustig gemacht über den Mann mit dem harten Akzent und diesen riesigen Pratzen, die vom jahrzehntelangen Umgang mit Mörtel und Kalk hart und rissig waren. Und als dann eines Tages ein großer Siegelring mit einem ausgedachten Wappen auf einem Finger prangte, wohl erst recht.

Mag sein, jetzt geht vielleicht die Fantasie mit mir durch. Ich weiß eben noch, dass ich im Gerichtssaal gesessen bin und zum ersten Mal seit Langem wieder Mitleid empfunden habe für diesen Onkel, dem keiner nachweint und der in einem Grab liegt, das niemand besucht, das ein Friedhofsgärtner pflegt, solange der Dauerauftrag auf sein Konto läuft, und keinen Tag länger.

Und der irgendwie auch für uns ein Feind war, weil er sich hat ermorden lassen, ohne der Nachwelt einen Hinweis zu geben, wer es war. Weil man versuchte, das unserem Freund in die Schuhe zu schieben. Seltsam, aber so kann man empfinden.

BENJAMIN

Es trat zum Beispiel einer auf, der stellte sich vor den Richter, spulte brav seine Personalien runter, und dann sagte er: »Ich bin halt der Hummer-Hubsi.« Ein stadtbekannter Fischhändler, aber eben nicht für die Heringsesser, sondern für die Kaviar-und-Austern-Fraktion, von der einige kichernd im Saal saßen und ihrem Hubsi zuwinkten.

Der zog ordentlich vom Leder. Der Onkel sei noch viel zu nachsichtig gewesen, unseren Freund hätte er schon viel früher enterben sollen. Der sei sowieso bloß ein kleiner Playboy gewesen, der dem Onkel das Geld aus der Tasche zog, während er angeblich Jura oder sonst was studierte – so genau wusste auch der »Hummer-Hubsi« das nicht mehr –, stattdessen aber durchs Nachtleben zog, wovon er, der Fischhändler mit seiner Kompetenz in der gehobenen Kaviar-Gastronomie, durchaus etwas verstünde. Weil man hat so seine »Connections«. Außerdem habe er sich dauernd wie der »kleine Chef« aufgespielt – obwohl es da einen echten, dafür auch bezahlten Geschäftsführer gegeben habe – und den anderen Angestellten Anweisungen erteilt, obwohl ihm das gar nicht zustand. Zudem sei er angeblich gekommen und gegangen, wie es ihm gefiel.

So oder so, es soll in den Wochen vor dem Mord zwischen Onkel und Neffen die Eiszeit aller Eiszeiten geherrscht haben, Hausverbot, angedrohte Enterbung und Fluch bis ins siebente Glied. Warum das alles so gewesen sein soll, da verlor sich die kristallin-präzise Erinnerung des Hummer-Hubsi ein bisschen ins Glibberige: Ja, das habe man halt so am Stammtisch im *-Stüberl geredet. Da habe es so »Andeutungen« gegeben. Vom Onkel, der sich nicht mehr auf der Nase herumtanzen lassen wolle und sein Testament ändern würde. –

Ich ziehe hier übrigens meine Notizen von damals zurate.

Der Staatsanwalt stellte hier und da eine Frage, aber es war schon klar, dass er mit dem Hummer-Hubsi hochzufrieden war. So bildeten sich der angebliche Zorn und Frust des Onkels und das angebliche Mordmotiv unseres Freundes heraus. Zwei, die einander hassen oder doch zumindest zutiefst verachten. »Das Band der familiären Zuneigung und Verpflichtung war zerrissen«, hat irgendeine dieser Promifreundinnen salbungsvoll verkündet und dann noch ungefragt hinzugefügt: »Mich hat das alles ganz und gar nicht gewundert.«

SABINE

Der Hummer-Hubert, der war ein früher Höhepunkt. Erspart blieben uns der Austern-August und der Schampus-

Charlie. Ich meine, die waren da, aber haben sich nicht so vorgestellt. Der Richter hat sich ja stets bemüht, möglichst Pokerface zu machen. Bloß bei denen, die offensichtlich weniger zur Wahrheitsfindung beitrugen, sondern seinen Gerichtssaal als Bühne benutzten, da wurde er schon manchmal knarzig. Hat »Kommen Sie jetzt bitte zur Sache« gesagt und: »Danke, das genügt.«

Aber neben diesen Zeugen aus der »besseren Gesellschaft« gab es auch noch viele andere, Angestellte vom Einkaufszentrum, Polizisten, Sachverständige.

TILL

Oh Mann, wie die Angestellten, vom Hausmeister bis zum Geschäftsführer, über den Onkel hergezogen haben. Dass der jeden Morgen zum Kontrollappell ins Büro kam, öfter mal mit einer Fahne, und die Angestellten beschimpft hat.

Ja, wegen nichts, und das übrigens auch nüchtern und zu anderen Tageszeiten. Einfach um zu zeigen, wo der Hammer hängt und wer der Chef ist und wer die Gehälter bezahlt. Laut Geschäftsführer war der alte Mann wohl auch extrem misstrauisch und unsicher, hatte Angst, von den »Studierten« übervorteilt und von den anderen einfach nur beschissen zu werden. Der ging die Mülltonnen kontrollieren, ob da Abfall vom Nachbarn drin wäre und Dinge, die seiner Ansicht nach nicht hineingehörten. Und er soll eine sehr handfeste Art gehabt haben, der warf mit dem Schlüsselbund nach den Angestellten, sein Neffe soll sich sogar ab und zu eine eingefangen haben. Ohrfeige oder Rempler. Wovon er mir nie etwas erzählt hat, aber okay.

Und ins Tagesgeschäft soll der Onkel sich eingemischt haben, was immer wieder zu Chaos geführt hat.

Unmöglich, dass die den nach der Tat wirklich vermisst haben, denk ich. Eher haben sie gedacht: Puh, endlich mal Ruhe. Und trotzdem, an dem Tag, an dem die Leiche gefunden wurde, haben sie – diverse Angestellte – sich mehr Sorgen um den verschwundenen Onkel gemacht als der Neffe, sagte der Staatsanwalt. Das kam mir geheuchelt vor. Oder die wollten sich ein bisschen darstellen.

BENJAMIN

Die Klatschtante eines Boulevardblatts erschien sogar mit einem eigenen Rechtsanwalt zur Zeugenaussage. Dass die ein schlechtes Gewissen hatte und lieber auf Nummer sicher ging, konnte ich gut verstehen. Das war die, die unserem Freund einen total erfundenen Spitznamen verpasst hatte und ihn in ihren Kolumnen verwendete, als wären sie die dicksten Freunde.

Eine ihrer Schleimspuren hatte sie in die Kreise des Onkels geführt, an die Katzentische der Promis, die ihr ab und zu ein Bröckchen zuwarfen, das sie für Information oder Fakt nahm.

Mit allerhand Behauptungen aus ihren Artikeln konfrontiert, stellte sich heraus, dass es mit der faktischen Grundlage nicht weit her war. Jedenfalls nicht so weit, um es guten Gewissens vor Gericht zu wiederholen und ohne dass ihr Rechtsanwalt einen gepeinigten Gesichtsausdruck bekam und wie ein Trainer von der Seitenlinie aus herumfuchtelte und auf seine Mandantin einzuwirken versuchte. Ich konnte mit ihm fühlen.

Ansonsten blieb auch von ihrer »Aussage« nur das vage Bild eines verbitterten alten Mannes, der nicht mehr so recht wusste, wohin mit seinem Lebenswerk, nachdem ihn der designierte Erbe so enttäuscht hatte. Und irgendein Fantasiebild von unserem Freund, worin zumindest ich ihn überhaupt nicht wiedererkannte.

SEBASTIAN

Im Grunde drehte sich bei diesen Zeugen alles um die Erbschaft. Offenbar wusste jeder in den Kreisen des Onkels, wer das Vermögen – Immobilien, Aktien, Bargeld – erben sollte, nämlich der Neffe. Ich glaube, diese reichen Leute, besonders die Neureichen, sind da sehr empfindlich. Sehen sich von Erbschleichern umzingelt, wahrscheinlich zu Recht.

Er war überhaupt kein Erbschleicher, natürlich nicht. Er wusste ja, dass er im Testament steht. Und auch sonst: Der Onkel wollte ihm einmal ein teures Auto schenken, das hat er abgelehnt, fuhr lieber mit seinem verschrammten Polo herum.

Für uns Freunde war immer klar, dass er einmal das ganze Immobilienportfolio und allerhand Cash erben würde. Jedenfalls habe ich nie etwas anderes gehört. Aber schon klar, das galt nur, wenn er sein Studium erfolgreich zu Ende gebracht hätte. Also mit Abschluss. Sonst, hat eine der Onkel-Freundinnen im Zeugenstand behauptet, bekäme der Tierschutzverein alles. Dazu sei der Onkel entschlossen gewesen in den Wochen vor seinem Tod, und das habe er mehrfach wiederholt. Obwohl er angeblich mit Tieren überhaupt nichts anfangen konnte.

27 / MEMO

Kriminaloberkommissar L. als Zeuge vor Gericht (aus der Prozessberichterstattung einer Lokalzeitung):
Bei der zweiten Vernehmung (u.a. durch L.) soll der Neffe erklärt haben, er habe das Jurastudium nur auf »Bitten« (= mehr oder minder deutlicher Zwang unter Androhung der Nichtberücksichtigung beim Erbe) des Onkels begonnen. Nach spätestens zwei Semestern habe er von Jura aber schon »die Schnauze voll« gehabt und sich für Kunstgeschichte eingeschrieben, nicht wegen eines besonderen Interesses dafür, sondern, damit er den Studentenausweis behalten konnte und weiter immatrikuliert blieb. Das sei aber aufgeflogen, weil er den Nachweis irgendeiner Prüfung nicht vorzeigen konnte, und habe mächtig für Ärger gesorgt. Dann habe er das Jurastudium fortgesetzt, mit noch weniger Lust als zuvor, und es noch einmal erfolglos bei einer Schauspielschule probiert. Danach habe er quasi resigniert und sich in die Rolle des designierten Erben ergeben, aber wohl nicht die nötige Geduld dafür aufgebracht.

BENJAMIN

Geahnt oder nichts geahnt … das ist leicht gefragt. Hätte ich mir seine Scheine und Prüfungszeugnisse zeigen lassen sollen? So etwas macht man doch unter Freunden nicht.

Also ja, ich war überrascht. Sebastian, Till, Emilia und Sabine genauso. Und seine Eltern natürlich. Er hätte in dem bewussten Frühling zum 2. Staatsexamen, der finalen Prüfung, antreten müssen. Sollen. Wollen. Mein Kenntnisstand.

Nach seinem 1. Staatsexamen – das war gut zwei Jahre früher – wollte ich ihn bei der Uni abholen, um dann feiern zu gehen. Er rief mich kurz vorher an und bestellte mich direkt zu unserer damaligen Lieblingsbar, weil er früher fertig geworden sei. Ich dachte mir nichts weiter und ging davon aus, dass er das Examen bestanden hätte. Nach seinen späteren Angaben mit mäßiger Note, aber bestanden. Dabei war er nicht einmal angetreten und wollte mich deswegen nicht am Prüfungsort treffen, wo das Manöver leicht hätte auffliegen können. Das kam dann ohnehin raus.

SABINE

Mit einem engeren Kreis der Mitarbeiter ist er sogar – zur Feier des Phantom-Examens – nach Ladenschluss in eine Sushi-Bar gegangen. Und hat gezahlt, das fand ich sehr großzügig. Aber als künftiger Chef war es wohl angemessen, oder?

BENJAMIN

Ich habe zwei Jahre früher angefangen mit dem Studium. Und zwischendrin in einer anderen Stadt weitergemacht. Fachsimpelei lag weder ihm noch mir. Und die Grundsachen in Jura hatte er ja drauf. Wie sollte ich ihm da »auf die Schliche kommen«, wie du sagst? Vor allem, wenn ich überhaupt nichts geahnt habe.

Trotzdem.

EMILIA

Ich habe mir über die Jahre öfter mal gedacht: Das zieht sich aber sehr, dieses Studium. Bei Benjamin hat es nicht so lange gedauert, auch wenn der ein Jahr oder so früher angefangen hat. Als im Gericht gesagt wurde, dass er schon eineinhalb Jahre vor der Tat nicht mehr studierte und das niemandem erzählt hatte und dem Onkel wohl schon gar nicht ... gut, wir hatten nicht mehr so viel Kontakt wie früher, aber das war schon etwas enttäuschend.

Nein, total neu war das nicht für uns, sondern so scheibchenweise nach seiner Festnahme herausgekommen. Schlimm genug. Über ein Jahr später, im Gericht, wird das dann breitgetreten und alles noch viel schlimmer. Weil es dann so aussieht, als könnte man ihm überhaupt nicht mehr trauen. Und verdrängen, das geht dann auch nicht mehr.

SABINE

Und wir, wie stehen wir denn da? Bestenfalls naiv. Aber die Presse, die stellt Fragen: »Ihr wollt die besten Freunde sein und habt euch jahrelang an der Nase herumführen lassen? Wie gut kennt ihr den wirklich?« Und das habe ich mich ehrlich gesagt auch gefragt. Mal wieder.

Ansonsten kein Kommentar, kein Kommentar, kein Kommentar und ab durch die Mitte. Nicht das auch noch.

SEBASTIAN

Ja, kann man so sehen und furchtbar beleidigt sein. Aber na und? Das war doch seine Sache. Wenn er jemandem damit geschadet hat, dann doch nur sich selbst.

Als ich einmal meinen Führerschein verlor, für acht Monate – warum spielt hier keine Rolle –, habe ich das auch keinem erzählt. Es war mir einfach peinlich. Erstaunlich allerdings, wie man sich anstrengen muss, um den Anschein des Normalen aufrechtzuerhalten, das hätte ich nicht gedacht. Die Kulisse ist doch sehr zerbrechlich, und wenn du nicht aufpasst, reißt du selbst sie mit irgendeiner Dummheit oder einer Unbedachtheit ein, oder jeder schaut dahinter, und plötzlich bist du entlarvt: *Ja, wieso kommst du nicht mit dem Auto, kannst du mir mal den Schrank zum Sperrmüll fahren, wieso keine Zeit, was, schon wieder in der Werkstatt?* Und dann musst du dir merken, was du wann zu wem gesagt hast.

Insofern: Hut ab, reife Leistung. Eine 360-Grad-Lüge, und die hat ja auch lange funktioniert. Dass es irgendwann rauskommen muss, auch klar. Nicht unter diesen Umständen, aber wie gesagt, so what? Letztlich bewies das nur ein Versagen im Studium, und das ist nicht verboten, oder? Ich war kurz irritiert, aber dann konnte und kann ich ihn doch verstehen. Scham ist ein starkes Motiv.

Vor Gericht kam es eher wie ein Schuss ins Knie rüber. Die haben es als die Generalprobe seines schauspielerischen Könnens betrachtet und das sogenannte »Nachtatverhalten« dann als Aufführung des Stücks. Zum Beispiel, als er mit dem Geschäftsführer den Toten fand und erschüttert war. Aber ich konnte ja schon auf die Entfernung erkennen – als ich an dem Tag ins Parkdeck kam –, wie fertig ihn das gemacht hat. Ein kettenrauchendes Häuflein Elend. Unbedingt echt.

TILL

Na sicher habe ich einiges erfahren, was ich vorher nicht wusste. Das mit den Kassenautomaten zum Beispiel.

Er war ja nicht nur wegen Mordes angeklagt, sondern, als würde das nicht schon reichen, dazu noch wegen drei Diebstählen. Ich fand das ziemlich kleinlich, aber so funktioniert das wohl mit dem Recht. Auge um Auge, Zahn um Zahn, und nichts vergessen.

Er hat angeblich ein paar Wochen vor der Tat die Parkscheinautomaten geleert, was aber zu seinen Aufgaben gehörte, und das Geld in die eigene Tasche gesteckt, zusammen so an die, was war das, 4000 Euro? Das sieht ihm aber gar nicht ähnlich, dachte ich, und weil so etwas ja doch herauskommen muss. Und er hat es wohl auch jedes Mal noch am selben Tag brav auf sein eigenes Konto eingezahlt, minus ein kleinerer Betrag für den sofortigen Gebrauch, hat die Polizei gesagt. Und das – falls es stimmt – wäre doch ein bisschen … doof gewesen, nicht?

EMILIA

Diese drei Diebstähle. Es kam da wirklich ganz dick für uns. Im Vergleich zu dem Gerede der Promifreunde war das nun ein echter Riss in der Fassade. Ich fand, das zog ihn so runter, so völlig unnötig runter. Zwischen Diebstahl und Mord ist immer noch ein riesiger Unterschied. Aber das macht eben den Unterschied zwischen einer befleckten und einer unbefleckten Weste, und – irgendwo fängt das Misstrauen an. Die Menschen denken oft so simpel: Wenn er *das* tut, dann tut er auch dies und jenes, und irgendwann gibt es dann keine Grenze mehr.

SABINE

Dafür – für das Ausräumen der Automaten – gab es aber auch eine Erklärung. Das war sozusagen »im Auftrag«. So hat es jedenfalls ein Kripokommissar, der als Zeuge auftrat, aus der zweiten Vernehmung erzählt. Da habe ich auch gestaunt.

Demnach war das ein abgekartetes Spiel zwischen ihm und dem Onkel. Er sollte die Kassenautomaten heimlich außer der Reihe leeren, und dann, wenn der Geschäftsführer es offiziell machte, dann sollte dem Geschäftsführer der Fehlbetrag in die Schuhe geschoben werden. So als hätte der das Geld unterschlagen.

Warum … ich glaube, weil der Onkel dem Geschäftsführer kündigen wollte und dafür einen Grund brauchte. Laut Kripomann, und der hat es aus den Vernehmungsakten oder der Vernehmung selbst.

Mir kam das alles komisch vor. Der geizige Onkel soll den Neffen zum Plündern seiner Parkkassen verleitet und dann nicht die Kohle – zumindest den größten Teil davon – eingefordert haben? Mag glauben, wer will.

BENJAMIN

Das ist leicht erklärt. Wenn der Geschäftsführer Geld gestohlen hätte, dann hätte man ihn einfach und schnell ohne Abfindung vor die Tür setzen können, und der Weg für unseren Freund wäre frei gewesen. Sonst dauert so etwas länger, es drohen Scherereien vor dem Arbeitsgericht und solcherlei Komplikationen. So habe er das mit dem Onkel an dem Sonntag, einen Tag vor dem Mord, besprochen.

Das hat der Kommissar zu Protokoll gegeben, der ihn vernommen hatte, denn *er* sagte ja nicht zur Sache aus. Ich schaute ihn da an, aber er hat, wie anfangs meistens, akribisch Notizen gemacht, Blatt um Blatt gefüllt. Vielleicht wollte er auch unsere Gesichter nicht sehen. Kann schon sein. Nach allem, was ich von ihm immer gehört hatte, ist er mit seinem Hilfsjob im Megacenter ganz zufrieden und überhaupt nicht scharf auf die Geschäftsleitung gewesen. Und nach erfolgreich abgelegtem 2. Staatsexamen sei ein Posten bei einer renommierten Vermögensverwaltung in Aussicht gewesen, alle wichtigen Kontakte seien bereits geknüpft. Eine »erste Adresse«, wo und was genau, das hat er nie sagen wollen.

Für den Besuch beim Onkel am Sonntagnachmittag vor dem Mord gab es leider keine Zeugen. Hundert Zeugen für alles Mögliche, aber dafür nicht. Keine Quittung für den mitgebrachten Kuchen aus der Konditorei, falls es den gab, niemandem davon erzählt. Muss er ja auch nicht, mal nebenbei bemerkt. So launisch, wie der Onkel sein konnte, heute hü, morgen hott. Wer will da schon die Pferde scheu machen?

Am Sonntag also hätten die beiden besprochen, er solle am Dienstag ins Büro kommen, und dann werde der Onkel die Mitarbeiter zusammenrufen und ihn als neuen Geschäftsführer vorstellen. In Abwesenheit des derzeitigen Chefs, der an diesem Tag freihatte.

Sicher nicht die feine englische Art, vielleicht, um einem Eklat aus dem Weg zu gehen. In diesem Betrieb hat wohl ein eher rauer Ton geherrscht.

So oder so, als diese Sachen vor Gericht verhandelt wurden, hätte ich schon gerne mal hinübergerufen, he du, ich bin dein bester Freund, warum all die Geheimnisse, warum weiß ich von nichts, warum reden wir nicht darüber? Ich kann dir helfen, für dich sprechen, wenn ich aufgerufen werde. Und zwar umso besser, je mehr ich weiß.

EMILIA

An dem Punkt sind die verschiedenen Geschichten zusammengelaufen. Die vom vermurksten Studium, die angebliche Versöhnung mit dem Onkel und die Verschwörung gegen den amtierenden Geschäftsführer. Fast ein Happy End, oder? Wenn nicht ein Mord dazwischengekommen wäre.

Ein typischer Sommertag in diesem Bunker von Gerichtssaal. Einmal bin ich im Saal eingenickt, betäubt von der dicken, schweren Luft und irgendeinem monotonen Gutachtervortrag oder dem Verlesen von Vernehmungsakten, Beweisanträgen. In meinem Traum hat alles prima zusammengepasst, der Onkel war auf einmal milde geworden, der Geschäftsführer kündigte von sich aus wegen der geplünderten Kassen, unser Freund trat dessen Posten auch ohne juristische Examen an, nochmals bestärkt in der Erwartung, das ganze Imperium nach dem friedlichen Dahinscheiden des Onkels zu übernehmen.

Dann bin ich aufgewacht, noch ziemlich verwirrt mit dem nach draußen drängenden Schwarm geschwommen, wo gerade ein Gewitter begann. Ich glaube, ich habe Benjamin oder Till gefragt: »Wie ist es ausgegangen?«

Es ist noch lange nicht vorbei, hat Till gesagt.

SEBASTIAN

Ach, weißt du, irgendwann, da machst du zu. Dutzende Leute treten auf, erzählen wilde Storys, nichts passt zusammen, alles ist neu und fantastisch, alles ist alt und banal. Mal sagst du: Ja!, mal: Was für ein Schwachsinn! Alles ist möglich, nichts scheint unmöglich, und dauernd fragst du dich: Sind wir der Wahrheit jetzt näher, oder ist die schon schreiend davongelaufen und versteckt sich irgendwo im Heizungskeller des Justizgebäudes? Natürlich abgesehen davon, dass wir von vornherein im Besitz der Wahrheit waren.

Ich will nur sagen, es war mühsam und diese ganze Zeugenparade ein absurdes Kasperltheater. Bin auch nicht mehr jeden Tag hingegangen. Es war viel los bei der Arbeit, denn im Brennstoffhandel müssen wir über den Sommer unsere Vorräte und Lieferverträge für den Herbst und Winter klarmachen.

28 / MEMO

Vom Sie zum Du. Ist irgendwann passiert, fast unbemerkt, und kam allen ganz natürlich vor. Obwohl es journalistisch natürlich nicht ganz in Ordnung ist. Muss in der Endfassung eventuell entsprechend korrigiert werden.

SABINE

Da ist noch etwas, was sein Verhältnis zum Onkel belastet hat. Das erzähle ich aber vorerst nur dir, in Ordnung? Also nicht fürs Buch. Oder was immer du aus deinen Aufzeichnungen machst.

Das war ich, der Onkel konnte mich nicht leiden. Noch nie. Ich konnte ihn nämlich auch nicht leiden, genau wegen seiner anzüglichen Onkelhaftigkeit, und das habe ich ihm gezeigt. Ansonsten habe ich versucht, mich von ihm fernzuhalten. Das geht lange zurück, noch bis zu seinen Auftritten bei der Familie draußen. Damals mochte er meine Punkfrisur nicht und auch nicht das Piercing im Nasenflügel. Gottchen, das war alles harmlos, absolut auf Vorort-Level und wirklich nur angetäuscht revolutionär. Aber er hat wohl schon seinen Erben in den Fängen einer liederlichen Kommunistin gesehen.

Wir waren damals zusammen, knappe drei Jahre, dann ging es auseinander, und später, als er mit dem Studieren anfing, kamen wir wieder zusammen.

Ach, verschiedene Gründe. Das muss niemanden interessieren.

Er hat zu der Zeit im Einkaufszentrum zu jobben begonnen, deshalb bin ich dort öfter mal aufgetaucht. Hat dem Alten gar nicht gefallen, obwohl er uns oft in seine riesengroße Horrorwohnung eingeladen hat. Die perfekte Kulisse für eine Bad-Taste-Party, alles Protz und Prunk und Kitsch.

Er wollte das – aus Höflichkeit – nie ablehnen. Oder aus Berechnung, da bin ich mir heute, nach allem, nicht mehr so sicher.

»Fräulein im Mond« hat der Alte mich genannt und es jedes Mal superlustig gefunden. Astronomie – bin nicht sicher, ob der das nicht dauernd mit Astrologie verwechselt hat – war für ihn auch eine dieser nutzlosen Betätigungen. »Mit der Röhre in den Himmel schauen ist genauso gut, wie mit dem Ofenrohr ins Gebirge zu schauen.« Noch so ein Spruch von ihm. Das Tätscheln konnte der aber trotz seiner Abneigung gegen mich nicht lassen. Wenn ich nicht aufpasste und zu wenig Abstand hielt, hatte ich seine Hand im Kreuz, mit stark abrutschender Tendenz.

Das wäre ja vielleicht noch zu ertragen gewesen, aber spätestens als wir uns verlobt hatten, wurde die Stichelei gegen mich noch viel schlimmer. Was heißt »verlobt«, wer verlobt sich heute noch. Wir hatten das auch nur gemacht, weil wir dachten, der alte Mann würde daran unsere wertkonservative, gediegene Grundeinstellung erkennen, sprich: würdig seines großartigen Erbes. Wir haben sogar zwei billige versilberte Ringe gekauft und die für jedermann sichtbar am Finger funkeln lassen. Normal hätte ich mich nie »verlobt«, wozu denn, ich stehe auch der Ehe skeptisch gegenüber und brauche so ein Brimborium überhaupt nicht.

Der Onkel reagierte auf die Verlobung fast panisch und muss damit begonnen haben, ihn immer und immer wieder zu bearbeiten. Das habe ich natürlich nur indirekt mitbekommen. Da kamen dann auf einmal so Fragen, was ich zum Beispiel von einem Ehevertrag halten würde, falls? Keine Ahnung, mit solchen Dingen hatte ich mich noch nie beschäftigt. Klang aber nicht unbedingt nach Vertrauen, sondern nach den Obsessionen des Alten.

Zu der Zeit lief es ohnehin nicht so optimal zwischen uns.

Er musste etwas studieren, was ihn anödete, wenn er als Erbe im Rennen bleiben wollte. Wollte er. Dazu im Job die Schikanen und die Abhängigkeit vom Alten, der einen Teil der Miete unserer gemeinsamen Wohnung bezahlte. Auch das war nicht so einfach. Erst hatte er uns einen Makler empfohlen – einen seiner Stammtischfreunde – und dann bei dem interveniert, damit wir möglichst keine gemeinsame Wohnung finden sollten.

Und ich, ich war mehr als happy mit meiner Astronomie und entsprechend guter Laune, so im Grunde. Das konnte auf Dauer nicht gut gehen, und das tat es auch nicht.

EMILIA

Wo du es ansprichst: Als ich diese Familienforschungssachen gemacht habe, da hat der Onkel mich zwei-, dreimal so forschend angeschaut und theatralisch geseufzt: »Sie wären wohl nichts für meinen Neffen, junge Frau, oder?«

Oh Gott, wie war das peinlich. Ich wusste ja nicht genau, wie es zu der Zeit um ihn und Sabine stand. Außerdem habe ich mich geärgert. Der Onkel hätte wohl auch fragen können, ob der Neffe was für mich wäre. Aber so etwas kam dem nicht in den Sinn.

SABINE

Wär da nicht dieses verlockende Erbe gewesen, hätte er nicht Jura studiert. Und später dann nur noch so getan. Wie oft hab ich ihm gesagt: Scheiß auf den Onkel, mach, was *du* willst, das ist *dein* Leben – oder willst du für den Rest *seines* Lebens der Lakai sein? Dieses ewige Spiel mit Zuckerbrot und Peitsche, immer nur Runterschlucken, Einstecken und

Abnicken. Ja, ich weiß, das ist bequem, aber auch erniedrigend. Und etwas studieren, was man nicht leiden kann, das ist doch Wahnsinn. Wenn du zur Uni gehst, ziehst du sooo ein Gesicht, wenn du zurückkommst, genauso. Du schreibst schlechte Noten, aber als Jurist mit schlechten Noten kannst du irgendwo in der Pampa eine Kanzlei aufmachen, wenn es überhaupt dafür reicht. Das ist doch alles sinnlos.

Er hat dann so was gesagt wie: Da müssen wir eben noch eine Zeit die Zähne zusammenbeißen.

Und ich: Du machst dir was vor, der Alte ist ein zähes Viech, der tut's noch lange. Jedenfalls länger, als ich es mit dir, in diesem Zustand, aushalten mag.

So ging das ein paar Monate lang. Ich habe versucht, ihn zu einer Entscheidung zu bringen, mehr oder minder deutlich. Gesagt, der Onkel würde ihn schon nicht enterben, selbst wenn er dieses Studium aufgibt. Wem sonst sollte er denn sein Lebenswerk vermachen? Er würde zwar lamentieren, und für mindestens vier Wochen wäre das Tischtuch zerschnitten, aber dann, dann hätte er Versöhnung angeboten, auf seine raue Art. Familie ist eben Familie.

Nein, nein, hat er gesagt, der gibt alles der Caritas, dem Tierheim, den armen Kindern mit Hasenscharte, die Bedingungen sind klar, und ich habe mir von dem schon so viel angehört und ertragen, so viel investiert in den Plan, das ziehe ich jetzt durch, das lass ich mir nicht vermasseln. Warte nur noch ein bisschen, und wir werden leben wie die Könige.

Ich sage: Bis dahin bist du längst zu einem besseren Hausmeister geworden, schlurfst im grauen Kittel durch die Gänge. Und ich sage auch: Nicht in diesem furchtbaren

Penthouse, falls du das denkst, niemals, da zieh ich nie und nimmer ein.

Ist doch nur eine Frage der geschmackvollen Einrichtung, sagt er und sieht mein entsetztes Gesicht, und dann: Nein, nein, das verkaufen wir, wir verkaufen das alles. Das klingt nach billigem Drehbuchtrash für die Freitagabend-Schmonzette im Ersten: *Lass uns von hier weggehen. Lass uns woanders ganz von vorne anfangen*. Ich wollte auch gar nicht für immer weg, höchstens mal für ein paar Monate oder ein halbes Jahr zu einem der großen Teleskope. Gerne auch mit ihm, aber er hat sich immer für unabkömmlich gehalten, in der Firma und wegen des »Studiums«.

So wie ich das heute sehe, hat uns der Alte auseinandergebracht. Nicht direkt. Sein Genörgel gegen mich, das habe ich immer an mir abprallen lassen. Nur leider war er halt der Dagobert Duck mit dem Geldspeicher, und mein Freund hatte die fixe Idee, einmal im Gold zu schwimmen. Das heißt, wenn ich eine Gemeinheit von dem Alten hörte, zeigte ich ihm den Mittelfinger, in der Hosentasche, hinterm Rücken. Er aber buchte jede Gemeinheit auf sein Konto der Erniedrigungen, der Zurücksetzungen und Schmähungen und nickte verbindlich. Als würde das seine Rechte und Ansprüche bestätigen und ihm irgendwann mit Zins und Zinseszins ausgezahlt.

Ich bin da bestimmt mal laut geworden: Das ist doch alles keine Garantie auf den Hauptgewinn, der lässt dich noch jahrelang eine Niete nach der anderen ziehen. Vielleicht für immer. Wenn du dir alles gefallen lässt, wirst du bloß kleiner und kleiner. Und die Geringschätzung deines Onkels für dich wird immer größer.

Nach einigem Hin und Her war es vorbei. Vielleicht habe ich ihn vor die Wahl gestellt, vielleicht hat es sich auch einfach nur so ergeben. Beziehungsermüdungsbruch.

Wie bei meinem Lieblingsteleskop. So was habe ich, ja. Arecibo, zerstört am 1. Dezember 2020, diese riesige Schüssel in den puerto-ricanischen Bergen. War auch schon Kulisse für einen James-Bond-Film. Ein Hurrikan, ein kleines Erdbeben zu viel, und dann ist die Instrumentenkapsel, die an drei Stahlseilen über der Schüssel hing, abgestürzt. Meine ganze Branche hat geweint.

Er hat sich für die Erbschaft entschieden, obwohl er das niemals so gesagt hätte. Er wollte alles, mich, das Geld, die Examen, wenn auch nur zum Schein. Eine Weile gab es Gezerre, ich kaufte Umzugskartons, faltete sie auf, er faltete sie wieder zusammen, bevor ich sie noch füllen konnte. Alles etwas albern, aber dann hat er endlich gemerkt, was die Stunde geschlagen hatte, und mich mit meinem ganzen Kram in den Vorort gefahren. Also wieder Kinderzimmer für mich, vorübergehend. Draußen ist immerhin die Luft klarer und der Himmel etwas dunkler.

Ja, und wir sind auch Freunde geblieben, so dämlich sich das anhört. Gerade so gründlich enttäuscht, um sich keine Illusionen vom anderen mehr zu machen. Ich rief ihn zu seinem Geburtstag an, er mich zu meinem, zu Weihnachten und falls das verpasst wurde, zu Silvester. Auf Festen von Freunden sahen wir uns, so wie die ganze Gruppe, immer seltener. Kann schon sein, dass er nach mir noch Freundinnen hatte, das habe ich nicht so mitbekommen. Und ganz sicher nicht gefragt: Na, hast du jetzt wieder eine Prinzessin, die mit dir auf dein Schloss zieht?

Fragen Sie mal Emilia. Nein, das ist ein Scherz, wenn auch kein gelungener. Aber was ich mir gedacht habe: Er hat vielleicht deswegen den Onkel noch ein Stück mehr gehasst als ohnehin. Weil er mich verloren und nicht einmal etwas dafür gewonnen hatte. Weil er immer auf einer Armlänge Abstand gehalten wurde, immer abhängig war. Wie viele Gründe braucht man denn noch?

ANWALT

In Amerika, vor einem Geschworenengericht, wären wir spätestens an diesem Punkt geliefert gewesen. Diese Geschichten, die so schwer zu durchschauen waren, hätten ihm das Genick gebrochen. Bei denen kann man das ja auch fast wörtlich nehmen.

Der Eindruck, den einer auf die Geschworenen macht, der zählt. Beweiskram und Einzelheiten, Prozeduren und Paragrafen, das verwirrt nur. Charakter und Moral, das zählt. »Allgemeine Menschenkenntnis«. Wir bilden uns doch alle ein, einen Menschen beurteilen zu können, selbst auf den flüchtigsten Blick: Auch ein Vorurteil ist ein Urteil. Krawatten für die Männer, Hochgeschlossenes für die Damen, Köpfchen senken und die Hände falten, das führt Richtung Freiheit. Bei denen. Außer man ist schwarz, dann wird es schon wieder schwierig.

Ist bei uns hier alles anders, Gott sei Dank. Drei Berufsrichter – eine Frau, zwei Männer – saßen uns gegenüber. Also Profis, die kann man nicht so leicht beeindrucken. Die haben schon viel gehört.

Trotzdem geht es auch um Moral und um »Wer einmal lügt, dem glaubt man nicht«. Deswegen habe ich immer die beiden Schöffen, die da links und rechts die Richter flankierten, im Auge behalten. Beim Urteil zählen deren Stimmen genauso viel.

Na, das waren zwei einfache und sicher grundredliche Menschen aus dem Volk. Dafür sitzen die ja da auf der Richterbank, »das Volk« guckt der Justiz auf die Finger, bis die sich auf ein Urteil im Namen ebendesselben Volkes einigt. Die dürfen sogar in die Akten schauen, die können Fragen stellen. Aber dafür muss man sich mit den drei Alphatieren in den schwarzen Roben arrangieren. Die machen die Ansagen, und das muss man sich erst einmal trauen, Herrn Doktor zu widersprechen.

Also habe ich immer voll auf die beiden Schöffen draufgehalten, zumindest in den ersten Monaten. Auch mal ungefragt zu einem juristischen Exkurs angesetzt. Damit die wussten, was läuft und wie das läuft. Natürlich sagte der Vorsitzende Richter da angesäuert: Warum erzählen Sie uns das? – Nicht Ihnen, Ihren Schöffen. – Das überlassen Sie mal uns, Herr Rechtsanwalt.

Aber niemals! Falls die beiden Laienrichter zum Zünglein an Justitias Waage werden sollten, sozusagen, dann bitte zu unseren Gunsten. Ich bin leider doch nicht in dem Maße zu den Schöffen durchgedrungen, wie ich es gewünscht hätte. Die kämpften trotz allem mit dem Verständnis und öfter auch mit dem Schlaf, der sich an endlosen Nachmittagen heranschlich. Da musste ich's auch noch mit dem Sandmännchen aufnehmen, zu allem anderen.

Hütte am See (IV)

BENJAMIN

Da ging es aber mal richtig rund. Der erste echte Streit. Sabine und ich auf der einen, Till und Sebastian auf der anderen Seite, Emilia irgendwie mittendrin. Die ging bloß noch in Deckung.

Okay, er hat uns angelogen, sagte ich in einem Versuch der Bestandsaufnahme, um zu klären, wie gehen wir damit um, was bedeutet das für den Prozess – und schon war Till auf 180. Was das heißen solle, und was ich damit sagen wolle? Nur weil wir nicht über jeden einzelnen Schritt in seinem Leben informiert gewesen seien, sei ihm noch lange keine Lügenhaftigkeit anzukreiden. Er muss sich auch nicht vor uns rechtfertigen, hat darauf Sebastian gesagt, wir sind schließlich seine Freunde und nicht seine Gouvernanten; sollen wir ab jetzt etwa nicht mehr zum Prozess gehen?

Natürlich, hat Sabine gesagt, gehen wir noch hin, und dann hat sie einen kleinen Vortrag über Freundschaft gehalten, so in etwa, sie glaube nicht, dass Freundschaft eine Einbahnstraße sei, Freundschaften seien unter den Beziehungen das Schwierigste überhaupt, viel schwieriger als Familie, wo »Blutsbande« oder solche Ideen etwas zusammenhalten, was vielleicht gar nicht zusammengehört; und viel schwieriger als Liebschaften, wo man sich ja verzeiht, verzeiht, verzeiht … bis es eben gar nicht mehr geht und alles ins Gegenteil umschlägt.

Sabine wird es wissen, als Einzige unter uns hatte sie ihn als Freund und als Geliebten.

Und für mich ist eine Freundschaft wie ein Uhrwerk: Du musst es dauernd aufziehen, mal geht es vor, mal nach, und ab und zu muss es durchgeputzt werden. Es bleibt sogar manchmal stehen. Und wenn man dann keine Lust mehr hat, die Freundschaft wieder in Gang zu bringen, dann ist es eben vorbei. Zumal ja beide – oder alle, in der Gruppe – das Uhrwerk wieder aufziehen müssen. *Müssten.*

Aber mit solchen Reden konnten Till und Sebastian nichts anfangen – wahrscheinlich auch heute noch nicht. Mir kam da zum ersten Mal dieses Wort in den Sinn, diese Nibelungentreue: »Wir wollten lieber sterben, als dass wir einen Mann hier als Geisel gäben.«

TILL

Das erste Mal, dass ich daran gedacht habe, unsere Front, unsere einheitliche Haltung könnte kaputtgehen. Als ganz, ganz, ganz theoretische Möglichkeit. Und ich hab völlig aus dem Bauch heraus reagiert, was Sabine, dieses sternguckende Geistwesen, natürlich nicht verstehen konnte.

Jetzt erst recht, das hab ich gesagt.

SABINE

»Nibelungentreue?« So ein Blödsinn. Wenn es da »Geiseln« gab, dann waren wir das. Und in die Geiselhaft haben wir uns völlig freiwillig begeben. Ob er es war oder nicht, das war spätestens mit Prozessbeginn unerheblich geworden, ganz egal, ob wir das eine oder das andere glaubten. Wir glaubten das eine, die anderen das andere. Das Einzige, was ich – und ich rede hier nur von mir – wusste: Der Onkel war tot, ermordet. Alles andere – Verhandlungssache. Im wahrsten Sinne des Wortes.

EMILIA

Ich habe damals schon gedacht, das wäre es dann gewesen. Schluss mit der Freundschaft, Schluss mit dem Zusammenhalt, den Tagen im Justizpalast, dem Aufstehen, der »Einheitsfront«. Der ganze Stress aus der Verhandlung brach über uns zusammen. Jeder musste sich mal auskotzen. Am See haben wir uns gegenseitig angeschrien wie in einem Wettbewerb: Wer von uns ist der beste »beste Freund«? Benjamin, mit all seinen juristischen Spitzfindigkeiten, schien die Position ja aufgeben zu wollen. Ich konnte mich, wie so oft, nicht recht entscheiden.

SABINE

Ich habe, in einer kleinen Pause, nachdem wir uns endlich erschöpft angeschwiegen haben, gesagt: Stellt euch vor, ihr habt einen Freund, der hat einen unheilbaren Gehirntumor, will das aber nicht wahrhaben. Wollt ihr den in seiner Leugnung bestärken, bis er eines Tages – »ganz überraschend« – ins Koma fällt, oder ihn doch lieber sehenden Auges und ehrlich in den Untergang begleiten, damit er nicht allein und ohne Trost ist?

Die Frage, die da im Hintergrund lauerte, die aber niemand, auch ich nicht, aussprach, war doch: Kann ein Mörder unser Freund sein und bleiben? Oder, wenn du es noch mal zuspitzen willst: Können wir es mit unserem Selbstverständnis vereinbaren, dass einer von uns einen Mord begangen hat? Ist das überhaupt *vorstellbar*? Sind *seine* Lügen *unsere* Lügen? *Seine* Wahrheit *unsere* Wahrheit? Und geht uns die Wahrheit überhaupt irgendetwas an, solange wir Freunde bleiben wollen?

BENJAMIN

Und das Lagerfeuer glühte aus wie zuvor unsere hochflackernden Gefühle, wir alle, auch die, die sich herausgehalten hatten, wir starrten schweigend in die Glut, die Kälte der Nacht im Nacken und im Rücken, ein bisschen Wärme auf den Wangen. Ich habe gedacht: Es ist schön, wenn man Freunde hat. Auch wenn du mit ihnen streiten musst.

So oder so, wir haben dann ohne Ausnahme vor Gericht ausgesagt, dass wir ihm den Abbruch des Studiums überhaupt nicht verübeln und dass die Tatsache unser Verhältnis zu ihm ganz und gar nicht getrübt hat. Ach so, ja dann, bei so viel Verständnis, hat der Richter danach gemurmelt, wundert es mich, warum er es Ihnen nicht gesagt hat.

DER GEFANGENE

Wer will bei einer Lüge erwischt werden? Ich nicht. Jedenfalls nicht, bevor das Stück zu Ende ist.

Die Rolle als Studierender der Rechtswissenschaften war bis zu meiner jetzigen die größte und anspruchsvollste unter den Engagements, die ich mir selbst verschafft hatte. Sowohl textlich – dieses furchtbare juristische Geschwurbel – als auch von der Figur, die ich darzustellen hatte. Von den teils schwierig und kostspielig zu beschaffenden Requisiten ganz zu schweigen: die rahmengenähten Halbschuhe, gerne Pferdeleder, Kaschmirpullover von dieser, vielleicht der, aber besser *nur dieser* Marke, die zwei oder drei Adressen, wo du deine Jacketts kaufen durftest. Da gab es viel kultivierten Dünkel; einige der Kommilitonen trugen ihr Monogramm auf der Manschette eingestickt. Ich habe eine Weile gerätselt, was für ein Markenzeichen das sein soll, bis ich draufkam. Da lernst du die Schnauze zu halten: jedenfalls besser, als sich zu blamieren. Im Grunde kommt man mit Schweigen in diesem Land recht weit. Solange es so viele Menschen gibt, die selbst gerne reden, und solange man den Tiefsinn bei den Schweigsamen vermutet, solange wird einem der sparsame Gebrauch von Worten und Auskünften nicht übel genommen, sondern gar als vornehme Bescheidenheit ausgelegt.

Das – die Insignien, vom Schuh bis zum monogrammierten Hemd –, das galt viel, zumindest für diejenigen, die in Richtung gediegene Wirtschaftskanzlei tendierten oder beim Herrn Papa eintreten wollten; für den Staatsdienst genügten auch ein Schuh mit Kreppsohle und ein Anzug von der Stange. Dort, im Staatsdienst, hat man dann andere Möglichkeiten. Ich meine, jemanden hinter Gitter bringen, das ist Macht, ist es nicht? Auch wenn du abends mit der S-Bahn nach Hause fährst und nicht im Maserati.

Warum der Alte so auf Jura fixiert war, habe ich nie verstanden. Hoch- und Tiefbau wäre ihm doch viel näher gewesen. Aber nein, es musste unbedingt Jura sein. Vielleicht, weil das so maximal entfernt von Zement- und Kalkstaub war? Man unterschätze mal nicht den Aktenstaub. Weil der Jurist der universelle Problemlöser ist? Kann ich aus meiner Sicht nicht bestätigen.

Wie gesagt, das waren peinliche Tage, als das alles vor Gericht ausgebreitet wurde. Ich fühlte die Blicke. Du liegst da wie der Leberkäse unter der Infrarotlampe, und alle paar Augenblicke lässt sich jemand ein Stück absäbeln. Es tat mir leid für meine Freunde, denen ständig neue – nun, für sie neue – Tatsachen serviert wurden. Was soll ich sagen?

Für mich war es auch nicht einfach.

Früher, nominell noch in Freiheit und doch eingesperrt im Lügengebäude meines Lebens, gab es Tage, da ging ich morgens aus der Wohnung, nachdem ich geräuschvoll das Kollegheft, Gesetzbücher und Kommentare im Rucksack verstaut hatte, und dann – dann lernst du die Stadt kennen, bei jedem Wetter, zu jeder Jahreszeit. Manchmal blieb ich auch einfach zu Hause, denn Sabine war meist vor mir unterwegs. Oder ich machte Dienst beim Onkel, wobei ich aber darauf achtete, entweder nur vormittags oder nur nachmittags zu erscheinen: Denn vorher oder nachher musste ich bekanntlich zur Uni – was ich nie zu erwähnen vergaß. So ein fleißiger Bursche.

Und dann die andere Sache, dieser riesengroße weiße Elefant im Saal. Was niemand so richtig ansprach. Nicht direkt, jedenfalls. Nicht einmal der Staatsanwalt. Es machte ihm nichts aus, mir einen Mord vorzuwerfen, aber dass ich irgendwie – dumm sei, jedenfalls nicht schlau genug gewesen war, um nicht hier auf der Anklagebank zu sitzen, das sagte er nicht. Das war bestimmt kein Mitleid. Anfangs dachte ich: Warte nur ab. Schau, wie ich am Ende aus dem Saal spaziere, während du wütend deine Akten in die Tasche stopfst. Am ersten Verhandlungstag rechnete man in spätestens drei Wochen damit.

Aber dieses ewige detailversessene Herumreiten auf dieser einen Sache! Die hatten sich sogar ein Etikett dafür einfallen lassen: die »Studienlüge«, als wäre das eine finstere Verschwörung gewesen und nicht eine, sagen wir, aus der Not entstandene Komplikation, ein Irrgarten, in den ich hineinstolperte, ohne mir groß Gedanken über den Ausgang zu machen. So viel Selbstvertrauen hatte ich schon noch: da wieder herauszukommen, irgendwie, irgendwann. Improvisationstheater.

Aber das ist doch nicht *dumm* – das weise ich auf das Schärfste zurück –, höchstens fahrlässig. Die Dinge ändern sich im Lauf der Jahre; so war es ja auch. Mein Anwalt hat unermüdlich darauf hingewiesen: Selbst der Onkel, der wetterwendische, konnte seine Ansichten ändern und erkennen, dass meine juristische Ausbildung für die erfolgreiche Weiterführung des Geschäfts im Erbfall und zuvor völlig unerheblich war. Es bestand überhaupt keine Notwendigkeit, das an die große Glocke zu hängen, damals in diesem Frühjahr, als der Mord geschah. Es kommt ja sowieso alles irgendwann ans Licht. Aber fürs Erste reichte es, wenn der Onkel und ich es wussten.

Und apropos irgendwann: Irgendwann hätte der auch Sabine akzeptiert. Wenn wir noch ein bisschen länger durchgehalten hätten. Wenn sie mal aus ihren erdfernen Umlaufbahnen zurückgekehrt wäre. Schade, so schade.

Geldscheine

SEBASTIAN

Ja, und dann waren wir alle wieder in der Verhandlung, wir sind aufgestanden, als sie ihn hereinbrachten, er hat uns kurz angeguckt und angelächelt, und dann ging das weiter mit dem, was der Staatsanwalt »Indizien« nannte, wir aber für mehr oder minder verzweifelte Versuche hielten, ihm den Strick zu drehen.

Erst ging es um ein paar Geldscheine, dann um Zeitungen, um Schlüssel.

TILL

Da bin ich auch bald mal ausgestiegen. Echt. Also, er hatte so um die 2000 Euro in der Börse, als sie ihn verhaftet haben. Drei große Scheine – 500er – und ein paar kleinere, aus dem Wechselgeld vom Tanken, bei diesem kurzen Autoausflug, den er gemacht hat, damals an dem Morgen, bevor die Leiche entdeckt worden ist.

Es trat ein knappes halbes Dutzend Polizeikommissare in den Zeugenstand und berichtete in komischem Beamten-Slang – »Abhebung getätigt« und so –, wer wann wie viel

Geld vom Automaten oder am Schalter geholt hatte. Und wenn man das alles glauben wollte, dann hat der Onkel ein paar Tage vor seinem Ende so etwa 3000 Euro cash zu Hause gehabt, von denen die Kripobullen 2000 aus der Börse unseres Freundes zogen. Und ein Schein noch dazu mit einer Blutspur vom Onkel drauf.

Aber es gab auch eine andere, für mich viel einleuchtendere Erklärung: Erstens hatte er was bei Sportwetten gewonnen, zweitens hatte ihm der Onkel bei dem Besuch am Sonntag vor der Tat mindestens einen Tausender für ein neues Fahrrad geschenkt. Ist doch in der Verhandlung besprochen worden. Plus was selber Erspartes. Ich mein, weiß jeder, für ein ordentliches Fahrrad sind heute schnell mal 1500 fällig, und das ist dann noch nicht mal elektrisch.

BENJAMIN

Für die war es klar: Onkel erschlagen, dann die vier 500er aus der Geldbörse gestohlen. Geschenk vom Onkel? Kein Hinweis, genauso wenig wie auf einen Besuch am Sonntag vorher. Wettgewinn? Kein Hinweis, keine Quittung. Die großen Scheine? Unser Freund hat selten mehr als 50 Euro am Automaten gezogen, aber das in kurzen Abständen vor der Tat. Wie sollen aus den Fünfzigern Fünfhunderter geworden sein?

Ich sitze da im Gerichtssaal, und es zieht mir so den Magen zusammen, und mein Verstand rast und wirbelt: Wie soll das alles Sinn ergeben? Und er schweigt und schweigt. Als Anwalt weiß ich auch, warum. Als Freund nicht.

SEBASTIAN

Bitte, wo ist denn hier das große Problem? Die Kripobeamten haben ausgesagt, sie wüssten nicht, wohin das ganze Geld geflossen ist, das der Alte einige Tage vor dem Mord abgehoben hat. Aber, das haben sie immerhin mitbekommen, der war mit einem seiner uralten Luxusautos ein paar Tage vorher in der Werkstatt. Das weiß doch jeder, wie das läuft: Brauchst du Rechnung?, fragt der Mechaniker. – Nein, nein, ist doch eh kein Geschäftsauto mehr. Machst mir einen schönen Barzahlerrabatt, ja?

So verschwinden die Geldscheine! Das ist die Geldwäsche des kleinen Mannes! Solche Möglichkeiten hätten die untersuchen sollen. Haben sie aber nicht.

EMILIA

Bevor er in die Haftzelle ging, haben sie ihn gefilzt. Auch seine Geldbörse untersucht. Da waren wohl so drei-, vierhundert Euro im Scheinfach. Und drei 500er in einem anderen Fach, ganz klein, fast auf Briefmarkengröße zusammengefaltet. »Versteckt«, hat der Staatsanwalt gesagt, um »die Herkunft zu verheimlichen«. Ganz und gar nicht, hat der Anwalt gesagt, die großen Scheine hätten nur vom Format her nicht in das normale Fach gepasst, und man will ja nicht allen Leuten zeigen, was man hat, wenn man die Börse zückt.

Ich wusste auch nicht, was ich daraus machen sollte. Das

sind so unbedeutende Dinge, die kannst du so oder so machen, interessiert keinen Menschen, hat normalerweise überhaupt keine Bedeutung, aber in einem Mordfall ist nichts mehr unwichtig. So nach dem Muster: Haben Sie durch das linke oder rechte Nasenloch geatmet?

SABINE

Ich denk mal, auf das Format der gefalteten Scheine ist es am Ende nicht angekommen. Dass Blut oder DNA vom Onkel dran war, das war natürlich sehr verdächtig. Aber Blut fließt auch viel öfter, als man denkt. Eine eingerissene Nagelhaut, Pickel aufgekratzt oder Mückenstich, beim Zwiebelschneiden verletzt. Da tut man kein Pflaster drauf, für so eine Lappalie, ich jedenfalls nicht, und er auch nicht. Dann guckst du in deine Brieftasche, zählst das Geld und, voilà, landet eine mikroskopische Spur auf einem Geldschein, und das reicht für einen DNA-Treffer. Kann so sein.

Aber auch anders.

ANWALT

Das habe ich doch schon in der Hauptverhandlung total zerlegt. Ja klar, für einen, der 1050 Euro im Monat verdiente und davon 600 für die Miete ausgeben musste, war das ein ordentliches Polster im Portemonnaie. Aber der Staatsanwalt hätte schon die Nummern der Geldscheine und deren Weg vom Bankschalter oder vom Automaten über den Onkel bis zum Neffen dokumentieren müssen, um einen belastbaren Beweis vorzulegen. Hat er aber nicht.

Deswegen habe ich das alles als unerheblich weggewischt. Jedenfalls nicht als »Indiz« gelten lassen, sondern als das benannt, was es war – wie so vieles andere in diesem elenden Prozess: reine Mutmaßung.

Zeitungen

BENJAMIN

Gott, Sie graben aber auch alles wieder aus. Da war was mit Zeitungen, richtig. Zeitungen, die der Onkel jeden Morgen in einer Plastiktüte außen an die Tür gehängt bekam und die bei der Durchsuchung bei unserem Freund in der Wohnung sichergestellt wurden. Wobei die Frage war, glaube ich, ob das *dieselben* oder bloß die *gleichen* Zeitungen waren. Sie kennen ja sicher den Unterschied.

EMILIA

Dass er geizig war, habe ich früher schon erzählt. Abonnements hätte der Onkel sich locker leisten können. Aber lieber hat er die Blätter bei dem Kiosk im Erdgeschoss des Einkaufszentrums geholt, der Laden gehörte ihm, glaube ich. Zwei Boulevardzeitungen und das lokale liberale Blatt. Als ich bei ihm gearbeitet habe, musste ich auch einige Male hinuntergehen, um aktuelle Ausgaben zu besorgen oder die »ausgelesenen« zurückzubringen. Ohne Eselsohren oder Kaffeeflecken, weil die an den Großhändler als unverkaufte Exemplare zurückgegeben wurden. Schon irgendwie billig, oder? Aber ich schätze, so wird man Millionär.

SABINE

Eins war ja gut, nämlich dass wir, seine Freunde, nicht im direkten Blickfeld der Anklagebank saßen. Er musste sich schon ziemlich umwenden, über die eine oder die andere Schulter gucken, damit er uns anschauen konnte. Denn als diese Zeitungssache aufgerufen wurde, habe ich schon ein paarmal die Hände vors Gesicht geschlagen.

Nein, nicht weil ich glaubte, er wär's gewesen. Weil er so ein verdammter Schlamper ist. Schon nach der ersten Vernehmung, am Abend, nachdem die Leiche gefunden wurde, hätte er doch spüren müssen, dass die Suchscheinwerfer angeknipst sind und bald jeden Winkel ausleuchten werden. Und da lässt er die drei Zeitungen, die gleichen, wie sie der Onkel sich alle Tage liefern ließ, in seinem Altpapierstapel zwischen den Pizzakartons herumliegen. Manno! Wenn du schon nicht an dich denkst, dann wenigstens an uns! Deine Mama, deinen Papa, deine Schwester.

Hätte ich damals noch bei ihm gewohnt, wäre das nicht passiert. Wär das alles nicht passiert.

BENJAMIN

»Studienlüge«, das viele Geld, die Zeitungen. Das war ein ganz schönes Trommelfeuer. So gesehen vielleicht ganz gut, dass er sich in die Deckung des Schweigens begeben hat.

Die Routine ging so: Eine Mitarbeiterin des Zeitschriftenladens hat jeden Morgen die drei Blätter in eine Plastiktüte gesteckt, die der Mann, der die Parkdecks beaufsichtigte, dann gegen acht Uhr auf seinen ersten Kontrollgang mitnahm und oben an den Türknauf zum Penthouse hängte. Der Onkel kam irgendwann danach angeschlurft und hat die Zeitungen beim Frühstück durchgeblättert und dann nach unten mitgebracht und zurückgegeben, wenn er ins Büro ging.

Beim zweiten Kontrollgang an diesem Dienstag im Mai war die Tüte weg, aber der Onkel noch nicht im Büro aufgetaucht. Das war unüblich, und angeblich haben sie sich »Sorgen gemacht«. Nebenbei bemerkt: Meiner Meinung nach waren die für jeden Morgen froh, an dem der Onkel nicht aufkreuzte. Und unser Freund reinigte schon sein Rad mit der Hochdruckdüse.

SEBASTIAN

Was mir nicht einleuchten wollte, warum das überhaupt eine Rolle spielen sollte. Es war doch eigentlich völlig egal, wann die Leiche entdeckt wurde, oder? Wenn unser Freund die Zeit – zwölf, 24 Stunden – gebraucht hätte, um Beweismittel verschwinden zu lassen, dann hätte er wohl auch die Zeitungen unauffindbar entsorgt. Warum die von der Wohnungstür entfernen, um sie dann bei sich zu Hause rumliegen zu lassen? Abgesehen davon, dass es die ja in der ganzen Stadt zu kaufen gibt. Da beißt sich die Katze doch in den Schwanz.

BENJAMIN

Da hat Sebastian schon recht. Nur gab es ... eine kleine Komplikation. Zwei der drei Zeitungen erscheinen in Stadtteilausgaben: je unterschiedliche für Nord, West, Süd, Ost. Zum Einkaufszentrum wurden normalerweise die Ostausgaben geliefert. Wo er wohnte, da kaufte man die Westausgaben am Kiosk und erhielt die Westausgabe auch in der Abo-Zustellung. Das, was der Kriminaloberkommissar Soundso bei ihm in der Wohnung fand, waren Ostausgaben.

SEBASTIAN

Na schön, dann hat er die Zeitungen eben am Montag irgendwann gegen Abend gekauft, die sind ja schon früh zu haben. Bloß weil er nicht zur Arbeit ins Center gegangen ist, muss er ja nicht den ganzen Tag zu Hause geblieben sein. Ein bisschen Bewegung bei mäßiger Erkältung soll sogar gut sein.

BENJAMIN

Nur waren in den sichergestellten Stücken Artikel drin, die erst mit der letzten Druckauflage spätnachts reinkamen. Der Anwalt hat sich noch mächtig ins Zeug gelegt, aber diesen Fakten konnte er kaum die Wucht nehmen.

ANWALT

Seine Fingerabdrücke waren drauf, auf den Zeitungen! Aber überhaupt keine von der Frau, die sie eingetütet hatte! Wie geht denn das? Der Sachverständige vom Gericht hat lang und breit erklärt, es gäbe »bessere und schlechtere Spurensetzer«. Ja, blöd, falls Sie zu schwitzigen Händen neigen oder alles besonders fest ergreifen. Aufpassen, kann ich nur raten.

Aber so etwas kann mich nicht einschüchtern. So, sagte ich, die Zeitungen sind in der Wohnung meines Mandanten gefunden worden – angeblich –, aber wo, wo, bitte schön, ist denn die Plastiktüte, in der die Druckerzeugnisse am Türknauf hingen? Da zuckten die bloß mit den Achseln. Falls Sie im TV einmal gesehen haben, wie die Kommissare in den Müllcontainern hocken, um Beweismittel zu finden: Das, glaube ich, tun die echten eher ungern.

Na, weil die ihre Klamotten nachher nicht bei der Garderobiere abgeben können und weil sie leidige Scharmützel über die Rechnung von der Reinigung mit ihrer Verwaltung vermeiden wollen.

Links und rechts

29 / MEMO: VERWIRRUNG, ERMÜDUNG

An diesem Punkt stellten sich Ermüdungseffekte ein. Sebastian hat angekündigt, dass er eine Pause braucht, mindestens »ein paar Monate.« Ihm gehe das alles inzwischen »voll auf die Nerven«. Wohin das führen solle, fragt er, wie am Anfang, und: bitte in der nächsten Zeit nicht mehr kontaktieren. Er würde sich melden. Ähnliches von Sabine. Seitdem sie sich so offen zu ihrer Beziehung mit dem mutmaßlichen Täter/dem verurteilten Mörder geäußert hat, antwortet sie kaum noch auf Mails und kurze oder lange Nachrichten auf der Mailbox. Benjamin hat sich in den Sommerurlaub verabschiedet. Bei allen gibt es Verschleißerscheinungen. Nur nicht beim Anwalt. Allzeit sprudelnde Quelle.
Verschleiß: Alle haben sie sich geöffnet, entleert, offenbart. Nach bestem Wissen, nach bestem Gewissen. Ist ihnen vielleicht klar geworden, dass sie damit so viel mehr getan haben als er? Der sich immer in Schweigen gehüllt hat?

Verleger drängelt auf allen Kanälen. Mail, Telefon, sogar Brief. Wie es denn nun ausschaut. Ob sie ihn jetzt doch für den Täter halten. Ob nicht. Wenn nicht, warum nicht? Was ist die Storyline? Justizirrtum oder gar Justizskandal oder »genialer Verbrecher«? (Wenn man mal davon absieht, dass das »Genie« seine lebenslange Haftstrafe nicht hat vereiteln können.)
Der Verleger wünscht sich einen Skandal. Das Entweder-oder. Nix zwischendrin, nichts Abgewogenes. Würde ihn überhaupt nicht stören, wenn einer klagen würde, warum auch immer. Wegen der Publicity.

30 / MEMO: FRAGE

Wenn die jetzt abspringen? Kann sie ja kein Mensch zwingen. Haben ja nichts von all dem, es gibt kein Geld, höchstens ein Freiexemplar mit Widmung. Ohne ihre Meinungen zum Urteil ist das alles nichts. Mindestens so lange müssen sie bei der Stange bleiben. Till wenigstens; der ist immer zutraulicher geworden. Erzählt und erzählt.

Links und rechts? Dazu mal nur nebenbei. Im Frühling, bevor der Prozess begann, war ich auf einer Sportreise in Süditalien. »Radeln unter Mandelblüten« oder so. Eine Menge Kilometer und Pasta gefressen, aber ein bisschen Kultur haben wir uns schon auch gegeben. Da unten steht eine Burg von einem deutschen Kaiser, wusste ich auch nicht, die wurden mal von einem deutschen Kaiser regiert – anyway, der hatte sich irgendwann im Mittelalter ein schickes achteckiges Schloss auf einen Hügel hinstellen lassen, mit acht achteckigen Türmen an den Ecken. Und wir haben da Etappe gemacht und eine Führung verpasst bekommen. Ich habe alles vergessen, was die erzählt haben, diesen ganzen kunstgeschichtlichen Kram, Gotik und Romanik und sonst was. Nur eins nicht, weil mich das als Kampfsportler, früher mal Boxen, interessiert hat: In den Türmen sind so enge Wendeltreppen. Ob die jetzt linksrum oder rechtsrum gewendelt sind, macht das einen Unterschied? Oh ja, nämlich wenn man die Burg verteidigen will. Dann bist du oben und die Angreifer kommen von unten die Treppe rauf, und in der rechten Hand, wie bei den meisten Leuten üblich, das Schwert. Wenn aber die Wendeltreppe mit dem Uhrzeigersinn dreht, also rechtsherum, ist der Aktionsradius der Schwerthand eingeschränkt, da kann man nicht richtig ausholen, und das ist, als müsste man dauernd Rückhand spielen. Und wenn der oben schon die Klinge runtersausen lässt, da hast du noch nicht einmal gemerkt, was auf dich zukommt, und zack.

Nur drehen alle Wendeltreppen in dieser seltsamen Burg links. Eine Einladung an alle Angreifer? Oder ist das mit rechts und links alles nicht so wichtig?

Fiel mir ein, weil unser Freund Linkshänder ist und das im Prozess wichtig war.

SABINE

Linkshänder, ja. Nur wurde früher den Linkshändern auch das Rechtshändische eingebläut. Wir Rechtshänder sind links schwach, aber die meisten Linkshänder können auch mit rechts – schreiben zum Beispiel.

Was immer. Solange es nicht darum geht, ein Uhrwerk auseinanderzunehmen und wieder zusammenzubauen. So war's bei ihm auch.

EMILIA

Das schien nur deswegen interessant, weil – bekomme ich das noch zusammen? –, weil, diese 25 oder 30 Schläge, die der Onkel abbekommen hat, waren die von einem Rechtshänder oder von einem Linkshänder ausgeführt worden? Die Kripo hat gesagt, von einem Rechtshänder, das habe man an den Verletzungen sehen können und daran, wie das Blut herumgespritzt ist. Gott, das war eklig, die haben kein Detail ausgelassen. Und dazu eine Menge Bilder gezeigt. Da bin ich rausgegangen, darum weiß ich das alles nicht so genau.

Außerdem musste der Täter die Eingangstür zum Apartment, die sich nach innen links öffnet, mit der linken Hand aufhalten, weil da so eine Schließfeder dran befestigt war, die sonst automatisch zugemacht hätte. Der konnte also nur mit rechts zuschlagen. Wenn mir einer mit 'nem Hammer oder so was an der Tür entgegenkommt, dann versuch ich wohl auch, die Tür irgendwie zuzudrücken, oder? Und der andere will sie offen halten.

Jedenfalls sind wir uns da ganz sicher gewesen, als diese grausigen Einzelheiten zum Tatablauf ausgebreitet wurden. Wir wussten ja alle: Unser Freund, der ist Linkshänder, und der Täter, der ist Rechtshänder. Sagt sogar die Kripo. Also kann er es nicht gewesen sein. Und daran habe ich mich lange festgehalten. Wir, das heißt, die Verteidigung, hat sogar eine supermoderne dreidimensionale Computer-Simulation-Tatort-Rekonstruktion machen lassen, für einen Haufen Geld, weil das Gericht das nicht bezahlen wollte. Und das fand der Anwalt wieder einmal typisch für den Richter: Bei entlastenden Hinweisen für unseren Freund war der Herr Vorsitzende total uninteressiert. Oder zu altmodisch: Ich glaube, wir waren die Ersten in Deutschland, die diese Technik eingesetzt haben.

Da ging es um die Blutspritzer an der Wand und überall und wie die Blutstropfen herumfliegen und in welchem Winkel sie auftreffen und solche Dinge. Aber jedenfalls kam raus, dass die letzten vier oder fünf Schläge ganz sicher mit der rechten Hand kamen.

Ich habe natürlich sofort Antrag auf Haftentlassung gestellt, als der Sachverständige die Rechtshänderthese bestätigt hat. Wurde abgelehnt.

Stattdessen hat der Richter unseren Experten runtergeputzt. Weil der sich in einem früheren Termin noch nicht hatte festlegen wollen, jetzt aber schon, und wie und wieso. Je länger dieser Prozess gedauert hat, desto mehr kam der mir wie ein Großinquisitor vor. Am liebsten hätte ich noch einen Befangenheitsantrag gestellt, aber irgendwann, nach dem soundsovielten, wird das sinnlos.

Dann ging es weiter, frei nach dem Motto: Was nicht passt, wird passend gemacht. Der Angeklagte ein Linkshänder? Das wollen wir doch mal sehen, muss sich der Richter gedacht haben, und schickte einen Neuropsychologen ins Untersuchungsgefängnis, wo der einige Tests mit meinem Mandanten durchführte und dann die Ergebnisse vor Gericht verkündete. Ich war nicht überrascht zu hören, dass wir es hier mit einem »typischen Linkshänder mit Neigung zur Beidhändigkeit« zu tun hatten, der in beiden Händen gleich viel Kraft habe. Zwar erklärten mindestens fünf Zeugen aus dem Freundes- und Verwandtenkreis des Angeklagten, er mache alles mit links, was man im Alltag mit links machen kann. Aber das half nichts, denn wer den Schaltknüppel in seinem Auto mit der rechten Hand betätigt – wie der Angeklagte –, der kann auch ein scharfkantiges Tatwerkzeug mit rechts führen, meinte der Richter. Klar doch: Die wenigstens Linkshänder in diesem Land fahren ein englisches Auto, um den Schaltknüppel mit links betätigen zu können. Deshalb habe ich in der Verhandlungspause der Presse erklärt, meiner Auffassung nach sei das Urteil schon längst gefällt.

Aufrütteln wollte ich damit. Aber kann schon sein, dass es die Freunde ziemlich frustriert hat.

TILL

Und dann hat ihn irgend so ein Gutachter gelinkt.

Ja, gelinkt, verarscht, getäuscht, kannste nicht anders sagen.

Der hat ihn im Untersuchungsgefängnis besucht und alle möglichen Tests gemacht. Hat ihm einen Besen in die Hand gegeben, damit er da auf dem Gefängnishof ein bisschen herumkehrt. Und er denkt sich nichts und kehrt halt ein bisschen. Ich mein, er ist ja ein argloser Typ. Immer gewesen. Das Durchtriebene, das der Staatsanwalt ihm unterstellt hat, das hat er nicht. Ich kenn das jedenfalls nicht von ihm.

Also er kehrt. Wie kehren Sie denn? Welche Hand wo, unten oder oben am Besenstiel? Vor Gericht stellt sich raus: Es gibt angeblich so was wie eine »Führhand«. Bei Rechtshändern ist es die obere, mit der Sie steuern, und mit der Linken packen Sie den Stiel. Bei Linkshändern andersrum.

Ich fand, das war der Höhepunkt des Prozesses. Das war schon so was wie der letzte Pfeil im Köcher, so juristisch gesehen. Und wenn der nicht ins Ziel traf, dann auweia …

Jedenfalls haben wir uns noch mal zusammengerissen und sind alle Tage fast vollständig im Gerichtssaal erschienen.

Die Spannung war schon brutal. Du warst dauernd auf alles gefasst. Und viele Verhandlungstage endeten mit echten Cliffhangern. Der Richter machte um 18 Uhr Schluss, egal was. Klickte alle seine Kugelschreiber ein und schloss seine Ledertasche, und noch mal klick-klick. Du trabst raus, so aufgeladen und gleichzeitig so leer, weißt, dass es morgen oder in ein paar Tagen weitergeht, aber wie? Mir war da oft ziemlich mulmig.

SABINE

Spätestens nach dem Links-Rechts-Drama waren wir alle mit den Nerven total am Ende. Wir hatten da schon über 70 Verhandlungstage hinter uns. Mich kotzte alles an. Ich wollte nur noch, dass es endlich aufhört. Aber der Anwalt stellte einen Befangenheitsantrag nach dem anderen. Zwischen ihm und dem Richter herrschte Krieg. Materialschlacht.

Weil der Anwalt glaubte, dass das Urteil längst feststehen würde. Vielleicht hat er deshalb all diese Dinge getan, diese unzähligen Beweisanträge, die Befangenheitsvorwürfe, die Zeugen, die Gutachten. Vielleicht hat er sich vor dem Tag des Urteils gefürchtet und wollte deswegen alles hinauszögern. Wenn er es irgendwie gekonnt hätte, dann wäre der Prozess heute noch nicht zu Ende, denke ich manchmal.

Kopfgeld

BENJAMIN

Ja, und dann haben wir nach dem allerletzten Strohhalm gegriffen. 250 000 Euro sollten den wahren Täter aus seinem Versteck scheuchen. Wir erwarteten nicht, dass er sich stellen würde, denn im Tausch gegen eine lebenslange Gefängnisstrafe wären 250 000 keine ausreichende Entschädigung. Es ging auch weniger um Hinweise aus der Bevölkerung, denn damit waren wir schon bei der ersten Aktion nicht weit gekommen.

SABINE

Stechmücken ohne Ende, dumpfe Hitze, kein Windhauch, der See wie ein Spiegel. Wir fuchteln mit den Armen wie blöd, um die Mücken zu verscheuchen. Es war Hochsommer, ein paar Wochen vor dem Urteil. Wir loben ein Kopfgeld aus, hieß es von Sebastian, als er dieses Treffen am See ansetzte. Und ich befürchtete schon, wir müssten jetzt alle die Geldbörsen aufmachen. Wobei nicht viel zusammengekommen wäre, ich jedenfalls hätte nicht mein Sparbuch dafür aufgelöst. So eine blöde Idee. Habe ich aber nicht gesagt. Ich mein, zwei Jahre nach der Tat, wer erinnert sich da noch. Und der große, wahre unbekannte Täter … tja.

BENJAMIN

Das Geld stammte von der Familie. Die hatten ja bereits geerbt, genauer gesagt, seine Schwester. Die Hälfte des Vermögens vom Onkel. Das war eine klare Sache. Auf der anderen Hälfte hatte der Staat die Hand drauf, solange noch kein Urteil gesprochen war. Und danach ist der damalige Paragraf 73 des Strafgesetzbuches zur Anwendung gekommen, »Verfall«: Aus einem Verbrechen soll der Täter keinen Vorteil ziehen.

Verfallen ist diese andere Hälfte später an die Staatskasse.

Wir spekulierten einfach darauf, dass irgendjemand aus dem Milieu den »wahren Täter« verpfeifen würde. Daran sieht man, wie verzweifelt wir waren. Wenn diese Person existierte, dann wüsste das auch jemand. Solch eine Tat bleibt kein Geheimnis, nicht auf Dauer. »Ganovenehre« – das kann man vergessen, erst recht bei so viel Geld.

Dieses Mal klebten wir keine Aufrufe, wir holten die willigen Medien zu Hilfe und bauten eine eigene Homepage. 30 Tage galt das großzügige Angebot. Werktags konnte man im Anwaltsbüro anrufen, am Wochenende organisierten wir eine Rufumleitung auf ein eigens dafür angeschafftes Mobiltelefon, das wir reihum übergaben. Je nachdem, wer gerade konnte, es war ja Sommer und Urlaubszeit.

SABINE

Ach, woher. Totale Funkstille, abgesehen von ein paar Witzbolden und Leuten, die Redebedarf hatten. Emilia hat wohl sogar diese Typen sehr zuvorkommend behandelt, anstatt sie sofort aus der Leitung zu schmeißen, wie ich es gemacht hätte. Leider hat mich überhaupt niemand angerufen, dann hätte ich mich auch mal abreagieren können. Oder Gott sei Dank.

SEBASTIAN

Ein Zeichen war das. Von der Familie an ihn. Die hatten nie viel Geld, und jetzt immerhin die Hälfte eines Vermögens. So wie ich das verstanden habe, hieß das: Wir holen dich da raus, wir probieren alles, was diesseits einer Befreiungsaktion mit Hubschrauber und Ninjas und was weiß ich möglich ist. Sie wollten auch nicht als unverhofft Begünstigte dastehen, die von einer grausamen Tat profitieren, für die einer von ihnen büßen muss. Unschuldig, aber büßen muss. Das Vertrauen in das Gericht, in die Justiz hatten die zu dem Zeitpunkt genau so wenig wie wir, die Freunde. Hoffnung ja, aber kein Vertrauen mehr.

Ob was dabei rauskommen würde … Warum denn nicht? Zwei Jahre nach dem Mord, stimmt schon, aber unsere erste Aktion war bloß von lokaler Bedeutung, das mit dem Kopfgeld machte bundesweit Schlagzeilen. Und ich meine, wer macht sich denn aus reiner Nächstenliebe und für die hehre

Gerechtigkeit die Mühe? Als Zeuge hast du dann Stress mit der Polizei, Auftritte womöglich vor Gericht, wo doch jeder wusste, wie ruppig der Vorsitzende Richter oft mit Zeugen umspringt? Nein, da müssen Sie schon was auf den Tisch legen. Ich hätte nichts dagegen gehabt, wenn die Ratten sich gegenseitig verpfeifen. Solange es uns hilft.

TILL

Das ist überhaupt gar kein Argument.

Sie machen den gleichen Denkfehler wie alle anderen, Sabine eingeschlossen. Nur weil bei der Aktion keine verwertbaren Hinweise herausgekommen sind – leider –, ist unser Freund kein bisschen »schuldiger« geworden. Und keinen Unbekannten aufgetrieben? Heißt nicht, dass der Fall der Staatsanwaltschaft solider geworden wäre.

SABINE

Genau mein Argument.

Damals habe ich das natürlich nicht gesagt. Till und Sebastian hätten mich auf der Stelle im See versenkt, mit Gewichten an den Füßen. So ein Brimborium hat ihm doch mehr geschadet als genützt. Bei der DNA-Geschichte genauso wie bei dieser Sache. Am Ende standen wir mit leeren Händen da, und alle sagten und dachten: Na also, es sitzt doch der richtige Mann auf der Anklagebank. Was die da treiben, das sind doch Ablenkungsmanöver.

Die Presse hat so was immer wieder durchscheinen lassen, besonders die mit den großen Buchstaben. Aber auch bei den anderen kam zwischen den Zeilen so eine »Jetzt ist aber mal gut«-Stimmung auf, nach dem Motto: Man muss auch wissen, wann man verloren hat.

31 / MEMO: ÜBERLEITUNG?

Für nach dem Sommer, nach den Ferien hatten sie sich wieder am See verabredet. 30 Tage stand die 250 000-Euro-Belohnung; sie musste nicht, nicht einmal in Teilbeträgen, ausgezahlt werden. Nicht einmal diese Summe hatte genügt, um wenigstens einen winzigen Hinweis auf den »wahren Täter« aufzustöbern. Der Prozess, der einmal für 15 Tage angesetzt war, näherte sich dem 80. Verhandlungstag und den Plädoyers.

Die liefen, wie es zu erwarten war. Für die Anklage fügten sich die während der Beweisaufnahme präsentierten Indizien zu einem »Ring« (die Schlinge um den Hals des Angeklagten?) – mehr als ausreichend für die Höchststrafe. Der Anwalt bemühte sich, diesen »Ring« zu zertrümmern, aus dem wohlgeformten Saturnring, den der Staatsanwalt durch sein Teleskop sah, Sternenstaub zu machen; bestenfalls gar nichts. Um beim Astronomischen zu bleiben (Sabines Worte): Der Staatsanwalt sah Sternbilder, den Orion, den Großen Wagen und den Schwan und alle anderen Fantasiebilder – der Anwalt ein Pünktchen hier, ein Pünktchen

dort, vielleicht einmal einen Klumpen von Punkten, aber nichts, was für eine Verurteilung gereicht hätte.
Der Anwalt plädierte an die 16 Stunden, an zwei Tagen, bis ihm fast die Stimme versagte und allen der Kopf schwirrte. Die Presse mutmaßte, er habe damit vor allem bei den Schöffen Eindruck machen wollen, denn ohne wenigstens eine Schöffenstimme konnte es nicht zu einer Verurteilung kommen, zu der es die Zweidrittelmehrheit brauchte.
Am Ende stellte er noch zwei Dutzend Beweisanträge. Man muss das wohl als Versuch sehen, Sand ins Getriebe zu streuen, ein Uhrwerk langsamer laufen zu lassen, wenn es schon nicht anzuhalten ist. Der Angeklagte fiel durch vereinzelte bittere Zwischenrufe auf; besonders während das Plädoyers des Staatsanwalts, er musste mehrfach zur Ordnung gerufen werden.
Das Schlusswort, das dem Angeklagten in einem deutschen Strafprozess zusteht, nutzte er zur Überraschung aller Prozessbeteiligten und -beobachter.

32 / MEMO [KRIMINALISTIK]

H. de Vries, *Einführung Kriminalistik, § 27 Überzeugungsbildung, 12. Abgleichung mit den Plädoyers und dem letzten Wort:*
»Strafverteidigung ist Kampf. Zwischen Recht haben und Recht bekommen besteht eine Differenz nicht zuletzt aus dem Beharrungsvermögen der Tatrichter. Nur durch eine nachhaltige Parteinahme ist garantiert,

dass alle Aspekte, die für den Angeklagten sprechen können, auch im Gerichtssaal zur Sprache kommen. Für den Strafjuristen ist nicht nur wissenschaftliches Denken gefragt, sondern auch überzeugendes Argumentieren in mündlicher Rede. Die Überzeugungsmittel der Rhetorik sind Logos (Verstand und Vernunft), Ethos (Autoritäts- und Quellenargumente) und Pathos (Emotionen).«

DER GEFANGENE

Alles war gesagt. Mehr als das. Während dieser zwei Jahre Prozess war ich oft froh, wenn ich nach dem Verhandlungstag wieder in meine Zelle gebracht wurde. Allein mit mir und dem, was ich weiß. Ohne ein Wort darüber verlieren zu müssen.

Interessanter Ausdruck: Ein Wort verlieren, nicht? Verlieren, wie einen Hausschlüssel. Vielleicht. Man kann Worte ja auch finden, nach ihnen suchen, ich glaube sogar, um sie ringen, warum sie dann nicht auch verlieren?

Zum Schluss des Prozesses also, nach langem Schweigen und ein paar verbalen Ausbrüchen, fand ich die Worte. Es war höchst seltsam und merkwürdig, diese kurze Ansprache zu halten. Man staunte. *Er kann sprechen* – in ganzen Sätzen, ruhig und gesittet! So still hatte ich es im Gerichtssaal noch nicht erlebt, selbst der Richter, der elende Aktenblätterer und Notizenraschler, hielt inne. Man hörte, ganz leise, von draußen den Straßenlärm. Der Magen meines Anwalts knurrte – vielleicht war es um die Mittagszeit.

Der Richter hatte mir das Wort erteilt, geschäftsmäßig und vermutlich nicht in der Erwartung, dass ich etwas sagen würde, aber korrekt nach § 258 Strafprozessordnung. Ganz bestimmt nicht, weil er endlich von mir hören wollte. Was hätte ich ihm schon erklären können? Allerdings ist ein vergessenes oder verweigertes Schlusswort des Angeklagten ein Revisionsgrund, und so einen Patzer hätte dieser Richter sich nicht geleistet.

Theatralisch besehen, und da weiß ich, wovon ich rede, natürlich der Höhepunkt des Dramas. Der Staatsanwalt hat mit seinem Plädoyer noch mal Feuer unter dem Kessel gemacht. Und auch wenn der Anwalt sich seinerseits redlich bemüht hat, die Glut auszutreten, ist es doch ganz ordentlich warm geworden.

Kettenklirrend bäumt sich der Angeklagte ein letztes Mal auf, händeringend erfleht er Gerechtigkeit … Quatsch. Ich war gar nicht vorbereitet, kein Zettelchen in den schwitzenden Händen, keine Hoffnung, nichts, mit ein paar verlorenen Worten noch irgendetwas bewirken zu können. Außer mit einem Geständnis.

Das hätte eingeschlagen.

Inzwischen ist mir klar geworden: Das Schlusswort ist eine List der Justiz. Die letzte Möglichkeit, aus dem Kessel zu springen oder eine kürzere Garzeit bei geringerer Hitze zu erlangen. Eine Verlockung.

Aber es ging ja nicht, in drei Teufels Namen. Wir hätten das Gesicht verloren, ich, mein Anwalt. Meine Freunde. Schön, ich hätte es verdient gehabt, für den Anwalt ist es ein Berufsrisiko, aber für meine Freundinnen und Freunde, die Familie – das hätte ich ihnen schon in der Theorie nicht antun können. Und auch die Praxis gab gewisse Schwierigkeiten auf.

Ich stand auf, nachdem der Richter mir das Schlusswort erteilt hatte. Das letzte Wort. Was auch nicht stimmt. Denn das wirklich letzte Wort haben die Richter mit dem Urteil. Aber zumindest in diesem Akt gönnte ich mir den Auftritt, der mir in der Hauptrolle zustand und den ich aus prozesstaktischen Gründen so lange an Nebenfiguren hatte abgeben müssen. Vor allem aber sah ich die Augen meiner Freundinnen und Freunde, die blanke Erwartung in ihren Gesichtern. Oder ich bildete mir das ein. So oder so, es kam auf das Gleiche heraus: Ich war wohl unschuldig.

Was tun, was tun?

Ich sagte mir: So eine Bühne, so ein gespanntes Publikum bekommst du nie wieder. Kritiken in allen führenden Blättern. Text und Regie: Ich. Wiederaufführung: fraglich. Premiere und einziger Schlussvorhang in einem.

Mein Dilemma war: Ein Freispruch *musste* es sein. Nach Lage der Dinge *konnte* es das nicht mehr werden. Ich hatte zwei Jahre lang so viel über mich gehört: schlimme Dinge, gute Dinge, langweilige Sachen. Banales, Privates, Empörendes, Falsches, Wahres. Jeder hatte etwas über mich zu sagen gehabt: Richter, Anwälte, Staatsanwälte, Zeugen, Gutachter, Medien.

Irgendwann wurde ich zu zwei Personen, einander irgendwie ähnlich, das schon, aber nicht wie zwei identische Silhouetten, die sich zu einer Kontur übereinanderschieben ließen, sondern eine absonderliche, missgeformte Gestalt ergaben.

Als junger Mann hatte ich eine Phase, in der ich oft denselben Traum träumte: Darin besaß ich einen weißen Sportwagen, ein Cabrio, das irgendwo in der Umgebung meines Wohnortes in einer Scheune abgestellt war. Ich wachte auf und wusste nicht einmal mehr die Marke des Wagens und warum er in dieser Scheune untergebracht war. Trotzdem blieb mir eine nicht zu tilgende Gewissheit, ich sei der Besitzer eines weißen Sportcabrios und ich hätte bloß vergessen, wo das Auto abgestellt sei. Das bekam ich über Jahre nicht aus meinem Kopf, immer wieder habe ich darüber gegrübelt, wo das Auto wohl steht.

Und ich würde mich auch heute nicht wundern, wenn ich einen Anruf bekäme und eine Stimme mir sagte, man habe dieses weiße Cabrio da und dort gefunden und einen Hinweis auf mich dazu – wann ich es abholen wolle?

Sieht nicht so aus, als würde ich es jemals noch brauchen können, nicht? So um die Zeit des Urteils dachte ich: Dann soll wenigstens der andere von uns zwei beiden seinen Spaß dran haben; jetzt ist mir auch das gleichgültig. Warum erzähle ich das? Weil ich inzwischen zwei geworden bin: ich und diese öffentliche Person, an der alle herumgezerrt haben. Der mit und der ohne Cabrio. Damit kann ich gut leben, denn das ermöglicht eine saubere Trennung zwischen mir – und ihm.

Aber ich schweife ab. Was sagte ich also in meinem Schlusswort? Ich glaube: Ich war es nicht, ich bitte um, nein, ich fordere Freispruch. Und fast hätte ich noch gesagt: Nicht für mich, sondern für meine Freundinnen und Freunde hier. Machen Sie, dass sie recht behalten in ihrem Vertrauen in mich.

Und ich glaubte, einen Seufzer zu hören, der da durch

den Saal strich. Dann setzte ich mich wieder und ließ den Dingen ihren Lauf, wie die Monate zuvor und wie es seitdem eigentlich immer war. Der Anwalt, diese ohnehin schon trocken und heiß gelaufene Gerechtigkeitsmaschine, ging noch einmal in den Turbomodus und feuerte ein Dutzend oder mehr Beweisanträge ab.

Mir war der daraus resultierende Aufschub gar nicht so unlieb. Dass ich zum Aufschieben gewisser – unangenehmer – Entscheidungen neige, wusste seit dem Prozess die ganze Stadt. (In der U-Haft und im Knast gibt es nicht viel zu entscheiden; das kommt meinem Naturell in gewisser Weise entgegen.)

Das Unheimliche ist nur: Die Hoffnung, diese sich aus sich selbst nährende Pflanze, wuchert und wuchert von Tag zu Tag, wird zu einer monströsen Hecke. Ein Schirm und eine Burg. Innerhalb der Mauern scheint alles möglich, Wunder inklusive. Und außerhalb das Gegenteil.

Hütte am See (v)

TILL

Ob ich mich schuldig fühlte, als ich aus dem Urlaub zurückkam? Ganz sicher nicht. Erstens war das schon das zweite Prozessjahr, und ich hatte diesen Sommer endlich eine neue Freundin, und die kannte ihn überhaupt nicht. Sie hielt das alles sowieso für eine verrückte Sache, die konnte ich wohl kaum da hineinziehen, und sie hätte auch nicht mitgespielt, sie hielt ihn für schuldig, und weil sie eine halbe Amerikanerin war, sagte sie: *guilty as hell.* Ich mochte sie trotzdem, was mich ein bisschen gewundert hat. Meinen Freunden hätte ich so was nicht durchgehen lassen.

Außerdem hatten wir längst unsere Routinen, den Anwesenheitsplan für die Sitzungswochen, den rotierenden Jourdienst am Kopfgeldtelefon. Ich bin öfter mal für andere eingesprungen und die anderen für mich. Das hat jeden von uns mehr oder weniger Urlaubstage gekostet, halber Tag hier und halber Tag dort.

Wohl dem, der Freunde wie uns hat. Trotzdem: Das Leben geht weiter, so lange, bis es zu Ende ist. Echt sorry, aber ist so.

Das letzte Treffen am See vor dem Urteil, das fühlte sich schon vorher total anders an. Zwischen Henkersmahlzeit und Ekstase. Oder wie man so sagt: himmelhoch jauchzend, zu Tode betrübt. Mit solchen Gefühlen bin ich da hingefahren.

Ich war diese ganze Zeit über ... streng gewesen. Das musste ich, sonst hätte sich die Gruppe wie ein Zuckerwürfel im Tee aufgelöst. So oder so, es war ja irgendwie vorbei, egal was an juristischen Nachhutgefechten noch kommen würde, der Anwalt hatte schon Andeutungen gemacht. Da dachte ich mir, ich muss die Zügel mal locker lassen. Urteil ist Urteil, wenn es erst einmal da ist. Selbst bei einem Freispruch, es wäre nicht mehr das alte Leben für uns gewesen. Und für ihn schon gar nicht. Etwas bleibt doch immer hängen, und selbst wenn es bloß ein paar Millionen und wertvolle Großstadtimmobilien sind.

Und das erste Mal, als ich nicht nur damit rechne, sondern direkt dazu auffordere, Widerspruch zu bekommen, damit sie endlich mal rausrücken mit der Sprache, sich beschweren über mich und alles, was ich getan habe, genau dann herrscht die allergrößte Harmonie und Einigkeit. Die reinste Verzauberung. Ich mein, es hat mich gefreut. Denn das hieß ja wohl, dass alle auf einer – meiner – Linie waren. Und das konnte uns nur helfen.

EMILIA

Sebastian fragt, und normalerweise bin ich nie die Erste, die spricht. Aber ich habe ein Gespür für Situationen, und hier spüre ich, dass es drauf ankommt. Weil es noch nicht vorbei ist, weil die Gruppe fortbestehen muss. Ich sage:

Es darf nur ein Freispruch sein.

SABINE

Oh Mann, Emilia! Die ewige Musterschülerin kommt uns gleich mit einer Umarmung. Umklammerung, besser gesagt. Sebastian macht ein Türchen auf, Emilia knallt es zu. Endlich einmal offen reden, und zwar vor dem Urteil und nicht danach, wenn die Würfel gefallen sind. Aber – Gelegenheit verpasst. Ich hätte es mir so sehr gewünscht.

Die schauen mich alle an und erwarten, dass ich »Freispruch« sage, aber ich finde meine Stimme nicht, und meine aufgewirbelten Gedanken lassen sich nicht sortieren. Unsere Stärke ist immer unsere Einigkeit gewesen, dann gehen wir eben gemeinsam unter. Was wir denken oder glauben, ist dem Gericht keinen Pfifferling wert. Wir waren die ganze Zeit über heroisch bis tollkühn, wir könnten uns gegenseitig Tapferkeitsmedaillen anheften. Wir rasen auf eine Mauer zu, und entweder wir zerschellen, oder wir brechen durch. Der Einzige, der uns hätte helfen können, ist er selbst. Noch bei seinem Schlusswort, da habe ich die Augen zugemacht und gebetet, dass er – egal, ob es stimmt oder nicht – sagt: Ja, der Alte hat mich über Jahre schikaniert und hingehalten. Ich konnte es nicht mehr ertragen. Wut und Jähzorn hatten mich gepackt, ich habe zugeschlagen, aber es war weder Heimtücke noch Habgier, nur die hineingefressene Wut, der ganze geschluckte Frust.

Aber dafür war es zu spät. Alles war zu spät. Also murmelte ich »Freispruch, was sonst«. Die anderen nickten erleichtert; wahrscheinlich hatten sie gerade von mir etwas anderes erwartet.

TILL

Logisch, Freispruch.

Musste ich null überlegen. Ich hatte sogar schon eine Idee, wie wir ihn empfangen würden. Champagner in der Kühltasche und so. Und ein kühles Bier, falls ihm eher danach sein sollte. Und eine Stretchlimousine oder besser noch ein Cabrio, um die Freiheit, die frische Luft, die er dann wieder atmen könnte, zu feiern. Oder wir würden so eine Art Spalier bilden, am Ausgang vom Gerichtssaal. Konfetti werfen, am besten noch im Saal – der Vorsitzende würde vermutlich einen Anfall bekommen, aber auch recht.

Sie überließen es mir, das alles zu organisieren.

BENJAMIN

In dubio pro reo, im Zweifel für den Angeklagten. Das ist mir damals dauernd im Kopf herumgegangen. Bei dem

Berg von Zweifeln, der sich da vor mir auftürmte, konnte es doch gar nichts anderes als Freispruch sein, oder? Das schien mir einfach nur logisch und überhaupt keine Frage von Glauben oder Hoffnung oder irgendwelchen Wahrscheinlichkeiten. Da sind Zweifel, und zwar erhebliche, also *muss* für den Angeklagten entschieden werden.

Tja, damals war ich ein junger, naiver Jurist, noch im Babyspeck, gemästet im Lerneifer und in Repetitorien, im Prüfungseifer. Die Erde war noch eine Kugel, ich hätte nie gedacht, dass irgendjemand sie für flach halten könnte. Wie ich auch nicht gedacht hatte, es könne von ein und derselben Sache so völlig unterschiedliche Ansichten geben.

Freispruch, klar. Aus juristischen Gründen.

Ob unschuldig – das war eine andere Sache; ich hab versucht, das auszublenden. Nicht darüber nachzudenken. Denn der Zweifel wirkt in zwei Richtungen.

11.
Abwärts

Urteil

33 / MEMO [KRIMINALISTIK]

H. de Vries, *Einführung in die Kriminalistik für die Strafrechtspraxis, § 27 Überzeugungsbildung, 2. Erzählprobleme bei der Rekonstruktion der Vergangenheit:*
»Der Tatrichter ist im besonderen Maße in Geschichten verstrickt: In Opfer-, Zeugen- und Beschuldigtengeschichten. Im Strafurteil soll er sie zu einer wahren Geschichte zusammenfügen. Nach den Kriterien der Literaturwissenschaft wird er zum ›allwissenden Erzähler‹, da er über die Gedanken anderer Menschen wahrheitsgemäß berichtet.«

SEBASTIAN

Ich spüre das Urteil noch heute, körperlich. Wie das aufwallt. Von tief drinnen, das geschah ganz unwillkürlich. Wir mussten stehen zur Urteilsverkündung, aber ich bin trotzdem in die Luft geschossen, wie das HB-Männchen aus der uralten Zigarettenwerbung, ich glaube, da explodierte ein Sprengsatz unter mir, und ich hab so einen gurgelnden, unartikulierten Schrei ausgestoßen, gar kein Wort, nur so ein *Uaaaarghhh!!!,* so was, was sie im Comic in die zackigen Sprechblasen zeichnen, und dazu den Totenkopf und die Faust und die fetten Ausrufezeichen.

SABINE

Showtime. Sorry für das Pathos, aber nie waren wir mehr eins als in diesem Moment. Da hast du Stunden und Tage im Gerichtssaal gesessen, oft ging es einen Schritt vor und zwei Schritte zurück, oft war es öde, bloßes Verfahrensgeplänkel, Juristen-bitching zwischen Anwälten und Richterbank, Gutachtervorträge im Kauderwelsch, Polizisten im Beamtensprech, Vertagungen, endlose Mittagspausen, Akten blättern, aber alles, alles ist auf diesen Punkt zugelaufen, unerbittlich und endlich auch ersehnt – wir waren *ein* Ohr, *ein* Auge, *ein* offener Mund, *ein* rasendes Herz, und mir, mir war auch noch schlecht in diesem Moment. Ich wollte vor lauter Aufregung nur noch kotzen, als der Vorsitzende Richter das Urteil verkündete, »im Namen des Volkes«, und als ich mich gefragt habe, will ich da jetzt dazugehören?

EMILIA

Für mich hat sich die Zeit unendlich gedehnt, zwischen Wort und Wort liegen da gefühlte Ewigkeiten.

Im Namen des Volkes ergeht …

folgendes …

Urteil …
Der …
Angeklagte …
wird …

BENJAMIN

Ich hatte die Augen zu, vor lauter Konzentration. Dann höre ich: »wegen«.

Also: »Der Angeklagte wird wegen …«. Für einen Freispruch braucht es kein »wegen«, man wird einfach nur freigesprochen und verlässt den Gerichtssaal als freier Mensch. Aufstehen, danke, das war's, und die Welt ist wieder die, die sie zuvor gewesen ist. Fast.

Er wurde »wegen Mordes« zu lebenslänglicher Haft verurteilt. Und obendrauf sattelten sie die »besondere Schwere der Schuld«. Mercedes S-Klasse im deutschen Strafprozess. Mehr geht bei uns nicht, seitdem die Todesstrafe abgeschafft wurde. Vielleicht noch die Sicherheitsverwahrung für die, die anschließend in die Geschlossene Abteilung müssen. Also der ultimative Hammer, der da niedersauste.

TILL

Ich erinnere mich an: »Der Angeklagte ist schuldig des Mordes und des mehrfachen Diebstahls.« Das war brutal und kleinlich zugleich, fand ich. Weil was sind die paar tausend Kröten gegen den angeblichen Mord? Und ich habe solche Aggressionen bekommen, nachdem ich den Wahnsinn, der da passierte, überhaupt erst mal kapiert hatte. Hat ein paar Sekunden gedauert.

Hass, blanker Hass. Auf die Richter und den Staatsanwalt und die Schöffen und den ganzen sogenannten Rechtsstaat. Und diese totale Ungerechtigkeit. Am liebsten wäre ich auf die Richterbank gesprungen und hätte den Richter vermöbelt. – Ja, natürlich stehe ich zu der Formulierung. Sogenannter Rechtsstaat. Dieses Urteil hat mein Vertrauen erschüttert. Nein: zertrümmert. Bis heute. Recht oder Roulette, was ist das denn?

SABINE

Ich habe gedacht: War's das? War es das mit uns als Freunden, mit unserer Freundschaft? Der Kampf ist zu Ende und verloren. Alles umsonst. Nach allem, was wir getan haben? Alles umsonst. Wir können doch nicht bis Ende lebenslänglich weitermachen, wir müssen doch mal die Realitäten anerkennen, wir müssen dies und das – Ach, was weiß ich, jetzt, 15 Jahre später.

An ihn habe ich ehrlich gesagt überhaupt nicht gedacht. Erst in der zweiten Phase, als wir, so halb betäubt, die Urteilsbegründung anhörten – Sebastian und Till sind vorher unter Türknallen aus dem Saal gestürmt – und wir wieder auf der Bank saßen und das monotone Geleier des Vorsitzenden Richters uns, man kann schon sagen: einlullte. Mich packte da die totale Erschöpfung.

EMILIA

Zu uns herübergesehen hat er nicht. Er hat mit dem Finger an der Ecke von einem Aktenordner herumgespielt, während der Richter langwierig das Urteil begründete und der Anwalt Notizen machte. Ja, das hat mich schon irgendwie ... verstimmt. Eine Geste in unsere Richtung, eine Anerkennung für all das, was wir für ihn getan haben, das hätte ich mir gewünscht. Wäre das nicht der richtige Zeitpunkt gewesen? Nichts Theatralisches, nur vielleicht Daumen hoch oder ein Victory-Zeichen meinetwegen. So als »Durchhalten« gemeint oder so.

SABINE

Ein Siegeszeichen? Das ist doch schon für diesen arroganten Banker voll in die Hose gegangen. Emilia ist echt lustig. In der totalen Niederlage, da hat der bloß den Kopf hängen lassen und ein paarmal dazwischengebrüllt, während der Richter das Urteil vorgelesen hat. Anfangs jedenfalls, dann hatte er wohl auch keine Energie mehr.

BENJAMIN

Ich wäre auch am liebsten hinausgerannt, um meinem Frust Luft zu machen, aber das wäre schon sehr unprofessionell gewesen, in meinem Beruf schon gleich. Deswegen fand ich es überhaupt nicht gut, dass der Anwalt nach zwanzig Minuten Urteilsbegründung seine Robe ausgezogen und den Saal verlassen hat. Man lässt doch seinen Mandanten nicht im Stich. Auch wenn es schwer zu ertragen ist, was man da hören muss, und selbst wenn der Co-Verteidiger im Saal geblieben ist. Nun ja, großes Theater, und als Anwalt bekommt man sowieso später die schriftliche und ausführliche Version der Begründung. Der hat also nichts verpasst, außer einige sehr unschöne Zwischenrufe unseres Freundes. Davon wenigstens hätte er ihn abhalten können – und sollen.

Das waren so Dinge wie »Gestapo«, »Polizeistaat«, »Wo leben wir denn, Diktatur«, »Glauben Sie doch selber nicht«, »Totaler Unsinn« und mehr von der Güte. Er wollte sogar seinen Platz auf der Anklagebank verlassen, aber die Justizbeamten haben ihn schnell wieder hingesetzt auf seinen Hosenboden, und der Richter hat gesagt: »Sie bleiben hier und hören sich das an.«

Der Richter hatte überhaupt die Ruhe weg. Hat mich gewundert, weil er vorher oft gereizt reagiert und sich wegen jeder Kleinigkeit mit dem Anwalt gestritten hatte. Nun thronte er da wie Buddha, verlas seinen Text, während es im Saal brodelte. Der war offenbar mit sich im Reinen. Die Leute kamen und gingen, nicht nur Till und Sebastian. Eine Menge Zuschauer empörten sich, jemand schrie »Schandurteil«. Ich befürchtete, dass der Richter den Saal räumen lassen würde, aber er las unbeirrt und stur weiter, sagte ab und zu »Ruhe bitte«. Woran sich aber keiner hielt, während mehr und mehr Polizisten und Justizwachtmeister aufgezogen sind. Echt ein Pandämonium, aber bei einer Räumung wäre die Sache vielleicht explodiert. Im Namen des Volkszorns. Alles in allem ziemlich unwürdig, nach gewöhnlichen Vorstellungen.

Ich war schockiert. Nicht nur vom Strafmaß, von der Strafe überhaupt, und ich habe mich andauernd gefragt, ob ich während meines Studiums irgendetwas von Recht und Gesetz und Schuld und Strafe und allem anderen nicht verstanden habe. Kann ja sein; es gibt den Buchstaben und den Geist des Gesetzes, oder? Jedenfalls fühlte ich mich total hilflos.

SEBASTIAN

Von der Urteilsbegründung habe ich so gut wie nichts mitbekommen. Da war ich schon draußen, drinnen habe ich es nicht mehr ausgehalten. Die Tür zum Sitzungssaal habe ich mit aller Kraft hinter mir zugeknallt, fast hätte ich Till erwischt, der – beinahe hätte ich gesagt: wie immer – kurz hinter mir war. Ich meine, wozu sollte ich mir das alles anhören, diesen Bullshit. Der Richter hatte von Tag eins sein Urteil fertig. Ein echtes Vor-Urteil. Das wusste ich doch. Und trotzdem: Es hat mich umgeworfen. Warum? Warum kann ich das nicht aushalten, aber Sabine, die mit stoischem Gesichtsausdruck brav und still sitzen blieb?

SABINE

Wir wussten doch, was da auf uns zurollte.

Das war so klar wie das Amen in der Kirche, wir hatten alle die Predigt gehört und nicht nur einmal. Wir hätten uns mal besser darauf vorbereiten sollen. Wir hätten uns früher fragen müssen, ob wir zu ihm halten, *weil* er es nicht getan hat oder *obwohl* er es getan hat. Was ist einfacher? Kann man Freund eines Mörders bleiben, oder darf einer einfach kein Mörder sein, damit wir Freunde bleiben können? Wenn wir ihm gezeigt hätten, dass wir in jedem Fall zu ihm stehen, dann hätte er vielleicht vor Gericht ausgesagt.

Ich weiß nicht, was er gesagt hätte, ich hätte mit allem gerechnet und alles akzeptiert.

Aber darüber haben wir, wir Freunde, nie wirklich geredet. Dafür redete jetzt der Richter. In seiner Geschichte passte alles zusammen, da fügte sich geradezu harmonisch eins zum anderen, ohne Knirschen und Knarzen. Unsere Sicht, unsere Zweifel schienen da wie ein leichter Sommerregen auf heißem Asphalt; jeder einzelne Tropfen verdunstete in ein paar Augenblicken spurlos.

BENJAMIN

Wie gesagt, mit geschlossenen Augen hörte ich der Geschichte des Richters zu, und ich dachte: Ich stehe das hier nur durch, wenn ich mir vorstelle, ich lasse mir ein Märchen erzählen, in dem die Hauptfigur unser Freund ist.

Demnach war einmal ein junger Mann, der erschlug aus Habgier und mit Heimtücke seinen reichen Onkel: womit der Straftatbestand des Mordes erfüllt war.

Aus Habgier, weil er in den Wochen vor dem Mord befürchten musste, endgültig als gescheiterter Jurastudent aufzufliegen und sein sicher geglaubtes Erbe zu verlieren, weil ihm der Onkel den Aushilfsjob im Einkaufszentrum kündigte, von der erhofften Chance auf einen Managerposten dortselbst ganz zu schweigen.

Und von allem, wovon wir und der Anwalt zu wissen glaubten: So dumm kann doch niemand sein, eine derartige Nachlässigkeit ist doch unserem gebildeten und intelligenten Freund vernünftigerweise nicht zuzutrauen – all das erklärte sich das Gericht auf genau gegenteilige Weise, als wollte es sagen: Wer hat denn behauptet, dass der Angeklagte ein Superhirn ist, das sind ja wohl die wenigsten.

Die Zeitungen aus dem Einkaufszentrum bei ihm in der Wohnung, die Geldscheine in seinem Geldbeutel, die vom Onkel stammten. Die Fingerabdrücke auf der Klarsichthülle, in der das – noch nicht zu seinem Nachteil geänderte – Testament lag. Die Blutspur auf dem Geldschein. Täter machen Fehler, deswegen sitzen doch so einige hinter Gittern, nicht? Dazu das fehlende Alibi für die Tatzeit, die seltsame Autotour am Vormittag nach der Tat, die penible Reinigung des Fahrrads mit dem Hochdruckschlauch.

Motiv und Gelegenheit habe er auch gehabt. Einerseits das Verlangen, schneller ans Erbe zu gelangen, andererseits die jahrelange Schikane durch den Onkel, der ihm sogar in die Partnerwahl hineinredete und den Beruf diktieren wollte. Gelegenheit ergab sich aus der genauen Kenntnis der örtlichen Verhältnisse, des Charakters und der Gewohnheiten des Onkels. Die Möglichkeit eines Raubmordes wischte das Gericht angesichts der zahlreichen unangetasteten Wertsachen in der Wohnung als »fernliegend« zur Seite. Überhaupt der »große Unbekannte«, die mysteriösen DNA-Spuren aus dem anderen Fall: irrelevant. Mit wenig Mühe konnte man heraushören: Nachlässigkeiten der Polizeilabors, die weder das eine noch das andere erklären; aber so hätte das Gericht es nie formuliert.

Wahrhaft heimtückisch sei es gewesen, den arglosen Onkel in dem Moment abzupassen, in dem dieser die Wohnung verlassen wollte, um seinen Stammtisch aufzusuchen; heimtückisch das Ausnutzen eines tödlichen Erschreckens zwischen Tür und Angel, im Angesicht mit dem vertrautfremden Angreifer, der ohne Zögern das schwere, harte Tatwerkzeug mit Wucht gegen den ungeschützten Kopf des alten Mannes einsetzt, bis dieser tot oder sterbend am Boden liegt. Die bekannte Linkshändigkeit des Angeklagten spielt für das Gericht nur insoweit eine Rolle, als es annimmt, er habe mit der Linken die Wohnungstür aufgehalten, um Aktionsraum für die mit rechts geführten Schläge zu haben, wozu er mit seiner gutachterlich nachgewiesenen Tendenz zur Beidhändigkeit durchaus in der Lage gewesen sei.

Als der Richter mit der Urteilsbegründung fertig war, dachte ich beinahe: Ja, *den* Angeklagten hätte ich auch verurteilt, die Darstellung war lückenlos, und man wird sich fragen: Wer sonst hätte das tun sollen? Genauso mit den Indizien. Kein Legosteinchen allein macht ein Haus, aber viele, geschickt zusammengefügt, können schon eine überzeugende Hütte entstehen lassen.

Aber dann habe ich die Augen wieder geöffnet und unseren Freund gesehen, und alle meine Zweifel waren wieder da. Verrückt, verrückt, ich werde noch verrückt.

Ein Leben lang

SABINE

Es war nicht zu Ende. Es ist auch heute nicht zu Ende. Es wird erst zu Ende sein, wenn er eines Tages rauskommt, und mit ihm die Wahrheit. Und wenn ich, wir und alle anderen sie ihm dann noch abnehmen. Vielleicht bleibt sie auch drin.

Aber erst einmal ging er nach dem Urteil ins Gefängnis, ins echte, nicht bloß in die Untersuchungshaftanstalt. Weit weg, auf dem platten Land. Zu den schweren Jungs, den Tätowierten, die lieber eine Hantel als ein Buch in die Hand nehmen. Ich hoffte nur, er würde eine Einzelzelle bekommen. Von der Strafe eines widerwärtigen Zellengenossen stand nichts im Urteil.

SEBASTIAN

Mensch, wie soll ich 15, 16, 17 Jahre zusammenfassen? Ich bin doch kein Historiker. Es ist so viel passiert. Zum Beispiel sind mir die Haare ausgefallen, mein Sohn ist fast volljährig, hat jetzt aber eine Stiefmutter. Alles, alles hat sich geändert. Das Einzige, was sich nicht geändert hat: Er sitzt immer noch. Das ist die große Konstante meines Erwachsenenlebens, das eine, worauf ich mich bei aller Veränderung immer verlassen konnte, egal was wir versucht haben. Okay, und die Kanzlerin ist dieselbe, noch.

Ich bin an so vielen Orten auf der Welt morgens aufgewacht – er immer am selben, jeden einzelnen verdammten Morgen, das muss man sich mal vorstellen.

Natürlich, da gab es Anträge, Prozesse und Verfahren und sonst was. Der Anwalt hörte nicht auf. Im Rückblick war das alles fruchtlos, außer Spesen nichts gewesen. Aber da weiß Benjamin besser Bescheid.

TILL

Das Urteil war ein Tiefschlag. Aber wir sind nicht in die Knie gegangen. Wir – auch ich – haben nur kurz geschwankt, und der Kampf ging weiter. Und das tut er noch heute, selbst wenn nicht mehr alle dabei sind. Und wenn wir es schaffen, dass er auch nur einen Tag früher rauskommt, dann haben wir schon gewonnen, wenigstens ein bisschen.

Sabine und Benjamin haben sich bald danach verkrümelt, und Emilia … die ist uns so schleichend abhandengekommen. Nie hätte ich das gedacht, von ihr am allerwenigsten.

SABINE

Nach der Urteilsverkündung standen wir noch vor dem Justizpalast herum. Die unmittelbare Wut und Empörung waren bei mir schon verflogen, ich fühlte mich eher ratlos, aber Till und Sebastian, die standen da und schnaubten und scharrten mit den Hufen wie Stiere, kurz bevor sie in die Arena getrieben werden. Für die fing alles wieder von vorne an. Und da habe ich gesagt: Stopp. Es ist vorbei. Ob es uns gefällt oder nicht. –

Na ja, und dann sage ich, ungefähr:

Wie wäre es denn, wenn wir uns geirrt hätten? Wenn nicht alle anderen – Polizei, Staatsanwaltschaft, Gericht – im Unrecht wären, sondern wir, wir in unserem treuen Glauben an einen, den jeder von uns auch schon mal anders erlebt hat? Was, wenn wir die Verblendeten sind und die anderen klar sehen? Warum gewöhnen wir uns nicht an die Vorstellung, dass er, Teufelnochmal, ein Mörder ist? Wir sind doch nicht die Ersten und die Einzigen, die so was durchmachen. Und wo steht denn geschrieben, dass man nicht der Freund eines Mörders sein kann? Überlegt doch mal, vielleicht hat ein Mörder Freunde sogar noch viel nötiger. Denken wir an uns, bei allem, was wir hier machen, oder an ihn? Und eines ist auch klar: An den alten Onkel haben wir keine Träne verschwendet. Wäre das vielleicht alles anders gelaufen, wenn wir unserem Freund nicht von Anfang an den Heiligenschein verpasst hätten? Könnte es sein, dass wir ihn in diese Rolle, die er seit zwei Jahren spielt oder spielen muss, hineingezwungen haben?

Ich musste es probieren, ein allerletztes Mal. Emilia guckte panisch, Benjamin sehr, sehr beunruhigt, Till und Sebastian einigermaßen fassungslos. Bis dann einer von den beiden, ich weiß nicht mehr, welcher, erklärte, ganz förmlich: Haben wir, und wir sind zu anderen Ergebnissen gekommen.

Ich wollte damals nur weg. So weit weg wie möglich, so lange wie möglich.

SEBASTIAN

Natürlich verändert das etwas. Auch wenn wir es für ein Unrechtsurteil hielten: Für alle anderen war spätestens jetzt alles klar. Die Presse konnte endlich das lästige »mutmaßlich« abschütteln und ungeniert »Mörder!« hinausplärren. So ein Urteil im Namen des Volkes bringt eine höhere Wahrheit zutage.

Aber schön. Da hast du nun einen Freund, der landauf, landab straflos »Mörder« genannt werden darf. Bei flüchtigen Begegnungen hörst du so was wie: »Ach, das ist der Mörder, euer Freund?« Du bekommst mitleidige Blicke. Schau mal, das sind die Typen, die den Mörder bedingungslos unterstützt haben. Wie kann man nur so blind sein? Oder: so blöd?

Nach dem Urteil, das ist eine völlig neue Wirklichkeit. Darauf mussten wir uns erst einmal einstellen. Ich wollte gleich ein Treffen am See, aber das kam nicht zustande. Die brauchten alle mal eine Pause.

Natürlich hat der Anwalt nicht umsonst gearbeitet, ich meine damit: auf seine Honorare verzichtet. Warum sollte er? So einen Anwalt wünscht sich doch jeder, der tief im Schlamassel sitzt, einen, der sich reinhängt. Ist doch wohl besser als einer, der nur müde abwinkt: Bringt ja doch nichts. Der war zweifellos besessen von der Geschichte, der wollte nicht aufgeben, bevor er nicht alles versucht hatte.

Aber Geld verdienen musste er auch, er musste seine Kanzlei am Laufen halten. Die Familie unseres Freundes besaß inzwischen ein Vermögen, die konnte sich das leisten und haben sich das geleistet, all die Anläufe, dieses Anrennen gegen das Urteil, aus lauter Verzweiflung.

Zuerst der Antrag auf Revision. Dabei kommt es nicht auf Recht oder Unrecht an, nur auf Verfahrensfehler in der Verhandlung. Das hatte – bei dem oberpingeligen Vorsitzenden Richter – wenig Chancen und wurde abgeschmettert. Dann Verfassungsbeschwerde, doch das Verfassungsgericht weigert sich, darüber zu entscheiden, ohne Begründung. Dann haben sie es beim Europäischen Gerichtshof für Menschenrechte versucht. Auch abgewiesen, ohne Erklärung.

Gegen genügend Mauern gerannt? Oh nein. Es folgt ein Antrag auf Wiederaufnahme des Verfahrens, der nach über zwei Jahren Bedenk- und Aktenumwälzzeit von den zuständigen Gerichten abgelehnt wird. Ebenso ergeht es einer weiteren Verfassungsbeschwerde. Und einem zweiten Wiederaufnahmeverfahren. Da helfen auch ein angeheuerter Staranwalt, der auf solche Sachen spezialisiert ist, und ein aus Film und Fernsehen bekannter Profiler nicht. Ebenso wenig die Einmann-PR-Agentur und ihre Kampagne um Medien und öffentliche Meinung. Verhext!

Von den letzten zwei, drei Versuchen habe ich auch bloß aus der Zeitung erfahren.

In der Zeitung gelesen, richtig. Na, ich habe vier Kinder und einen stressigen Job. Muss viel reisen. Und Sabine ist oft über Monate bei ihren Teleskopen in aller Welt. Wir witzeln: Wir haben eine Fernrohrbeziehung. Aber es geht nur so. Ab und zu, sogar ziemlich oft, kommt Emilia und passt auf die Kinder auf.

Das wussten Sie nicht, das mit Sabine und mir? Es war und ist kein Geheimnis, nein, aber es gab weder einen Grund, darüber zu sprechen noch darüber nicht zu sprechen, oder? Und wir konnten ein paar Dinge abgleichen, Fragen an Sabine, Fragen an mich. Verzeihung – aber wer traut schon der Presse? Es muss ja nicht einmal böse Absicht sein, Unfähigkeit reicht schon, um großes Unheil über Leute zu bringen. Nehmen Sie es uns nicht übel. Wir haben so wahrhaftig erzählt, wie es nach all der Zeit möglich ist, so viel wenigstens kann ich Ihnen versichern. Ohne Rechtsanspruch natürlich.

EMILIA

Ich erinnere mich an ein Interview mit dem Anwalt. Vor ein paar Jahren, es erschien in einem Boulevardblatt, eine ganze Seite mit Fotos. Eigentlich eine einfache, klare Frage, die da gestellt wurde: »Halten Sie ihn für unschuldig?«

SEBASTIAN

Ich weiß noch, einmal im Besucherzimmer der Justizvollzugsanstalt, in die sie ihn verlegt hatten, habe ich ihn gefragt. Dafür musste ich mir aber richtig Mut – nein, nicht antrinken natürlich, ich bin eine halbe Stunde vor dem Gefängnistor auf und ab gegangen, habe mir selbst gut zugeredet: Du fragst ihn, du fragst ihn, diesmal fragst du ihn. Weil ich mir das schon für frühere Besuche vorgenommen und mich doch nicht getraut habe. Er hat sich vorgebeugt und mir in die Augen geschaut und gesagt: Was willst du von mir hören? Ich druckse herum, und dann ist die Besuchszeit zu Ende, Gott sei Dank. Noch einmal habe ich es dann nicht probiert. War eh eine blöde Idee.

EMILIA

Unschuldig oder nicht? Ja oder nein? Sag's einfach. Wo ist das Problem?

Niemand hatte mehr Kontakt zu ihm gehabt als der Anwalt. Der kannte alle Akten, der konnte in die hintersten Winkel der Seele unseres Freundes schauen. Er war es auch, der ihn im Prozess zum Schweigen veranlasste.

Wenn ich dran denke, dass er schon wieder in Freiheit sein könnte. Wenn …

TILL

Ich habe ihn oft besucht, ganz klar. Anfangs. Irgendwann wurde es seltsam, die Fremdheit ist gewachsen. Und ich hatte Hemmungen, ihm einfach nur zu erzählen, aus meinem Leben, meinem Alltag. Es lief prima für mich, Erfolg im Beruf, ich wurde Chefeinkäufer für Musikinstrumente, eine tolle Frau – genau, die skeptische Amerikanerin – und schöne Reisen und unser altes Haus im Vorort, über was hätten wir sonst reden können? Das Wetter, die Politik? Und ja, haben wir schon auch, notgedrungen, damit nicht so lange Schweigepausen entstanden. Eine halbe Stunde kann nämlich sehr, sehr lange sein.

Eins war aber nie Thema: der Mord. Als wär der nie passiert, jedenfalls nicht uns. Auch nicht alle diese rechtlichen Sachen, von denen ich ohnehin nichts verstand. Ich wollte einen alten Freund besuchen gehen, aber das hat dann irgendwann nicht mehr funktioniert, obwohl wir uns beide sehr bemüht haben.

EMILIA

Da windet er sich um die Antwort im Interview, der Anwalt. Er bringt es nicht über sich, zu sagen: Ja, der ist unschuldig, das glaube ich ganz sicher. So wie wir das immer gesagt haben. Er hält bloß das Urteil für unangemessen und denkt, ein smarter junger Mann wie unser Freund hätte sich doch wenigstens ein bombensicheres Alibi besorgt.

TILL

Okay. Super. Haben wir's dann? Sieht so aus. Ich habe Ihnen alles gesagt, und jetzt weiß ich nicht, ob ich das bereuen oder mich das freuen soll. Für mich war das nie eine Frage von Schuld oder Unschuld, diese Frage hat sich mir einfach nicht gestellt. Oder ich habe sie mir nicht gestellt. Aber mir ist klar geworden, dass ich ohne eine Antwort besser lebe. Und so kann das von mir aus auch bleiben.

EMILIA

Irgendwann haben die ihn sogar einen Lügendetektortest machen lassen. Den hat er natürlich bestanden, sozusagen mit Bestnote, und der Anwalt wollte die Ergebnisse im Wiederaufnahmeverfahren verwenden, das aber nie stattgefunden hat. Es wäre sowieso schwierig geworden, weil solche Lügentests bei uns gar nicht zugelassen sind. Zumindest sind sie sehr umstritten. Die Amerikaner machen so etwas oft, aber es gibt auch Geschichten, wo es total danebengegangen ist. Da besteht ein Mordverdächtiger den Test, kommt frei und begeht noch ein Dutzend weitere Morde. Der Apparat misst ja bloß, ob sich jemand aufregt, wenn man ihm oder ihr bestimmte Fragen stellt. Wenn du einen Mord für die normalste Sache der Welt hältst, dann regst du dich auch nicht darüber auf. Oder wenn du denkst: Der hat es verdient, kein schlechtes Gewissen, alles bestens, dann verzeichnet das Ding keinen Ausschlag, glaube ich.

So wie ich mich immer aufrege, hätte man mir sämtliche ungeklärten Morde der letzten 25 Jahre anhängen können. Aber gut, ich bin keine Expertin, was ich über diese Sache weiß, ist bloß ergoogelt.

Trotzdem, ich gehe mal davon aus, dass zumindest der Anwalt daran glaubt, an die Lügendetektormethode, sonst hätte er das nicht eingefädelt, oder?

Warum also fällt dem das so schwer zu sagen: Er ist unschuldig?

SEBASTIAN

Mit der alten Hütte ist uns auch unser Mittelpunkt abhandengekommen. Mein Vater hat, wie schon mal gesagt, das Grundstück verkauft, am nächsten Tag war die Hütte plattgemacht, ein paar Verbotsschilder aufgestellt. Ich weiß nicht, wie es heute dort aussieht, interessiert mich auch nicht.

Also – das war jetzt diese Geschichte von uns sechs Freunden aus dem Vorort. Ich sehe schon, die hat kein richtiges Ende, das könnte ein Problem für Ihre Zwecke sein. Geht das denn überhaupt ohne einen klaren Bösewicht?

34 / MEMO: BRIEF VOM VERLAG

Alles umsonst. SCHEISSESCHEISSESCHEISSE! Die wollen es nicht. Nicht so, nicht mehr. Hätten angenommen, der Gefangene – der Mörder – würde sich eindeutig festlegen. Oder die Indizien für Klarheit sorgen. »Eine Auflösung« würden sich Leserin und Leser wünschen, die könne man nicht hängen lassen, damit sie raten, ob der Mann wirklich schuldig oder unschuldig sei, das sei nicht zumutbar. Aber so ist das Leben!

SABINE

Wenn es recht ist, möchte ich zur Abwechslung dir ein paar Fragen stellen:

Wie weit bist du denn nun gekommen mit deinem Buch? Bist du jetzt schlauer? Hast du etwas erfahren über die Psyche des Menschen, die Abgründe und das Edle? Traust du dich, die Frage aller Fragen zu beantworten, oder ist das jetzt auch schon egal? Mir ist es gleichgültig geworden. Hast du verstanden, was Freundschaft ist, was sie aushält und was nicht?

Kannst du jetzt nachvollziehen, warum ich lieber nächtelang hinter dem Okular eines Teleskops sitze und in die Tiefe des Weltalls starre, bis mir die Augen flimmern, als mich weiter mit dieser Sache zu beschäftigen?

DER GEFANGENE

Ich habe kein Problem damit, zu sagen: Ich war es.

Genauso, wie ich sagen kann: Ich war es nicht.

Ich bin schließlich dafür verurteilt worden. Das Ganze hat somit eine höhere Wahrheit erreicht, welche die Niederungen der Wirklichkeit übersteigt, bei Weitem übersteigt. Die Wirklichkeit ist jetzt nämlich sozusagen egal.

Die eigentliche Komplikation liegt schon lange in der Frage: Wer ist »ich«?

Abgesehen davon bin ich nicht der Einzige, dem so etwas passiert. Zu der Zeit, als ich vor Gericht stand, geschah in Perugia der Mord an einer englischen Studentin, und als eine der Tatverdächtigen wurde eine Amerikanerin festgenommen – Amanda Knox, die nach einem bizarren Prozess 26 Jahre wegen Mordes bekam. Ich habe ihr geschrieben, von Knast zu Knast, sie wäre die perfekte Brieffreundin für mich gewesen und ich hätte mich auf einen Austausch von Justizopfer zu Justizopfer gefreut.

Ihre Story war noch viel durchgeknallter als meine. Schlampige Ermittlungen, grobe Verhöre, italienisch-englische Sprachprobleme, ein pompöser, eitler Staatsanwalt, der völlig irre Geschichten erzählte, und eine internationale Presse, die diesen Quatsch von »Sexorgien« und »satanischen Ritualen« dankbar über den ganzen Globus verbreitete. Dabei hatten die italienischen Behörden sogar den »großen Unbekannten« gefasst und schnell für den Mord verurteilt. Trotzdem musste die Knox ins Gefängnis.

Was sich über der entladen hat, meine Güte, die Justiz ist mit ihr Achterbahn gefahren: 2007 verurteilt und 2011 freigesprochen, 2014 in Abwesenheit wieder schuldig gesprochen und 2015 endgültig freigesprochen, wegen erwiesener Unschuld, ohne den Schatten eines Zweifels. Doch da war sie schon zu einem öffentlichen Gut geworden. Und was die Öffentlichkeit einmal zu besitzen glaubt, das gibt sie nicht mehr her.

Meine beiden Briefe hat sie nicht beantwortet, ich bin ihr deswegen nicht böse. Vielleicht hat das Gefängnis sie verschlampt oder unterdrückt. Den Freispruch gönnte ich ihr. Ich habe sie, so gut das von meiner Zelle aus ging, im Auge behalten. Amanda Knox ist inzwischen eine Art Journalistin geworden; man kann sie auch als Rednerin buchen für Themen wie »Vergebung und Empathie«, »Fehlurteile: Gründe und Lösungen«, »Wahrheit contra Fake News«.

In einem Magazin hat sie geschrieben, die Justiz und die Medien hätten damals eine Doppelgängerin von ihr erschaffen. Leider konnte man der Doppelgängerin keine Handschellen anlegen und sie ins Gefängnis bringen, also musste sie selbst einrücken. Jetzt ist Amanda frei, aber die Doppelgängerin geht überall hin, wohin sie geht, macht sich breit und nimmt ihren Platz ein. Wenn Amanda irgendwo ankommt, ist die Doppelgängerin längst da. Weil die Leute die Doppelgängerin lieben.

Das alles kann ich gut nachvollziehen. Vielleicht sollte ich mich doch nicht mit ihr vergleichen; sie ist eine hübsche junge Frau, die noch einiges vor sich hat und noch zu wissen scheint, wer ihr wahres Ich ist. Ich studiere ihren Weg, weil ich glaube, etwas daraus lernen zu können, für die Zeit danach und draußen.

Zukunft. Großes Wort! Für mich bleibt wohl nur die Resterampe, nach der Entlassung. Vielleicht noch einige Rotationen im Schleudergang der Talkshows des Trash-TV. Ein paar Sternschnuppen-Momente am Firmament der Boulevardmedien. *Der Citycenter-Mörder beteuert weiter seine Unschuld!* Immerhin: Meinen Namen werde ich nicht mehr brauchen, ich bekomme ein Bindestrich-Etikett aufgeklebt. »Justiz-Opfer« hätte ich gern, aber das werde ich wohl nicht kriegen. Es wird wie bei Amanda sein: Der Doppelgänger kommt einfach besser an als das Original.

Eher so: *Citycenter-Mörder: Der Alte hatte es mehr als verdient. Ich bereue nichts!* Könnte ich so sagen – ohne juristische Folgen. Ebenso: *24 Schläge waren noch nicht genug.* Du kannst ja nicht zweimal für dasselbe Verbrechen verurteilt werden. *Die Vergeltung für Jahre der Demütigung.* Solche Sprüche hätte ich mir mit den Jahren meiner Haft rechtmäßig erkauft. Ich muss solche Überlegungen anstellen. Zugegeben nicht sehr geschmackvoll, aber da draußen geht es rau zu, und ich muss meine Marke prägen. Was habe ich schon an Diplomen und Zeugnissen außer »Mörder«? Nichts. Der x-te langweilige Unschuldige unter hunderttausend langweiligen Unschuldigen – das sind sie doch alle! –, oder zur Abwechslung mal ein bekennender Mörder? Betriebswirtschaftler reden von USP: *Unique Selling Proposition.* Das kann man mögen oder nicht, aber nach fast 30 Jahren im Gefängnis bin ich zusammengeschrumpft auf ein Entweder-oder. Ich kann mich nur nicht entscheiden. Noch nicht.

Einstweilen ist also meine gerichtlich festgestellte »besondere Schwere der Schuld« mein *summa cum laude,* mein Adelsprädikat, mein USP, mein Alleinstellungsmerkmal. Da sollen sich die grobmotorischen Totschläger im Affekt mal hinten anstellen, ganz weit hinten. Der Abschaum der Vergewaltiger, Kindsmissbraucher sowieso. Das sind Kakerlaken. Ich gehöre zu den Schmetterlingen. Im Moment allerdings verpuppt.

TILL

Und jetzt? Weiß ich auch nicht. Ich werde jedenfalls für ihn da sein, wenn er wieder da ist und er das will. Und selbst wenn wir dann nur noch mit dem Rollator durch die Stadt schlurfen.

BENJAMIN

So wie es aussieht, ist das Ende der Fahnenstange erreicht, rechtlich betrachtet. Wir können bloß warten. Nur nicht auf Wunder.

EMILIA

Vom Vermögen, also dieser Hälfte, soll übrigens auch nicht mehr viel da sein. Die Familie ist einer zwielichtigen Vermögensberatungsfirma in die Hände gefallen. Hotelruinen in Zypern sind davon geblieben, hat jedenfalls die Presse berichtet. Ich glaube, es war dieselbe Firma, bei der er angeblich einen Job in Aussicht gehabt haben soll, nach dem 2. Staatsexamen. Schon ironisch.

Mir das Schlusswort? Diesmal wirklich? Also gut:

Im Knast gibt es keine Spiegel.

Spiegelscherben könnten als Waffe verwendet werden; gegen einen selbst, die Mitinsassen und gegen das Justizpersonal. Weil es keine Spiegel gibt, weiß keiner mehr, wie er aussieht. Man weiß nur, wie die anderen aussehen, und sagt es ihnen gerne und oft: Du siehst heute aber scheiße aus. Und hörst es selbst. Wenn du hier überleben willst, dann musst du roh sein, musst du grob sein. Zarte Pflanzen werden untergepflügt. Schöne Aussichten für die Resozialisierung, nebenbei bemerkt.

Die ersten Jahre habe ich den Spiegel sehr vermisst. Nicht dass ich je besonders eitel gewesen wäre, aber die tägliche Selbstkontrolle, Selbstvergewisserung, die ein Spiegelbild bei aller Verunsicherung ermöglicht, die hätte ich mir gewünscht.

Erst als sie mich in den neuen Trakt verlegten, gab es wieder einen Spiegel. Ich komme gleich darauf, erst muss ich *Das Bildnis des Dorian Gray* erwähnen.

Es ist ein kurzer Roman von Oscar Wilde. Die Gefängnisbücherei hat ihn. Dem Laufzettel zufolge wird das Büchlein gern entliehen, vermutlich weil es unter »Horror / Phantastische Literatur« eingereiht ist. Das mögen die rauen Kerle hier, da hoffen sie auf ein bisschen Splatter-Romantik für die Zelle, aber diese tumben Knastis kapieren nicht, dass Dorian Grays Schicksal eine Parabel auf ihr eigenes Schicksal ist.

Ich habe es gelesen. Dutzende Male. Dorian Gray, ein eitler, einnehmender junger Mensch, lässt sich porträtieren. Und – ganz berauscht von dem Ergebnis – er verliebt sich in sein eigenes Bildnis. Aber dieser Dorian hat auch seine dunklen Seiten, welche er alle dem Bild übergibt; das ist das Märchenhafte an dieser Geschichte. Für die Welt, seinen Freundeskreis bleibt er der charmante, sympathische Dandy, den alle mögen und verehren. Die Zeit vergeht, wir ändern uns und altern, nicht aber Dorian Gray, denn an seiner Stelle altert und verändert sich das Gemälde – in abscheulichster Weise. So, dass am Ende nicht einmal er selbst es noch betrachten mag, weil es die verlebte, verkommene, verschlagene, entleerte Hülle seiner selbst in schauerlicher Weise präsentiert. Und er bringt das Bild auf den Speicher, wirft ein Tuch drüber und versucht, es zu vergessen.

Der Mensch, der ins Gefängnis geht, ist wie Dorian Gray. Für die draußen verändert er sich nicht, sie kennen ihn als den, den sie bis zu diesem Zeitpunkt kannten und für immer so erinnern wollen. Seht mich an, sagt er, ich bin es doch, ich bin unschuldig. Ihr denkt doch nicht –?

Nein, nein.

Habe ich mich etwa verändert?

Nein, nein.

Ich bin der, der ich immer war. Schaut mich doch an. Erkennt ihr mich nicht?

Wenn ich es genau betrachte, beginnt es mit der Festnahme und der Untersuchungshaft und nicht erst nach der Verurteilung und der Einlieferung ins Strafgefängnis. Beim ersten Verhör, selbst wenn das noch ganz und gar scheinneutral »Zeugeneinvernahme« heißt.

Das ist der Punkt, an dem es dich in zwei Teile reißt. Für alle sichtbar. Eigentlich. Aber die wollen dich nicht als gespaltene Person. Sie wollen dich so behalten, wie sie dich kennen. Für deine Familie und deine Freunde bleibst du Dorian Gray, und alles Dunkle an dir, alles Abgründige, meinetwegen auch das Abartige, Verkehrte, Verdrehte und grundgerade Böse – das wird das Bild verunstalten, das du auf dem Dachboden deiner Seele in Tücher gehüllt verstauben lässt, aber nicht dich.

Aber es gibt immer eine kleine böse Pointe in solchen Geschichten. Und so kehrt der Fluch des Dorian Gray zu mir zurück. In dem neuen Zellentrakt, in den sie mich nach zwei oder drei Jahren verlegten, sind über den kleinen Waschbecken auf Hochglanz polierte Edelstahlbleche angebracht. Unzerstörbar, keine Scherben, keine Splitter, keine Waffen. Der Anstaltsdirektor hielt vor all jenen Insassen, die in den Genuss der neuen Zellen kommen sollten, einen ambitionierten Vortrag. Mit dem er wohl eher auf die Ehrengäste zielte; vielleicht wollte er sich für eine Verwendung im Justizministerium empfehlen. Meine Mitgefangenen grunzten und schnaubten, kratzten sich am Hodensack und saugten am zur Feier des Tages spendierten Cola-Mix-Getränk, während der Direktor über die »humanitas der imago« fabulierte.

Ich verstand es anfangs auch nicht. Aber der meinte die Edelstahlspiegel, die uns armen Knastis – trotz allem »Ebenbilder Gottes«, *imago dei* – die Würde zurückgäben; zumindest einen Teil derselben. Nämlich, indem wir uns nun alle Tage und solange wir wollten im Spiegel betrachten und dabei – der Mann gehört wirklich ins Ministerium –

unsere göttliche Ebenbildlichkeit entdecken und genießen könnten. Schöne Idee! Werde ich mir was davon kaufen, wenn ich wieder draußen bin.

Beim Rasieren hätte es auf jeden Fall geholfen. Nur hätte man diese dünnen Edelstahlplatten absolut plan, flach und eben an der Wand anbringen müssen. Das aber haben die Handwerker, die sicher keine Ahnung von *imago dei* haben, gründlich verpfuscht, denn die Platten wölben und verwinden sich über der unebenen gespachtelten Unterlage.

Blicke ich in diesen Spiegel, sehe ich ein grotesk verzerrtes Abbild meines Gesichts, aber leider nichts Lustiges, worüber ich lachen könnte wie im Spiegelkabinett auf dem Rummelplatz, sondern alle Grausamkeit, Bitternis und Verachtung, die man sich in meinen Zügen vorstellen kann. Und mein Gesicht zerfließt.

Notiz zur Geschichte der Geschichte

Manch einer wird sich erinnert fühlen an einen Mord, der 2006 in München geschah, zu einem 15 Monate währenden Indizienprozess führte, der für den Angeklagten mit dem Urteil »lebenslänglich« endete. Die Umstände sind einfach zu ermitteln: Man gebe »Parkhausmord« in der bevorzugten Suchmaschine ein.

Dieser Mordfall bot alle Zutaten einer guten Kriminal- oder Justizgeschichte – Prominenz, Gier, Missgunst, Brutalität, Ermittlungspannen, widersprüchliche Indizien, einen schweigenden Angeklagten, einen angriffslustigen Anwalt und einen peniblen Richter. Insofern nichts Besonderes, und die Sache hätte mich auch nicht besonders interessiert, wenn es nicht den Freundeskreis des Angeklagten gegeben hätte. Sie hielten ihrem Freund – offensichtlich bedingungslos – die Treue.

Mich interessierte die Dynamik dieser Gruppe. Was passiert, wenn passiert, was nicht passieren darf? Was ist Freundschaft, was hält sie aus?

Weil er, der gute altvertraute Kamerad aus Kinder- und Jugendtagen, es einfach nicht gewesen sein konnte, suchten sie im Viertel des Parkhauses nach Zeugen, die den (oder die) Unbekannte/n um die Tatzeit gesehen haben mussten. Den Richter hielten sie für befangen, die Kette der Indizien für schwach – viel zu schwach für das überaus strenge Urteil, denn der junge Mann wurde mit dem Prädikat der »besonderen Schwere der Schuld« verurteilt. Das bedeutet, er wird auch nach den üblichen 15 Jahren bei »lebenslänglich« das Gefängnis nicht verlassen dürfen.

Über Jahre versuchten die Freunde, mit anwaltlicher Hilfe das Urteil zu revidieren, riefen höchste Gerichte an. Sie gründeten eine Bürgerinitiative, die Familie des Verurteilten lobte eine Belohnung für Hinweise auf den »wahren Täter« aus, sie bezahlten lange einen PR-Mann, um die öffentliche Meinung zugunsten eines Menschen zu beeinflussen, den seit dem Urteil jeder einen Mörder nennen darf.

Trotzdem: Alle Figuren in diesem Roman sind erfunden, ihre Namen, Berufe, Angewohnheiten, alles, was sie denken, fühlen und sagen.

Zitatnachweis

Seite 7: Aus *De Profundis* von Oscar Wilde. Übersetzt von Max Meyerfeld. Erschienen 1909 bei S. Fischer Verlag, Berlin, S. 111.

Seite 60 f.: Aus *Einführung in die Kriminalistik für die Strafrechtspraxis* von Hinrich de Vries. Erschienen 2015 bei Kohlhammer, Stuttgart, S. 10.

Seite 67 f.: de Vries, S. 12, 36.

Seite 75 f.: de Vries, S. 37.

Seite 101 f.: Aus *Once in a Lifetime* von Talking Heads. Erschienen 1980 auf dem Album: *Remain in Light* bei Sire Records. Text/Musik: David Byrne, Brian Eno, Chris Frantz, Jerry Harrison, Tina Weymouth.

Seite 162: de Vries, S. 251.

Seite 170: de Vries, S. 188.

Seite 175: Aus *Aufstehn* von Bots. Erschienen 1980 auf dem Album *Aufstehn* bei Musikant. Text: Dieter Dehm, Musik: Hans Sanders.

Seite 191: de Vries, S. 219.

Seite 249 f.: de Vries, S. 251.

Seite 263: de Vries, S. 242.

Roman
224 Seiten
Auch erhältlich als eBook

Fünf Männer gründen eine Alten-WG in einer Villa am See. Zusammen wollen sie die verbleibenden Jahre verbringen, zusammen noch einmal das Leben genießen. Für den letzten – selbstbestimmten – Schritt zählen sie auf die Hilfe der Mitbewohner. Denn es kommt nicht darauf an, wie alt man wird, sondern wie und mit wem man alt wird.

Roman
416 Seiten
Auch erhältlich als eBook

Ein Mann streut Sand aus Süditalien auf den Straßen von Berlin aus. In Zeiten des Kriegs ist solch ein Verhalten nicht nur seltsam, sondern verdächtig. Der Kommissar, der den kuriosen Fall übernimmt, stößt unter dem Sand auf eine Geschichte von Liebe und Tabu zwischen zwei Männern und einer Frau. Ein Zeitbild von 1914, aus drei ungewöhnlichen Perspektiven.

Roman
272 Seiten
Auch erhältlich als eBook

Wer ist schuld am Ersten Weltkrieg? Im Jahr 1918 wird die Frage immer drängender. Da erhält der Bestsellerautor Gustav Meyrink in seiner Villa am Starnberger See ein Angebot vom Auswärtigen Amt: Ob er – gegen gutes Honorar – bereit wäre, einen Roman zu schreiben, der den Freimaurern die Verantwortung für das Blutvergießen zuschiebt. Der ganz und gar unpatriotische Schriftsteller und Yogi kassiert den Vorschuss – und bringt sich damit in Teufels Küche.